FVA

Lydia Lewitsch

Der Fall Miriam Behrmann

Roman

FRANKFURTER VERLAGSANSTALT

I

Wohin, bevor einer mich sieht. Wie ich hier im Parterre herumstehe, inmitten von Studierenden, die alle irgendwohin schlendern, zu einem Hörsaal, einem Seminarraum, lachend und quasselnd die Treppen hoch. Und ich, hallo, Frau Behrmann, was machen Sie denn hier, muss nirgends hin. Zwei leere Stunden. Ich könnte nach Hause, dann zurückkommen. Den ganzen Vormittag Auto fahren, wegen denen. Oder hoch ins Büro und jedem sagen, der mich sieht: Noch ist das hier mein Platz. Im Flur dann die Kollegen, die es eilig haben und geradeaus gucken, nach unten gucken, ganz in Gedanken, haben zum Grüßen keine Zeit, kurzer Blick aufs Handy, ein Stirnrunzeln, schon ist man vorbei. Vorbei an mir. Und im Vorzimmer die Truschke. So ein Vorzimmer, ein Logenplatz in dem ganzen Theater. »Na, Frau Behrmann, das ist ja eine schlimme Sache ... und wenn ich das so sagen darf, ganz dünn sind Sie geworden!« Die Truschke kriegt jetzt Kuchen in den anderen Sekretariaten: »Na, Angela«, so heißt sie doch wirklich, Angela Truschke, »erzähl mal, was macht die, wie sieht die aus, die Behrmann?« Also nicht ins Büro. Also schnell in die Kapelle, durch die einzige Tür, die keiner öffnen wird außer mir heute. Schwer in den Angeln. Schon deshalb sitzen hier nie Studierende, schon deshalb ist das hier nicht einfach nur ein leerer Raum.
Und rein, Tür zu.
Hinsetzen.

Durchatmen. Erst einmal durchatmen. Es ist kalt hier, den Mantel behalte ich an. Heute Mittag, in zwei Stunden, die Entscheidung. Unvorstellbar, eigentlich, dass die mich entlassen. Seit Gründung hat die Maximilian-Universität Wien keinen Professor, keine Professorin entlassen. Man entlässt nicht mal eben eine Professorin. Aber jetzt, nach dem, was im *Standard* stand, *Psychischer Missbrauch an der Uni Wien*, scheint es möglich. Und ich bin die Ahnungslose. Ich, die diskret blieb, immer, nie herangetreten bin an die Presse, nicht ich. *Psychischer Missbrauch!* Selina, meine Doktorandin. Dass das von ihr kommt. Selina, perfekt geschminkt, roter Lippenstift: Ich wurde psychisch missbraucht. Wie kommt man auf so was. Dass eine Zeitung das abdruckt, nur weil sie es so sagt. Und Peter nicht zu erreichen die ganzen Tage, bis gestern seine E-Mail in meinem Postfach landet. Peter, der Vize-Rektor. Bei jedem Piep, die Pieperei habe ich angestellt, sehe ich nach, habe ich früher nie gemacht, so kann man nicht arbeiten, und dann sehe ich endlich eine Nachricht von ihm. Ich kann ein Zittern nicht verhindern, öffne sie, denke, das ist jetzt, das wird jetzt der Richterspruch, das Urteil sein, zumindest angedeutet. Bereite mich vor auf Erleichterung, den tiefsten Punkt erreicht und durchschritten, ja, und halb auch auf das Gegenteil, aber nur halb. Ich kann immer noch nicht glauben, dass die das ernst meinen, lese: »hallo miriam, kannst du morgen um 09:00, dann werden wir entschieden haben.« Wir. Ein neues Wir, zu dem ich nicht gehöre. Entschieden haben über mich. Also heute Morgen, die Entscheidung, deshalb bin ich ja hier, überpünktlich, niemand soll sagen … Aber dann

Peters Nachricht vor zehn Minuten, ich steige gerade die Treppen hoch Richtung Sitzungsraum. Es strengt mich an, das Treppensteigen. Das Handy hat schon im Auto gepiept, aber ich, ich schaue nicht nach, denke, das ist Tom, Tom mit irgendwelchen aufmunternden Worten, mit Ich liebe Dich, was ich nicht lesen will, nicht jetzt. Aber dann, Gott sei Dank, schaue ich doch noch nach, es könnte ja am Ende was sein mit dem Termin: »miriam, wir beide vertagen uns auf 12:00 zum Lunch, ich teile dir dann alles mit. hoffentlich erreicht dich das noch rechtzeitig.« Nein, hat es nicht. Aber immerhin Lunch, man verkündet keinen Rausschmiss beim Lunch. Wenn die mich kündigen, ist es aus mit mir. Ganz und gar aus. Ich bin die Treppe wieder runter, schnell, damit keiner mich sieht: Aha, die also schon hier, hat es nicht abwarten können. Nachher glauben die noch, dass ich Einfluss nehmen will, dass ich nicht weiß … Peters neues Wir, dass ich das nicht mitgekriegt hätte.

Dass Peter Rektor werden will, das hat er mir ja selbst gesagt, damals noch. Was heißt damals, weniger als ein Jahr ist das her, wir sind beide beim Lunch beim Italiener, wie jeden Dienstag. Wir mögen keine Mensa, diese schnellen Arbeitsessen im Lärm. Kantinengeschmack, das ist nichts für uns, für Peter und mich. Stattdessen: weißes Tischtuch, bauchige Weingläser, die Gewissheit guten Essens. Wir sitzen wie immer ums Eck, ich auf der Bank, Peter auf dem Stuhl, lächelnd. Manchmal betrachtet er meinen Hinterkopf im Spiegel, meinen Dutt, meine Dienstagsfrisur. Peter bestellt den Wein, meistens weiß, den er kostet, genüsslich, mit einem Nicken.

Klaus hat mal wieder Sonderdrucke verteilt, Peter grinst, mitten in der Fachbereichssitzung. Er dreht den Wein im Glas. Hatte mit der Tagungsordnung gar nichts zu tun. Stell dir vor, Sonderdrucke, in welchem Jahrhundert leben wir denn!

Mit mir redet Peter, wie er sonst nicht reden kann. Wir lächeln uns an, wir wissen, was jetzt kommt. Mit seiner Unschuldsmiene fragt Peter: Was hat Klaus Stirn ... Pause ... im Gehirn? Peters Mundwinkelgrinsen, genüsslich, unsere Komplizenschaft, wir heben unser Weinglas. Kollege Stirn, Klaus, hat keine einzige Publikation mit Peer-Review, nur Anthologien und ein Bäuchlein mit Weste. Cordhose. Aber er nennt sich Stern, auf seinen Sonderdrucken: Klaus Stern. Klaus Stern, *Collective Moral Decisions – From shared responsibility to responsible sharing*. Klingt gut, ist aber Bullshit, sagt Peter. Als Klaus anfing, auf Englisch zu publizieren, erzählt Peter – als Letzter im Fachbereich übrigens, lässt sich sein Zeug wahrscheinlich übersetzen –, da hieß er plötzlich so: Stern. Angeblich war das ein Tippfehler. Die Kollegen in der Sitzung steckten den Sonderdruck ein wie immer, als hätten sie gar nichts gemerkt, nur ich, sagt Peter, habe damals nachgefragt: Heißt du jetzt Stern, oder was? Und Klaus ist um keine Spur verlegen: Die Amis halt, wegwerfende Handbewegung, joviales Lachen, Stirn kennen die ja nicht, also Stern, na, mir soll's recht sein. Seitdem Peter mir das erzählt hat, ist Klaus dienstags immer ein Tischthema von uns. War immer ein Tischthema von uns. Klaus Stern, also wirklich. Sollte ich mal Rektor werden, sagt Peter, und, Miriam, das erzähle ich nur dir im Vertrauen, wird es für Leute wie Klaus ein bisschen enger.

Klaus Stirn, das Bäuchlein, sitzt gleich mit Peter am Tisch, in Peters Vize-Rektoratsbüro, berät sich mit ihm und den anderen, sie alle beraten über mich. Klaus Stirn als Selinas neuer Doktorvater. Oder haben die das auch verschoben, das Gespräch über mich? Müssen die vorher noch was klären? Was der *gerechte Umgang* mit mir wäre? Das haben die doch tatsächlich geschrieben, im *Standard*: *Kampf für den gerechten Umgang. Unermüdlich gegen Miriam Behrmann* – das zumindest stimmt. Peter, dass der bei seiner Brillanz Rektor werden will, zum Forschen kommt man dann ja nicht mehr, das hat mich schon gewundert, aber weiter habe ich mir nichts dabei gedacht. Nach Peters zweiter Nachricht bin ich die Treppe runtergerannt, nicht gegangen. Immerhin, falls mich einer sieht, gut angezogen bin ich ja. Haare dreimal gewaschen. Nach den letzten Tagen, die ich einfach die ganze Zeit im Schlafanzug ungewaschen im Haus geblieben bin, wozu anziehen, wozu waschen, gekocht und geputzt habe, das ja, der Putzfrau freigegeben, niemand sollte mich sehen, außer Tom, aber sonst, sonst nichts gemacht habe, da war das nötig, das dreimal Waschen. Hochgesteckt, ein paar Strähnen fallen locker in die Stirn. Geschminkt. Mein rotes Jackett. Wie zum Berufungsvortrag. Noch gebe ich nicht auf. Tom mit seinem besorgten Gesicht, dem kurzsichtigen, vorsichtigen Blick: Nein, aber übernimm dich nicht. Hält mich im Arm, jeden Abend sein ruhiger Herzschlag. So ein zarter Mann, und muss vor nichts Angst haben, nie. Wenn ich in den Sitzungsraum gekonnt hätte, vor sie hintreten, wie vereinbart um 09:00, nichts hätte man mir angemerkt. Aber dass die das verschieben, so kurz davor. Und ohne Ortsangabe. Dass nur noch Peter mit mir sprechen soll, nicht mehr sie alle. Peter, du kennst die Behrmann am besten, bring du ihr das bei. Aber dann stünde es ja schon fest: das Schlimmste. Und Peters Nachricht, die zweite, nur »miriam«, ohne »hallo«, und keine Entwarnung, kein: »vorweg: es kommt nicht zum schlimmsten.« Nein, hoch ins Büro, das kann keiner verlangen. Ins Café, aber mir ist nicht nach Café, und hier um die Uni herum, so nahe, da begegne ich denen noch, und wie die mich nicht anschauen würden, so als wäre ich nicht da, und mir würde der Nacken wehtun vom Nichthinsehen. Noch mehr wehtun. Also sitze ich hier, in der Kapelle, die keine ist, aber niemand sagt Hörsaal, alle sagen Kapelle. Sogar auf Programmen, bei Konferenzen, immer: *Tagungsort Kapelle*. Dabei mag ich entweihte Räume nicht. Bis zur Unwirksamkeit verdünnt bleibt das Kirchliche im Raum. Allein schon die Fenster, aber auch, vor allem vielleicht, die Luft. Kalt, sehr kalt, und diese Ahnung einer Ahnung von Weihrauch. Kein wirklicher Geruch, aber trotzdem. Und vorn die Wand, an der das Kreuz gehangen hat. Wenn man sich nur ein bisschen auskennt, sieht man, wo das hing. Man sieht gewissermaßen das Nichtmehrhängen des Kreuzes wie einen Fehler in der Statik. All die Sonntage, als Kind, als Jugendliche. Das schreibt sich ins Gedächtnis, auch wenn man andenkt dagegen, seit Jahrzehnten andenkt dagegen, den Gedankenmüll, den religiösen, abgetragen hat, eine Tonspur, eine Geruchsspur, Gewohnheit des Auges, das bleibt. Die Kapelle sei doch schön. Für Tagungen, Ansprachen, Vorträge. Das bunte Licht auf den Steinfliesen. Sonst ja nicht. Sie haben ganz recht, Frau Kollegin, für die Lehre wird sie ja nicht genutzt, nur für Tagungen, für Festliches. Als wäre das Festliche nicht auch wichtig. Insgeheim sind sie stolz auf ihre Unikapelle. Sollen sie doch. Hier stört mich niemand. Das Wichtigste: Zeit zum Denken. Nicht grübeln, Miriam – Tom, wenn er nachts aufwacht und hört, an meinem Atem, am Geräusch meiner Beine, *restless legs*, dass ich wach bin, lange schon, vielleicht gar nicht erst eingeschlafen. Tom, kannst du meine Fußsohlen massieren, nur kurz. Miriam, nicht grübeln, das bringt doch nichts. Seine Hand auf meiner Stirn. Wie bei einem Kind. Als ob man wüsste, ob es etwas bringt, als ob man das vorab wüsste. Wenn man aufgäbe nachzudenken, nur, weil das Nachdenken bis jetzt, immer nur bis jetzt, ergebnislos blieb, man müsste aufgeben, ganz allgemein. Und dann: Wenn es nur eine Rolle, nur ein Brotberuf wäre. Wirklich gut bleibt man nicht in diesem Fall. Wenn man aufgibt. Tom ist sehr gut, natürlich. Nicht besser als ich, nicht im Denken, aber publiziert hat er mehr als ich. Nicht viel mehr. Ein Buch, drei Artikel. Das ist mit einem Mal sehr wichtig geworden, in dieser letzten Zeit, wie es scheint. Sie halten ihn am Institut. Sie halten ihn nicht nur, sie befördern ihn. Das ganze Institut, unser Institut, meines und Toms, ist jetzt ganz allein seins.

Das Institut: Was haben wir gefeiert am Gründungstag im Sommer vor fünf Jahren! Sekt, Saft für die Abstinenzler, Peter zwinkert mir zu, wir beide schon beim dritten Sekt. Auf dem Buffet, auf zwei weiß gedeckten Tischen an der Wand: Häppchen, zwei Suppen vom Catering, Brühe und was Cremiges mit Kokos. Die Truschke, eifrig, läuft mit dem Häppchenteller von einem zum anderen, strahlt: ihre Chefin, Institutsleiterin! Da kommen die anderen Vorzimmerdamen nicht mit. Das bunte Licht auf den Steinfliesen, auf den Stehtischen frische Blumen, die Stühle hinten an die Wand gestapelt. Neben mir Selina, meine Doktorandin, frisch eingestellt, geschminkt, schwarzes Haar, hochgesteckt wie meins. Sie steht unter Strom, ihre Doktormutter ist Institutsleiterin! Da hat sie eine Spitzenstelle zum Doktorieren, steht fast schon selbst im Rampenlicht, knistert unter den Blicken, die sie streifen. So hoch können die anderen Doktorierenden ihren Kopf nicht tragen; die wissen das und nippen demütig an ihrem Saft. Aber ich, ich selbst bin ganz ruhig, völlig ruhig, und denke: Das muss es sein, das ist es. So ist es, wenn man Erfolg hat. Richtigen Erfolg. Auf einmal nur Ruhe. Ruhe wie ein weiter, stiller Raum, der einem ganz gehört, der man selber ist. Tom, einmal ohne Vorsicht, rotbackig vom Sekt, kommt zu mir. Peter, wippend in seinen Cowboystiefeln, er hat das alles eingefädelt, ein umtriebiger Dekan. So wird man Rektor. Er hat mich und Tom hierhergeholt, nach Wien. Sogar Klaus Stirn in seiner Weste prostet mir zu. Sie alle stoßen mit mir an. Peter ruft laut ins Klingen der Gläser: Ein schöner Erfolg, Miriam, ein Erfolg für uns alle, für die Philosophie. Jetzt kann uns das Rektorat nichts mehr, du und Tom und sieben Millionen *grant*, da gibt's nichts zu meckern. Gut, dass wir euch berufen haben, dass das geklappt hat mit dem *grant*. Die ganze Kohle, sagt Peter, grinst. Ob ich Princeton vermisse? I wo, sage ich,

meine ich. Klaus Stirn räuspert sich, blickt ins Saftglas, umständliche innere Vorbereitung, schließlich guckt er mich an, ein Entschluss.
Jetzt frage ich Sie doch mal, Frau Behrmann: Was forschen Sie denn da nun eigentlich genau?
Peters Blick schwimmt mit großen Zügen durch den Raum: Weißt du doch, Klaus, experimentelle Philosophie! Das erste Zentrum in Europa!
Stirn, über Peter hinweg: Ich frage Sie mal ganz offen, Frau Behrmann – ist das, was Sie machen, diese Umfragen, eigentlich noch Philosophie?
Mehr als das, Herr Stirn.
Meine Hand auf seinem Arm, hören Sie zu: Neulich, im Taxi durch Wien, der Fahrer gerade geschieden, die dritte Ehe, mitten in der Nacht steht er auf, setzt sich ins Taxi und fährt herum, nur im Fahren, erzählt er, kann er frei atmen. Und er fragt mich, was ist bloß der Mensch. Und ich: Ich weiß es nicht, sagen Sie es mir. Einer, sagt er, dem was fehlt. So was will ich wissen, Herr Stirn, oder Klaus, wenn ich darf.
Peter grinst. Die ganz alte Frage, da hat Klaus hier aber seine ganz alte Antwort drauf, oder: der *Homo sapiens sapiens*. Was, Klaus? Obwohl ich ja bezweifle, dass unser *sapiens* so viel hermacht. Peter wippt, winkt der Truschke, bringen Sie doch mal ein Glas Sekt für unseren Klaus hier. Oder, *old boy*? Nicht immer nur Saft.
Klaus ist ganz Würde: Die Vernunft unterscheidet uns vom Tier. Peter zieht die Augenbrauen hoch. Vom Tier vielleicht, *old boy*, obwohl, weiß nicht. Aber guck dich mal um in der Welt. Wir leben nicht mehr in den Zeiten von Kant. Vernunft ist der Ausgang aus der selbst verschuldeten Unmündigkeit, ja sicher. Aber nicht nur

für uns. Die Zukunft gehört den Bots, *deep learning* und so weiter, *artificial intelligence*, da werden wir am Ende dumm aussehen. Prost.
Na ja, Peter, Stirn schiebt sein Kinn vor, das sind so Zeitungsthemen. Zum Geldeinwerben ganz gut.
Schweine, sagt Selina plötzlich, können lügen.
Stille am Tisch. Alle gucken verlegen, außer Tom. Das liebe ich an ihm, dass er bei so was nicht verlegen wird. Ein wichtiger Punkt, Selina, sagt Tom ernst, ich dachte immer, lügen zu können sei die herausragende Eigenschaft des Menschen. Wie es aussieht, habe ich mich geirrt.
Selina sieht ihn an, macht er sich lustig? Dann strahlt sie, einfach so, wie angeknipst. Tom lächelt zurück, Wärme, Herzlichkeit. Man kann einfach nicht anders bei solch einem Strahlen. Nur Stirn lächelt nicht.
Und jetzt, Frau Behrmann, wollen Sie per Umfrage klären, was der Mensch ist, oder wie?
Peters Grinsen, langsam hängt es schief. Aber ich, der Sekt, eine Freude, die sich aufbäumt in mir, hole innerlich aus. Stirn ist zu schwerfällig, um auszuweichen, immer auf Kurs, der wird mir, mit gesenkten Hörnern gewissermaßen, zuhören müssen:
Wissen Sie, neulich habe ich einen Artikel gelesen. Nein, keinen Zeitungsartikel, sondern einen von Ihnen, und der begann so: »Personen sind Menschen, die ein Ziel für sich selbst formulieren und eigenständig verfolgen können.«
Peter legt den Kopf in den Nacken, lacht laut, und ich: Sagen Sie, Herr Stirn, wann genau ist aus Ihnen eine Person geworden? Mit zwei, mit drei, mit zwei und drei Viertel?

Peter, das Lachen abgestellt, hat den Teller voller Krümel, pickt darin herum. Stirn, aufgebläht, kneift die Lippen zusammen. Ich, bin ich jetzt zu weit gegangen, drücke seinen Arm, was ich meine, Herr Stirn, ich lächle, jeder von euch zaubert Behauptungen aus Begriffen wie Kaninchen aus dem Hut. Aber ich will das nicht. Keine Tricks.
Stirn tritt weg aus meiner Berührung, sagt: Umfragen, Statistiken, als ob das keine Tricks wären.
Peter breitet die Arme aus, legt die Hände auf unsere Schultern: Ich gebe euch da völlig recht. Der *Homo sapiens sapiens* ist umzingelt. Schlaue Schweine auf der einen, superschlaue Bots auf der anderen Seite. Der macht's nicht mehr lange, der *sapiens*. Nachschlag, irgendwer?
Hinten in der Kapelle, umringt von Doktorierenden, löffelt Bärbel Radke ihre Suppe. Sie bemerke ich das erste Mal, mit dem überdimensionierten Kopf, so viel Haar so blond in alle Richtungen habe ich noch nie gesehen, und in flachen Schuhen, knalllila, zu karierten Hosen. Ich gucke hin, Peter zu mir: Das ist die Radke, da musst du vorsichtig sein.
Wieso, was ist mit der?
Sagen wir mal, etwas eigen.
Stirn, kann der das auch, lächelt, ein Lächeln wie ein Nicken. Als die Männer sich Suppe holen, marschiert die Radke auf mich zu: Tag, Frau Behrmann. Schön, dass Sie mal eine Bresche schlagen ins Patriarchat.
Das sagt sie wirklich, Tom ist in Hörweite, und sie spricht nicht mal leise. Ich lache. Kommen Sie –
Gern, Frau Behrmann, wollen wir uns nicht duzen, ich bin die Bärbel.

Miriam.
Und was forschen Sie, Frau Radke, Bärbel, meine ich?
Vulnerability.
Ich nicke, sage nichts. In Princeton hatten sie auch so jemand. Aber da war der Fachbereich zahlenmäßig und auch sonst sehr viel stärker. Aber hier. Wir sind nur wenige. Peter, Klaus Stirn, die Radke und jetzt ich und Tom. Und die Radke ist außer mir die einzige Frau. Die Männer haben ihre Suppe geholt und balancieren die Tassen zurück zu unserem Tisch. Peter, mit Blick auf die Radke, zieht eine Augenbraue hoch. Die, laut: Wir sollten was zusammen machen.
Ich lächle. Ein Satz wie ein Schulterklopfen. Aber dass da nichts draus wird, habe ich sofort beschlossen. Die Radke, ihr Blick verändert sich, wird ganz klar für einen Moment, dann hart, hat mir das angesehen, und sie dreht sich weg, so abrupt, dass mir das peinlich ist. Ich fürchte schon, dass sie gleich abmarschiert, gemeinsam mit ihren Doktorierenden, ein geschlossener Trupp raus aus der Kapelle, das wäre ein schöner Eklat. Ich trau ihr das zu, aber das macht sie dann doch nicht. Sie bleibt, feiert mit uns bis zum Schluss, und die anderen reden mit ihr, sogar Peter, irgendwann, als die meisten Doktorierenden schon gegangen sind und nur noch der harte Kern um die letzte Sektflasche herumsteht. Die Radke kann ganz ordentlich trinken, und Peter spricht mit ihr, alles freundlich.
Auf uns Frauen, die Radke hebt ihr Glas, wir lächeln uns an, das Klingen der Gläser, alles wieder gut, auf uns alle, auch Peter stößt mit an, nur zwischen Siezen und Duzen sind wir stecken geblieben, die Radke und ich. Und Tom, der hält sich fern von ihr. Tom und

ich, wir sind neu hier, wir wollen nicht vereinnahmt werden. Nur, Tom macht das ganz unbewusst, der weiß das gar nicht, dem fällt gar nicht auf, dass er mit jemand nicht spricht. Er schaut verdutzt, wenn ich ihn anspreche auf so was, am nächsten Morgen, beim ersten Kaffee, den wir in der Küche im Stehen trinken; Frühstück gibt's im Auto, Rosinenbrötchen, Croissants krümeln zu sehr, die essen wir am Sonntag, wenn wir ausschlafen können. Nein, dabei habe er sich gar nichts gedacht. Zuckt mit den Achseln, wieso, die ist doch ganz harmlos, warum nicht mit der reden, vielleicht mal zum Lunch. Aber er tut es dann doch nicht. Kein einziges Mal. Und die Radke, nie würde sie von sich aus Tom ansprechen. Bloß mich. Bei mir, das weiß ich, schon auf jener Feier weiß ich das, wird sie es wieder versuchen. Die wird versuchen, mich zu knacken.
Jetzt kommt keiner mehr. Spricht mich keiner mehr an.

Ich hätte das nicht mitbekommen sollen: Selina, die für das Dekanat Berichte sammelt gegen mich. Sie muss belegen, was sie mir vorwirft; die besten Belege sind Berichte von anderen, die dasselbe sagen wie sie. Steht so in der E-Mail von Selina ans Dekanat. Die hätte ich nie bekommen sollen. Der falsche Drucker, meiner nämlich, und schon lese ich: »Liebe Frau Dekanin Prof. Dr. Radke, ich sammle derzeit Berichte, die meine Aussage stützen, und werde sie Ihnen bei Gelegenheit vorlegen. Alle Berichte stammen von (ehemaligen) Mitarbeiter*innen meiner vormaligen Betreuerin Prof. Miriam Behrmann, PhD, und liegen dem Betriebsratsvorsitzenden vor, der mir zu diesem

Vorgehen geraten hat.« Diese Behördenkorrektheit der Sprache. Es gibt sie also wirklich, diese Berichte über mich. Berichte, die ich nicht zu Gesicht bekomme. Nur die E-Mail, ein Versehen von Selina, oder sie wollte das sogar; ich soll unruhig werden. Und Peter, ins cc gesetzt, liest das Zeug und schreibt mit diesem Betriebsratsvorsitzenden hin und her, mit Dekanin Radke, und sagt mir nichts. Da bin ich dann zu der Radke hin in ihr Büro einen Stock höher. Dekanatsbüro wollte sie ja nicht. Sie sitzt da allein, abseits vom Fachbereich, mit ihren Doktorierenden, wo sonst nur die Psychologen sitzen. Aber es ist ein schönes Büro, groß, hell, riecht gut. Nach Rosen. Wirklich, nach Rosen. Da stehe ich vor ihrem Schreibtisch, darunter ihre knalllila Schuhe. Um mich zu entschuldigen. Weil ich ihr ausgewichen bin. Aber jetzt. Ich bringe die Dinge in Ordnung. Mehr nicht. Schon klar, dass ich unter diesen Umständen nicht um was bitten kann. Dass ich mich nur entschuldigen kann, umdrehen, soll die Tür offen oder zu? – offen, Frau Behrmann, offen – und weggehen. Ich habe gedacht, ich würde mich besser fühlen danach, das habe ich wirklich gedacht.

*

Das Akronym für unser Projekt, für den Drittmittelantrag, für unser Institut, Toms und meins: THACT. Tom, der sich auskennt mit Akronymen und mit Drittmittelgebern, was die mögen und was nicht, hat das erfunden. Kurz, griffig, trotzdem mit Aussage. Ich hatte THINKACT gesagt, Tom darauf THACT. Sonntagmorgen beim Frühstück, wir sitzen mit Croissants und Kaffee in Princeton auf der Terrasse. Auf dem Gartentisch überlagern sich die Schattenspiele der Blätter im Baum. Ruhig, heiter sind wir und siegessicher, werfen uns die Akronyme zu wie Bälle: Kopfball spielen. Sechs Jahre ist das her. Komm, Miriam, lass uns Kopfball spielen.

Okay, ich strecke meine nackten Füße aus, sage THINKACT, wie *Speech Act.* Mein Seminar in diesem Sommer: *Speech acts.* Das Beispiel für die Erstsemester: *Hiermit erkläre ich euch zu Mann und Frau*, sagt die Standesbeamtin – zack, sind zwei verheiratet, die es vorher nicht waren. Nur, weil jemand, der ein bestimmtes Amt hat, etwas Bestimmtes sagt. Nicken in der Runde, alle schreiben; nichts lässt sich so leicht unterrichten wie das. Aber jetzt, Tom, kommst du: Können auch Gedanken Tatsachen schaffen?

Fast, sagt Tom. Gedanken allein können das nicht. Überzeugungen, die ja. Wenn es Leute gibt, die sie mit dir teilen. Er lacht, verschränkt die Arme hinter dem Kopf: THACT. Wir nehmen THACT. Da klingt auch Fact mit an, right?

Right, sage ich, streife die Krümel vom Schoß, stehe auf, die Kaffeekanne ist leer, gehe ins Haus, ins Kühle, neuen Kaffee holen. THACT, das ist gut, das wird ziehen, ich weiß es.

Aber, sagt Tom, ich trete wieder auf die Terrasse, der warme Stein an meinen bloßen Sohlen, es ist so hell, dass ich Tom nicht richtig sehen kann, ich muss meine Augen mit der Hand beschirmen, um den Kaffee einzugießen – aber, Miriam, du tust dich schwer damit, oder?

Ja, Tom, ich setze mich, mir reicht das nicht.

Tom macht sich Notizen, schreibt auf die Papierserviette neben seinem Teller. Nie benutzt Tom seine Serviette zum Mundabwischen, es könnte ja sein, er muss was notieren. Mit dem Montblanc in seiner Brusttasche, der einzigen Eitelkeit, die Tom sich erlaubt, falls es überhaupt eine ist, so alt ist schon der Montblanc. Nur das Jackett wechselt; und ohne Brusttasche geht es gar nicht. Die Krümel streife ich ihm von den Lippen. Tom sieht hoch, schaut mich an.
Also ja, Miriam, ich glaube, dass Überzeugungen etwas erschaffen können: Werte, die Menschen zu Gruppen zusammenschweißen. Ich weiß, Tom, aber mir ist das zu wenig: einfach jedem Mob seine eigenen Werte.
Ach Miriam, du gönnst den Leuten auch gar nichts.
Ich lache.
Da fällt mir ein, Tom, *The Song of the Lark*, die Hauptperson, ein Kind, ein großes Talent, sie will Sängerin werden, lebt irgendwo in einem Dorf in der Prärie. Am Zaun kommt vorbei, in Lumpen, ein Landstreicher. Ein Gestank, die wandernde Pest. Später dann die Polizei, die für Recht und Ordnung sorgt und für Sauberkeit, sie nimmt dem Mann das Letzte, was er hat, seine Schlangen, er ist Schlangenschlucker, das ist sein Beruf, sozusagen, und wirft ihn dann raus. Raus aus dem Dorf. Da rächt sich der. Leichengift im dörflichen Brunnen. Typhus, Tote ringsum. Unsere Heldin, ihr Vater ist Pastor, quält sich: Hätte man dem Mann nicht helfen müssen? Nein, sagt der Dorfarzt: Nicht das Schwache – das Starke, Strahlende zählt! Und Tom, aus dem, was du glaubst, folgt doch: Recht hat er, einfach, weil die da so denken.

Ja, *darling*, dann ist das so.
Und der Landstreicher, Tom?
Toms Blick, hart: Was? Das Objektive ist das, worauf man sich einigt, und wer niemanden hat, mit dem er sich einigen kann ... Veto, Tom, das glaubst du nicht wirklich!
Miriam, ich wünschte, ich müsste das nicht glauben.
Unsere Blicke treffen sich, dann ein Lachen. Und ein Zögern, wie immer an diesem Punkt.
Ach, Tom ...
Genau dieser Streit, Miriam, ist jetzt Mode, da sind wir an der Forschungsfront.
Müssen wir auch sein, sage ich, für sieben Millionen.
Tom schraubt seinen Stift zusammen.
Lass uns Peter fragen, ob er mitmacht. Der sieht das alles ja noch mal ganz anders.
Das Institut war Peters Idee, sagt Peter, sagt Tom, sage sogar ich, wenn ich mit den beiden am Abendbrottisch, bei uns zu Hause in unserer Wiener Wohnung oder bei Peter daheim, das Weinglas erhebe: Auf uns! Aber in Wirklichkeit war das Institut meine Idee. Großartig, sagt Peter, als Tom ihn anruft, noch an jenem Sonntag vor sechs Jahren, gleich nach unserem Frühstück auf der Terrasse, als wir THACT erfanden. Peter, sagt Tom, wir brauchen dich für den Projektantrag, was meinst du, die Martha-Nussbaum-Stiftung, das sind ganze sieben Millionen, und Peter: Großartig! Tom und ich lächeln uns an, das Telefon, auf laut gestellt, zwischen uns auf der Lehne von Toms Gartenstuhl. Peters Stimme, im Hintergrund hört man Kinderlachen: Natürlich bin ich dabei! Und Tom, kommt doch nach Wien, im Ernst, wir sind nicht arm hier, der Menzel

schuldet mir noch was, du weißt, ich hab immer gute Drähte ins Rektorat; ich weiß, wie voll die Töpfe sind, auf denen die da sitzen. Wir können uns das leisten, euch zu holen, wir machen euch ein Angebot! Und Tom, langsam: Das klingt nicht uninteressant. Dann Peter: Im Ernst, vergiss Princeton, ihr wollt doch Kinder, oder? Und Tom, obwohl wir darüber zu niemandem sprechen, antwortet ihm: Das stimmt. Tom legt mir die Hand auf den Arm, begütigend. Na, also, sagt Peter, Kinder in Amiland, das ist doch viel zu teuer. Ihr zahlt euch dusselig, um die vernünftig ausbilden zu lassen. Da müsst ihr ohnehin zurück nach Euroland. Warum nicht Wien? Wien, Weib und Gesang! Tom flüstert mir zu: Der weiß nicht, dass du mithörst. Und ins Telefon: Wir bleiben im Gespräch. Zuerst einmal schicken wir dir den Antragsentwurf. Geht in Ordnung, sagt Peter, und schreib rein, was du willst, schreib mich einfach mit rein. Du weißt ja, ich hab keine Zeit, ich bin Dekan, die wollten mich unbedingt. Jetzt müssen die auch leben mit mir, und bald auch mit euch zwei beiden! Grüße an die Frau Gemahlin! Sieht die immer noch so aus, zehn Jahre jünger als du? Tom lacht: Das tut sie! Und blinzelt mir zu. Ein Grund mehr, ruft Peter, euch zu holen, was? Jetzt aber, bei euch ist ja Mittag, aber bei uns hier in der alten Welt gehören die Kinder ins Bett. Auf bald also, Tommyboy! Unser Institut aber, mit keinem Wort hat Peter das erwähnt. Und auch nicht Tom. Das Institut ist meine Idee, gleich als Tom aufgelegt hat, sage ich: Lass uns noch warten, wenn wir das Geld bekommen, die sieben Millionen, dann legt Wien noch was obendrauf. Das reicht, ein Institut zu gründen, THACT als

Institut: Dann sind wir unabhängig! Nur angebunden an die Uni. Das will ich. Tom schaut mich an, glücklich, das Glück überlagert die Vorsicht, vielleicht, weil Peter mich schön findet: Seine, Toms, Frau, fünf Jahre jünger als er, und es sieht nach zehn Jahren aus. Gute Idee, sagt Tom. Er schweigt. Sein Blick erwärmt sich, Wärme nicht nur für mich, Wärme für meine Idee. Wie zur Probe sagt Tom: Ein Institut, nur du und ich und Peter! Nicht Peter, sage ich, nur du und ich. Tom dreht die Kaffeekanne hin und her. Mal sehen, sagt er, was Peter davon hält. Nein, Tom, hör mir zu: Ich gehe nach Wien, wenn wir beide, du und ich und ohne Peter, unser Institut bekommen, sonst nicht. Tom blickt mir in die Augen, erschrocken. Es ist mir ernst, mehr nicht. Ist gut, sagt Tom, steht auf; auch ich stehe auf. Er tritt auf mich zu, umarmt mich. Und ich halte mich fest an ihm. Ich lache auf, sage: *Wechselwirkungen zwischen Meinungen, Tatsachen und Handlungen* – wie grauenvoll das klingt auf Deutsch! Ich spüre, wie Tom sich strafft, als er flüstert, lächelnd, in mein Ohr: *Feedback effects between beliefs, facts, and acts!*
Princeton, zehn Jahre. Nach den ersten fünf Jahren ziehe ich in unser Haus, Toms Haus, das Haus mit den schwarzen Möbeln. Schwarzes Ledersofa, schwarze Bar statt Tisch, mit Barhockern; sogar die Bettwäsche ist schwarz. Das Haus ist nicht größer als die Wohnung in Wien, die wir jetzt haben, aber mit Garten rund um die Terrasse. Eine Klimaanlage statt Heizung, wegen der mir immer kalt war am Anfang in Princeton, aber die spüre ich schon bald nicht mehr. Ich gewöhne mich. Das Haus ist besser als das Zimmer, das ich am Anfang hatte. Als alles mir fremd war, so fremd, dass

ich spürte: Ich lebe. Obwohl es mir eigentlich egal ist: das Zimmer, Toms Haus. Mein Ort in Princeton ist der Campus. In diesen Fantasiegebäuden, die aussehen wie Kathedralen, als würde man uns sagen: Ihr seid wichtig, das hier ist wichtig, hier bin ich am richtigen Ort. Auf dem Rasen sitzen, um uns herum der Indian Summer, die feuerroten Blätter in den Bäumen, das Licht. Die Stille. Vom Büro aus sind es nur fünf Minuten Fußweg, und ich bin in dem Gym, in dem ich jeden Mittwochmorgen schwimme, Bahn um Bahn, kein Geplansche, eine Dreiviertelstunde, genau wie die anderen. Wir teilen uns das Becken, alle wie am Schnürchen, ein Lächeln, anerkennend, wenn ich durchziehe ohne Pause, ohne Schnaufen, ein herzliches Winken beim Kommen und beim Gehen, mehr nicht. Das liegt mir am meisten, danach der Tanzkurs. Tom ist mein Tanzpartner, er lächelt und redet nicht viel, er hat mich von Anfang an gewählt, im Brown Bag Seminar, sagt er. Nur du kamst infrage, Miriam. Ein guter Tänzer bei Walzer, Foxtrott, Quickstep; Cha-Cha-Cha und Tango liegen ihm nicht. Trotzdem, am liebsten schwimme ich. Verbissen, hat Peter einmal gesagt. Peter, in Wien, eine Woche sind wir erst da, ich sitze im Büro die ganze Zeit, und er nimmt mich mit ins nächste Schwimmbad. Miriam, jetzt machst du mal Pause. Ich hol dich ab im Büro, sagt Peter, das ist nicht so nah, das Hallenbad, da müssen wir schon mit dem Auto fahren. Mitten durch Wien fährt er mich, Herumgekurve auf der Suche nach einem Parkplatz. Ich beiße die Zähne zusammen, wieso gibt es keinen Campus, wieso haben wir nicht unser eigenes Schwimmbad, aber ich sage nichts, ich bin ja freiwillig hier. Eine öffentliche Umkleide, bloß nach Geschlechtern getrennt, das ist jetzt so, sagt Peter. Im Becken dann, es ist ein ganz gewöhnliches, kleines Becken, in dem mir Wasser ins Gesicht schlägt von kraulenden Kerlen, die hart an mir vorbeiziehen und die dann am Beckenrand hängen, glotzen, schnaufen. Ich schwimme ruhig Bahn um Bahn. Einfach nicht beachten, alles nicht beachten. Und kurz vor einer Wende, als ich neben Peter anschlage, der am Beckenrand Wasser tritt, mich anlächelt, aber kalt, die Augen zusammenkneift, guckt, als wäre ich Klaus Stirn, sagt er: Verbissen, irgendwie bist du verbissen. Da hätte ich es merken sollen, an jenem Tag, ganz am Anfang. Ich bin schon drei Schwimmzüge weiter, als der Satz mich trifft. Das hätte in Princeton keiner gesagt. Das hat in Princeton keiner zu mir gesagt. Peter ist besonders nett zu mir danach, du bist wirklich ausdauernd, sagt er später im Auto. Und im Dekanatsbüro spendiert er mir Kaffee und Kuchen, ganz der Gentleman; da sage ich nichts. Ich denke: Jeder ist mal aggressiv. Vielleicht hat dieser eine Satz nichts zu bedeuten, und ich lege mir jetzt nur etwas zurecht, im Nachhinein.

*

Peter, die will sich doch nur rächen, wieso nehmt ihr Selina das alles ab?
Peter, mit dem Rücken zu mir, hantiert mit der Tasse und der Kaffeekanne auf dem Sideboard in seinem Vize-Rektoratsbüro. Vom Dekan zum Vize-Rektor.
Setz dich doch, Miriam; er meint den Besprechungstisch, eine Besprechungstafel ist das, die reicht für zwölf Personen. Ich hätte stehen bleiben sollen. Er

dreht sich um, lehnt am Sideboard, trinkt seinen Kaffee, nickt zur Wasserflasche auf dem Tisch:
Bedien dich.
Ich schüttele den Kopf. Schade, keine Bewegung, nur ansehen, das wäre besser gewesen.
Die rächt sich also, deine Doktorandin. Wofür?
Er nippt, schaut auf seine Schuhspitzen. Seine Cowboystiefel. Dass ich ihr gesagt habe, sie sei nicht geeignet, dafür.
Er stellt die Tasse ab, blickt mich an.
So etwas sagt man nicht zu seinen Doktorierenden, Miriam. Du hast sie eingestellt, Miriam, dann muss sie geeignet sein, es ist deine Verantwortung.
Eben, Peter, es ist meine Verantwortung, so etwas sage ich doch nicht einfach so dahin. Ich habe auf Anweisung gehandelt. Der Rektor ...
Miriam, willst du mir erzählen, Menzel hat dich angewiesen, deiner Selina zu sagen, sie sei nicht geeignet?
Ich lehne mich zurück in den Stuhl, lege einen Arm auf den Tisch, ausgreifend, möglichst ausgreifend, schlage die Beine übereinander, atme ein, atme aus.
Peter, lass mich bitte ausreden. Der Rektor hat mich angewiesen, frühzeitig zu entscheiden ...
Was zu entscheiden?
Ob der Doktorand, die Doktorandin geeignet ist. *Und geeignet heißt exzellent, Frau Behrmann* – seine Worte, Peter, eindeutiger geht es wohl nicht. *Doktorierende, die nicht exzellent sind, schaden Ihrem Institut – das wissen Sie doch, Frau Behrmann, also entscheiden Sie früh, entscheiden Sie rechtzeitig* – das hat er gesagt.
Peter kreuzt seine Füße, Quickstep, denke ich. Er schaut aus dem Fenster, ein Blick, der sich Zeit lässt.

Ich sammle meine Gedanken. Peter nimmt seine Tasse, nippt, schmeckt dem Kaffee nach wie einem Jahrgangswein. Linkshänder, Peter ist Linkshänder. Ich merke das erst jetzt, wieso? Peter stellt die Tasse ab, sieht mich prüfend an.
Wie lange ist Frau Aksoy schon bei dir, Miriam?
Frau Aksoy, sagt Peter, nicht mehr Selina. Ich hätte jetzt doch gern ein Wasser, aber nach dem Glas greifen, der Flasche, aufschrauben, eingießen, das passt nicht.
Vier Jahre, sage ich.
Vier Jahre, und das nennst du rechtzeitig, Miriam?
Natürlich nicht, Peter. Ich habe mit Selina gesprochen, nach den ersten drei Monaten schon, nach einem halben Jahr, nach einem Jahr, immer wieder. Und wie du sagst: *Du bist nicht geeignet,* das sagt sich nicht so schnell. Aber gesprochen habe ich mit ihr, immer wieder. Das stört sie doch gerade. Darüber beschwert sie sich doch, Peter.
Was Menzel gemeint hat, Miriam, ist, dass du deine Doktorierenden sorgfältig aussuchen sollst, nicht, dass du sie entlassen sollst.
Peter, erzähl mir nicht, was Menzel gemeint hat. Du warst nicht dabei.
Gut – Peter entkreuzt seine Füße, stößt sich ab vom Sideboard, mit zwei Schritten ist er am Schreibtisch, setzt sich, tippt etwas: Ich mache einen Termin mit Menzel, sagt er.
Peter, kannst du das nicht lassen? Können wir nicht auf Deeskalation setzen?
Tut mir leid, Miriam, das ist jetzt schon eskaliert. Das eskaliert von sich aus weiter, so oder so.

Trotzdem, Peter, das war ein Vieraugengespräch mit Menzel. Der wird dir nicht mehr erzählen, was er mir gesagt hat, damals.
Wieso, hast du doch auch, deine Version. Und ich will jetzt auch nicht ungeduldig wirken, aber ich habe gleich den nächsten Termin.
Dass Selina sich rächen will, das glaubt mir niemand. Schließlich, sie schlitzt mir nicht die Autoreifen auf. Schließlich, sie lässt nicht nachts mein Telefon klingeln. Nein, sie geht den offiziellen Weg. Sie spricht mit dem Betriebsratsvorsitzenden, beschwert sich. Sie findet eine Sprache, eine gültige, so redet man heute: psychischer Missbrauch.

Menzel mit mir im Büro, mit uns, vor fünf Jahren: Ich, Tom und Peter stehen um ihn herum im Raum, der klein ist, bescheiden, karg, grauer Teppichboden, keine Pflanzen, keine Bilder. Peter ist schon drinnen, als Frau Jage, laut Türschild, uns öffnet, mustert, einlässt, im Vorzimmer Platz nimmt; es gibt Wichtigeres zu tun, der Kaffee kann warten. Menzel erscheint im Anzug, mit abgelenktem Blick. Ein großer, schwerer Mann. Das hier ist nicht Menzels Büro, natürlich, es ist sein Zweitbüro, oder Drittbüro; an der Tür kein Name, nur: Rektoratsverwaltung. Bis heute weiß ich nicht, wo ich Menzel finden würde, wollte ich ihn suchen. Menzel sagt nichts, kein Lächeln. Er streckt Tom die Hand hin, Tom schlägt ein, ebenfalls ernst, als wäre das hier eine Krisensitzung, dabei geht es um unser Institut, um seine Gründung. Peter lächelt mir zu, nimmt meine Hand, führt sie an die Lippen, angedeuteter Handkuss. Ladys first, nicht Instituts-

leiterin first, ein Unterschied. Menzel streckt mir die Hand hin, Platz zwei der Doppelspitze. Ich drücke seine Hand, er drückt nicht zurück. Deutet auf das Sofa. Wir setzen uns. Menzel gießt sich als Erstes einen Espresso ein, dann Tom, ich lehne ab. Menzel dreht seine Esspressotasse, Geste der Nachdenklichkeit, setzt sich schließlich zu uns. Peter lächelt.
So, sagt Menzel. Sie wollen mir sicher Ihre Pläne erläutern.
Er lehnt sich zurück, Blick auf Tom, den Kopf ein wenig zur Seite geneigt, Beichtvaterhaltung.
Gern, sage ich.
Peter senkt den Kopf, grinst. Tom bleibt stumm; er hätte sowieso länger gebraucht, um sich zu überlegen, was er erzählt.
Wir, sage ich, sind das erste Institut, das die experimentelle Philosophie –
Philosophie? Hat Ihr Mann nicht etwas von Sozialforschung gesagt, von interdisziplinär?
Ich blicke zu Tom. Er nickt. Wann hat er mit Menzel gesprochen? Natürlich, sage ich. Und im Einzelnen planen wir in den kommenden Jahren –
Weltspitze, sagt Menzel.
Wie bitte?, sage ich, und Menzel: Sie planen doch hoffentlich, Weltspitze zu werden.
Ich bin froh, sage ich, dass Sie das so sehen.
Menzel schürzt die Lippen, macht eine Handbewegung: ein kurzes waagerechtes Luftzerschneiden.
Sie wollen, sagt er, Finanzierungszusagen von mir. Das stimmt doch?
Zum ersten Mal schaut er mich an, nicht Tom. Ich nicke. Das heißt, ich neige den Kopf, einmal. Menzel

steht auf, wandert im Raum auf und ab. Blickt aus dem Fenster.
Wir können es uns nicht leisten, ein Institut zu fördern, das nicht Weltspitze ist. Nehmen Sie das Otto-Frisch-Institut, unser Aushängeschild. Wir bekommen Bewerbungen aus Harvard, wir sind besser als die drüben. Materialforschung der Zukunft, das ist wegweisend. Können Sie das auch von Ihrem Institut sagen?
Ja, sage ich. Nur dass unser Institut gerade erst gegründet wird. Menzel schüttelt den Kopf. Sein Blick ist fast zärtlich. Er bleibt vor mir stehen.
Sie überzeugen mich, dass Sie Weltspitze sind, und dann überlege ich mir, was ich für Sie tun kann.
Er streckt seine Hand aus.
Es hat mich gefreut, Frau Behrmann.

Mich reden lassen, das hättest du doch tun können.
Tom schüttelt den Kopf, als wir zu dritt zusammensitzen, beim Lunch, ich und er und Peter, im *Ça Bouge*, und ich an meinen Froschschenkeln würge; warum bloß habe ich die bestellt, tue ich sonst nie. Peters bewundernder Blick, als ich wähle: Die Froschschenkel bitte, sonst nichts. Der Knall beim Zuklappen der Speisekarte zwischen meinen Händen. Vielleicht dafür: für diesen Blick.
Lass sie mal, sagt Peter zu Tom. Du siehst doch ...
Ich schüttele den Kopf. Ich muss das jetzt aufessen.
Im Ernst, Tom legt seine Gabel ab, so kann man mit Menzel nicht reden.
Wie bitte, ich schlucke, muss man denn mit ihm reden?

Indirekt, sagt Tom. Indirekt, damit er immer einen Ausweg hat. Redest du da nicht eher von dir, mein Lieber?
Miriam, Peter beugt sich zu mir, nimm es nicht so schwer. Menzel ist, wie er ist.
Hör mal, Peter, Tom sucht seinen Blick, wir brauchen dich hier. Tja, Peter grinst, du weißt, ich hab viel um die Ohren.
Wir brauchen dich als Dritten im Bunde, Tom hebt sein Weinglas. Dreigestirn statt Doppelspitze. Wir hatten das von Anfang an so im Auge.
Fein. Peter zögert. Danke. Ich schau mal, was ich machen kann. Er gießt uns Weißwein nach. Ich trinke. Ich kann jetzt nicht nichts sagen.
Peter, ich freu mich, Tom nickt, ein Nicken wie Applaus.
Ich hebe das Weinglas: Lasst uns anstoßen auf das Dreigestirn. Tom versucht, mir einen Blick zuzuwerfen; an meinem prallt er ab. Und die vom Otto-Frisch-Institut, sage ich, sind die wirklich besser als Harvard?
Ach i wo, Peter grinst, zurückgelehnt, die Serviette am Mundwinkel. Die haben da jemanden aus Harvard gekriegt, das stimmt schon. Aber die haben den nicht wirklich abwerben müssen. Er hat in Harvard keine Entfristung bekommen, und seine Frau ist Wienerin. Er lächelt sein Mundwinkellächeln, schaut mir in die Augen.
Wir haben die so hierhergekriegt wie euch, sagt er.
Bitte, auch ich lehne mich zurück, nimm zur Kenntnis, dass ich die Entfristung bekommen hätte. Man hat mir in Princeton zu verstehen gegeben ...

Ja klar, Peters Hand auf meiner. War nur so dahergeredet.
Im Ernst, Peter.
Ich sage das ganz ruhig. Tom neben mir errötet. Über und über errötet er.
In Ordnung, Peter zieht sein Portemonnaie aus der Tasche: Und das hier geht auf mich.
Und dass Toms Eltern nach Wien gezogen sind, sage ich, hat nicht den Auschlag gegeben. Nur damit das klar ist.
Ist klar, Madame.
Peter grinst, sieht zu Tom und zwinkert. Tom lächelt. Wirklich, er lächelt, knallrot im Gesicht.

*

Keine Nachricht von Tom. Eine Sinnestäuschung; nicht mein Handy. Er muss wohl glauben, es ist mir lieber so. Das Display leuchtet: Nuschka, meine Nuschenka. Ihr Staunen. Da war sie zwei, vor anderthalb Jahren, und ihre Hände, die sieht man hier nicht, streckt sie mir entgegen, tapsende Schritte, auch die nicht zu sehen. Nur ihr Gesicht auf meinem Smartphone. Alles, alles geht hinein in diesen Kinderblick, eine Marschkolonne aus Dingen, Wörtern, und ich, was kann ich tun. Was kann ich verhindern. Mein Rücken juckt. Ich komme nicht, der Mantel, darunter das Jackett, an die juckende Stelle; all diese Schichten sind im Weg, und es ist zu kalt um abzulegen. Die Kälte frisst sich tiefer. Das Display wird schwarz. Aufstehen, hin- und hergehen. Noch ist es nicht vorbei. Aufstehen, hin- und hergehen, das hätte ich schon längst tun sollen. Diese unsinnige Scheu vor dem Hallen meiner Schritte hier, in der Kapelle. Von

Anfang an habe ich nur gewollt, dass Selina ihren Weg, den selbst gewählten Weg des Denkens, auf eigenen Beinen gehen lernt.
Selinas Vorstellungsgespräch, ein Dienstagmorgen. Gegen zehn soll sie kommen. Um Punkt acht fange ich an. Allein auf dem Flur. Geschlossene Tür. Im Lichtkegel ein Blatt Papier. Der Bildschirm schwarz. Das bin ich: denken, notieren, denken. Ruhe. Dann piept mein Handywecker: Es ist neun Uhr fünfzig. Die Truschke besorgt noch schnell zwei Gläser, die Wasserflasche steht auf dem Besprechungstisch; ich warte. Stelle mich ein. Am Vortag die Sache mit Otto Kragel, dem blinden Bewerber. Er geht mir im Kopf herum, während ich warte, der Klang der Stuhlbeine, die ihm im Weg stehen. Den Namen werde ich erst mal nicht vergessen, schon wegen der Truschke: ihr künstlicher Fingernagel auf dem Briefkopf der Bewerbung, vor zwei Wochen. Den müssen Sie einladen, der ist behindert, sagt die Truschke. Gibt sonst Ärger. Was hat er denn, frage ich. Blind ist der, sagt die Truschke. Am Vortag also sitzt Otto Kragel mit mir am Tisch, Vorstellungsgespräch. Er guckt an mir vorbei, das heißt, es sieht so aus, als gucke er vorbei, und ist sehr nett. Fast keine Gesten, auch die Stimme ruhig: Ja, Frau Behrmann, ich kann im Labor stehen und Experimente durchführen. Nur die Instruktionen für die Probanden, sagt er, die müssten barrierefrei sein. Ich nehme an, sage ich, dass die Instruktionen barrierefrei vorliegen werden, da Sie sie ja selber schreiben werden, nicht wahr, und vermutlich schreiben Sie barrierefrei? Ja, sagt er, auf meinem privaten Computer. Aber natürlich müsste ich mich einarbeiten. Dafür, sagt er, wäre es wich-

tig, dass die Literatur barrierefrei vorliegt. Warten Sie, sage ich, stehe auf, gehe ins Vorzimmer, wo die Truschke auf den Bildschirm starrt: Ibiza, all inclusive. Sie minimiert das Webportal nicht, auch nicht, als ich mich neben sie stelle. Frau Truschke, sage ich, gibt es die Literatur auch in Blindenschrift in unserer Fachbereichsbibliothek, oder woanders? Weiß nicht, sagt die Truschke. Können Sie das herausfinden, Frau Truschke? Nee, sagt die Truschke und wedelt mit den Fingernägeln, ich bin nicht zuständig für Behinderte. Dann finden Sie raus, sage ich, wer zuständig ist. Ich schließe die Verbindungstür, gehe zurück in mein Büro. Otto Kragel wartet am Tisch, unbewegliches Gesicht, unbewegliche Haltung. Herr Kragel, sage ich, ich weiß nicht, ob unsere Literatur in Blindenschrift vorliegt, aber ich bemühe mich, das herauszufinden. Keine Blindenschrift, bitte, sagt er, es muss nur kompatibel mit Sprachsoftware sein. Ich kümmere mich darum, sage ich. Er steht auf, lächelt nachsichtig, nickt zum Abschied. Natürlich, dumm von mir. Er geht. Langsame, aber irgendwie sichere Schritte. Ihm passiert das dauernd. Keine Niederlage, nur sein Leben. Tok, tok, tok. Jedes Hindernis ein Klang. Sein Gang ein Rhythmus aus Hindernissen. Ich hätte ihn gern eingestellt. Wenn Sie den nicht nehmen, müssen Sie die Frau einstellen, sagt die Truschke. Hat sich ja nur eine beworben. Sonst kriegen Sie Ärger, sagt die Truschke. Also warten auf die Frau. Ich hätte Selina sowieso eingeladen: Sie hat einen Einskommanullabschluss.

Pünktlich um zehn klopft es an der Tür. Komisch, weshalb habe ich gedacht, sie wird sich verspäten?

Herein, sage ich. Die Tür fliegt auf; Selina steht im Rahmen. So ein Schneewittchen, denke ich. Ich mag sie augenblicklich. Die Locken kurz und schwarz, das Lächeln knallrot, weiß die Haut. Setzen Sie sich, sage ich. Zwei große Schritte, sie rutscht auf einen Stuhl, Erwartung im Blick. Ich stehe auf, gehe zur Fensterfront und reiße schnell ein Fenster auf. Mir ist eingefallen, dass mein Teppichboden stinkt. Jahre alt, und noch immer riecht man den Kleber. Trotzdem, ein Teppichboden macht mehr her als nur Linoelum, wie in Toms Büro. Ein Windstoß fegt die Seiten vom Tisch, die ich vorhin dort hingelegt habe, Selinas Lebenslauf. Hoppla, sagt Selina, bückt sich, hebt die Blätter auf. Leichte Röte im Gesicht. Jetzt müssen wir mein Leben neu ordnen, sagt sie. Ich lächle. Wahrscheinlich kann sie gut schreiben, denke ich, wahrscheinlich wird sie wenig Mühe machen. Ich sage: Können Sie mir von sich erzählen, Frau Aksoy?

Also, sagt sie, ich habe Philosophie studiert und ein bisschen Theaterwissenschaften. In Philosophie vor allem Sartre, das war meine Bachelorarbeit, aber eben auch ganz viel analytische Philosophie.

Ich nicke, das ist gut.

Ich bin hier aufgewachsen, sagt Selina, in Österreich. Eltern aus der Türkei. Aber keine Sorge, wir sind super integriert.

Sie lächelt. Sie ist noch so jung. Ich merke, dass ich grinse. Erzählen Sie mir, sage ich, was Sie interessiert. Warum haben Sie sich bei mir beworben?

Sie strahlt. Also, sagt sie, ich finde es toll, dass Sie anders sind. Dass Sie darauf achten, wie die Leute wirklich sprechen. Philosophen definieren immerzu

Begriffe, analysieren Argumente, die auf Begriffen basieren. Aber die Philosophie, seit Wittgenstein, sagt, Begriffe sind Regeln im Sprachspiel.
Gut, denke ich, das hat sie verstanden.
Aber, sagt Selina, das Sprachspiel wird von allen gespielt. Nicht nur von den Philosophen. Daher finde ich es gut, dass Sie schauen, wie verwenden normale Leute einen Begriff, also zum Beispiel den Begriff *verantworten*, wie in Ihrem ersten Artikel. Dass Sie sich nicht einfach hinsetzen und den selber definieren. Selina beugt sich vor, ihr Blick in meinem: Das finde ich toll.
Schön, sage ich, kommen wir zu Ihren Qualifikationen. Sie haben einen Einskommanullabschluss, das ist gut. Aber statistisch gearbeitet haben Sie noch nicht?
Nein, Selina lächelt, aber das kann ich doch lernen, oder?
Sicher, sage ich. Frau Aksoy, können Sie sich vorstellen, auch selbst Umfragen zu entwickeln, eigenständig?
Ja klar, ein Klatschen, Selina hat in die Hände geklatscht. Ihr Strahlen, ihre Begeisterung, das war nicht gespielt. Ich weiß nicht, wann hat es angefangen, warum, dass sie gegen mich ist.
Miriam, sagt Tom zu mir, wenn wir allein sind, abends im Bett, immer wieder in den letzten Monaten: Miriam, pass auf, dass du nicht Dinge erfindest, im Nachhinein. Die große Verschwörung. Du musst auf dein Denken aufpassen.
Tom, ich drehe mich zu ihm, willst du behaupten, dass ich es war, die Selina dahingetrieben hat, dass sie so etwas tut? Und alle anderen gleich mit – ich bin die Böse?

Tom schaut mich an im Licht der Nachttischlampe. Müde Augen; nicht nur die Lider, die Tränensäcke, auch das tief in ihm, wo sein Blick herkommt: müde. Ich habe nicht gemeint, Toms Worte kommen zögernd, dass du die Böse bist; aber sonst: Ja, vielleicht ist es so gewesen.

*

Die Mutter anrufen. Was sagst du dazu, Mamuś: Ich bin die Böse. Dabei ist Mamusia tot, seit zehn Jahren. Damals: Mit dem Zug von Szczecin nach Berlin, mit dem Taxi zum Flughafen Tegel, dann der Flug nach New York, über Dublin. Vier Stunden Aufenthalt. Das Gefühl, dass Mamusia mitgekommen ist diesmal und wir uns irgendwo verloren haben auf dem langen Weg vom Lande- zum Abfluggate. Dass Mamusia stehen geblieben ist zwischendurch, vielleicht bei dem Laden mit den Seidenschals, und mich aus den Augen verloren hat und nun nicht mehr weiterweiß. Ich greife zum Handy, stecke es weg, denn: Mamusia ist tot, wir haben sie gestern beerdigt. Ich lese nicht wie sonst am Abfluggate. Ich habe zum ersten Mal Flugangst. Dann einsteigen, sich setzen wie ein normaler Passagier. Augen zu, schlaflos nach New York. Das Dröhnen des Flugzeugs. Der Abgrund zwischen meinen Atemzügen. Mamusias Gesicht, besorgt, unter meinen Lidern. Ich sehe sie, Stunde um Stunde, im Flieger nach New York. Ihr lebendiges Gesicht, in übersteuerter Deutlichkeit. Die Härchen am Kinn. Ich sehe sie, vielleicht, wenn ich die Augen öffne, nie wieder. Landung; es ist Abend. Ich muss aufstehen, den Koffer aus dem Gepäckfach nehmen, das Flugzeug verlassen. Das Lächeln der Stewardess erwidern: *bye, good evening.* Tom holt mich ab, fährt mich nach Princeton, schweigend, nur eine Frage: Wie war die Beerdigung? – Wie soll sie schon gewesen sein, sage ich; danach schweigen wir. Drei Tage und drei Nächte bin ich ohne Schlaf und kann nicht glauben, dass ich nie mehr mit ihr sprechen werde. Wie die Unendlichkeit, so wenig vorstellbar. Wir gehen ins Bett, Tom und ich, aber ich kann nicht schlafen; das ist ein fremdes Haus. Tom neben mir rührt sich nicht. Ein fremder Geruch, amerikanisches Waschmittel. Ich dachte, ich hätte mich gewöhnt. Mamusia mag den Geruch nicht. Sie gibt mir zwei Pakete Persil mit, wenn ich sie besuche, zweimal im Jahr, Ostern und Weihnachten. Die deutschen Mittel sind die besten, sagt sie, machen sauber und riechen nicht so künstlich. Tom hat seine Mutter noch. Er liegt auf der Seite, mit dem Rücken zu mir. Besser so. Ich will, dass seine Mutter auch tot ist. Stundenlang will ich das. Irgendwann, gegen vier, stehe ich auf, leise, mache kein Licht. Ich werde im Wohnzimmer zusehen, wie die Terrassentür verblasst, bis durch sie hindurch der Garten Form annimmt: Ahorn, wie bei uns in Szczecin. Auch die Nacht sieht aus wie bei uns zu Hause. Ich taste mich den Flur entlang, immer noch Druck auf den Ohren, es wird schlimmer, irgendwas stimmt nicht mit meinem Gleichgewicht. Mamusia, es war ein langer Flug. Das Dröhnen in den Ohren. Kein Schlaf, drei Tage und drei Nächte. Meine Hand greift ins Leere, die Wohnzimmertür. Ich taumele, halte mich am Türrahmen fest. Ich atme. Ein, aus. Ich taste mich weiter, bis zur Couch. Setze mich. Schwindel. Auf dem

Couchtisch blinkt das Telefon. Ich wähle Mamusias Nummer. Das mache ich immer: Mamusia anrufen, wenn ich nicht schlafen kann. In Szczecin ist es zehn Uhr morgens, Mamusia wird im Büro sein und mein Bruder auf dem Feld, die neuen Rumänen einweisen. Himbeerernte, Hochsaison. Das Freizeichen, ganz normal, wie sonst. Was, wenn sie abnimmt? Ich muss ihr das doch sagen. Dass ich Mamusia verloren habe. Dass ich Mamusia nicht verlieren darf. Das muss ich ihr doch sagen. So etwas Wichtiges. Ich höre dem Freizeichen zu, fühle über den Atlantik hinweg, in den eigenen Beinen fühle ich das, wie Mamusia zum Telefon rennt, *nareszcie*: *Miriam*, ruft sie meinem Bruder zu, der wie immer zur Himbeerernte zu Besuch ist. Der schon alle seine Sachen ausgeräumt hat, binnen Tagen, und das Haus und das Feld verkaufen will. Ich höre dem Freizeichen zu, ich und das leere Haus hören zu. Bis zum Ende warte ich. Jetzt besetzt, ich lege auf, hebe ab, wähle Mamusias Nummer. Ich weiß, dass sie nicht abnehmen wird, aber ich kann es nicht glauben. Vielleicht geht das hier noch ein paar Stunden so weiter, dass sich die Dunkelheit um mich dreht, dass ich denke: Ihr ist etwas passiert. Aber das wird aufhören. Mamusia wird sich melden. Mein Herz ballt sich wie eine Faust, stolpert über sich selbst, aber dann, am Morgen, nimmt Mamusia ab, bestimmt, sie hat einfach nur den Hörer falsch aufgelegt, nach dem letzten Gespräch, wie schon so oft. Stell dir vor, Miriam, ich habe das jetzt erst bemerkt, Gott sei Dank, Mamusia, dir ist nichts passiert, du bist nicht tot. Tu das nie wieder, hörst du, Mamusia. Alle Definitionen des Wissens sind falsch. Ich lege auf, hebe ab, wähle ihre Nummer.

Ich höre dem Freizeichen zu. Jetzt besetzt. Ich lege auf, hebe ab, wähle ihre Nummer. Tom, der mir das Telefon wegnimmt, auflegt, das Telefon wegstellt, mich in den Arm nehmen will. Was hat Tom hier zu suchen. Ich entwinde mich ihm. Ich stehe auf, schreie. Tom schweigt. Es ist zu dunkel, um sein Gesicht zu sehen. Ich weiß nicht, ob er mich anschaut, oder über mich hinweg, dorthin, wo die Tür ist. Die Wohnzimmertür. Wir regen uns nicht. Ich kann seinen Atem nicht hören. Ein Schatten ist er, ein massiver Schatten zwischen mir und Mamusia. Er nimmt das Telefon, wählt ihre Nummer, hält mir das Telefon hin, hält mich fest. Sein Geruch, sein Schweiß. Er hält mich die ganze Nacht, dort auf der Couch in seinem Haus, während die Terrassentür hervortritt, dann die Möbel, stumme, verlegene Gegenstände. Während ich wähle, dem Freizeichen zuhöre, auflege, wähle, schreie, bis ich heiser bin, dann flüstere, Mamusia, hält er mich fest. Ich denke nicht darüber nach, ich habe keine Zeit zu denken, während ich wähle, dem Freizeichen zuhöre, auflege, wähle – aber ich weiß, gegen Ende dieser Stunden weiß ich, dass wir heiraten werden, Tom und ich.

Zehn Jahre früher steht Mamusia, an einem Morgen, den ich jetzt Vergangenheit nenne, am Rand des Himbeerfelds. Sie lebt noch; sie weiß nicht, dass sie zehn Jahre später tot sein wird. Sie bindet sich einen Dutt mit ihren Krankenschwesterhänden, die Haarnadeln hält sie im Mund und schaut meinem Bruder zu, wie er die neuen Rumänen einweist. Die alten Hasen, Pflücker, die jedes Jahr kommen, schauen kurz hoch, lachen meinem Bruder zu, *Cześć, Andrzej*, und mein Bruder winkt, grüßt in gebrochenem Rumänisch zurück. Polnische und rumänische Witzeleien fliegen hin und her, weben den Sommer in die Luft wie Spatzen. Geruch nach Erde, Wiesenkräutern, Himbeeren, Seife. Lux, die mag Mamusia am liebsten. Eine Vergangenheitsversion von mir, die jenen Morgen Gegenwart nennt, steht neben Mamusia, ärgert sich, schweigt. Wir haben gerade gestritten, über Gott. Das heißt, ich habe gestritten, nicht Mamusia. Mamusia sagt ihre Sätze bestimmt, ohne jeden Zweifel und ohne Wut, in der absoluten Sicherheit des Rechthabens: Du hast deinen Glauben verloren, weil du nicht auf ihn achtgegeben hast, nicht weil wir anderen dumm sind und nur du bist klug. Dann steckt sie sich die Haarnadeln in den Mund, die Hände ins Haar. Was hätte ich antworten sollen? Wir alle sind Gestalten in der Zeit, zusammengesetzt aus unseren Vergangenheitsformen, und jede Vergangenheitsform, die wir waren, nennt ihren eigenen Zeitpunkt Gegenwart. Ich kann nicht zurück zu Mamusia am Himbeerfeld; aber ich kann daran denken, dass mein früheres Ich unveränderlich neben Mamusia am Rand des Himbeerfelds steht, genauso wirklich wie ich jetzt. Was uns verbindet, ist die Wirklichkeit. Mich jetzt und Mamusia damals. Nur die Zeiten sind anders.

Das, sagt Tom, behauptet die B-Theorie der Zeit. Wir sitzen am Abendbrottisch, vor einem Jahr ungefähr. Tom hat gekocht, Fischgulasch, und einen Weißwein geöffnet. Ich habe ihm alles erzählt, über Mamusia, das Himbeerfeld. Seit Mamusia tot ist, erzähle ich alles Tom. Keine Schonzeit mehr.

In Wirklichkeit, Tom prüft seine Worte auf Zartheit,

sind deine Mamusia und das Himbeerfeld ... bloß noch Erinnerung. Weil es nur eine einzige, winzige Wirklichkeit gibt, die gleitende Gegenwart.
Er schaut in sein Weinglas, meidet meinen Blick. Ein Mann, dem es peinlich ist, dass er recht hat, aus seiner Sicht. Oder warum schaut er mich nicht an?
Ach Tom, was für eine blödsinnige Metapher: gleitende Gegenwart.
Tom lächelt ein wenig, schmeckt seinem eigenen Gedanken nach.
Du hättest, sagt er, vielleicht doch deinen Glauben an Gott behalten sollen.
Wieso das denn?
Jetzt schaut er mich an. Mit diesem Blick, der ganz hinten in der Tiefe Abstand hält.
Weil es dir geholfen hätte.
So, hätte es das. Wobei?
Du weißt schon, Miriam, was ich meine.
Tom, ich kann doch nicht an Gott glauben, nur weil mir das helfen würde, ihren Tod zu ertragen.
Aber an die B-Theorie der Zeit schon, oder was.
Ja, weil sie wahr sein könnte und kein kompletter Schwachsinn ist. Tom sieht mich schweigend an, aber sein Blick sagt mir, ich habe ihn getroffen. Das wollte ich nicht. Aber was soll ich tun, zurücknehmen kann ich nichts. Ich strecke meine Hand aus, lege sie auf seine. Er lässt seine Hand liegen wie einen Gegenstand. Ich liebe dich, sage ich. Da erst bewegt er die Finger, schiebt sie zwischen meine. Ich dich auch, sagt er, mehr als du mich. Nein, Tom, es ist umgekehrt; aber meine Liebe ist schwerer zu verstehen, das gebe ich zu. Tom lächelt: Na gut. Ich sage nicht: Ohne dich

kann ich nicht leben. Es ist ja nicht wahr; man lebt ja immer weiter, irgendwie.

Ich und Jurek, mit zwölf Jahren. Wir stehen auf dem Hügel hinter dem Haus. Grasspitzen kitzeln meine Knöchel. Die Sonne backt die Erde. Ihr Duft steigt auf und verdreht den Hummeln und Zikaden den Kopf. Der Himmel stülpt sich über uns, eine Sommerglocke, unter der wir schwitzen. Unsere himbeerroten Hände reiben wir alle paar Minuten am T-Shirt trocken. Das Haus in meinem Rücken ist mein Haus, ganz selbstverständlich gehört es mir, so wie Mamusia und Tata und Andrzej mir gehören und die Katze, die in ihren weißen Stiefeln kommt und geht. Alles, was ich kenne, gehört mir. Nur Jurek nicht. Er ist der andere. Es ist ein Wunder, dass er hier ist, neben mir; ein Wunder wie eine Marienerscheinung. Die Härchen auf Jureks Armen glänzen in der Sonne, Weiß auf Braun. Wir schauen beide auf seine Hände, die einen Zweig verknoten. Ein Wille ist in ihnen, der keine Rücksicht nimmt. Er geht in meine Klasse, aber dies ist das erste Mal, dass wir nebeneinanderstehen und nicht spielen, nicht rennen, nicht rufen und lachen. Und nicht essen. Nicht Fahrrad fahren. Niemanden abholen, niemanden suchen. Wir rühren uns nicht. Nur seine Hände verknoten den Zweig, entknoten ihn wieder, verknoten ihn. Ich bin kurz davor, Jurek mein Geheimnis zu verraten. Das ist das erste Mal, dass nicht Mamusia die Erste ist, die ein Geheimnis von mir erfährt. Und es ist ein größeres Geheimnis als alle zuvor. Unser Schweigen, es ist mir nicht genug. Es ist wie eine Blase, die anschwillt, zum Platzen gespannt.

Ich öffne den Mund. Ich hole Luft. Ich will Theologie studieren, sage ich. Sofort weiß ich: Das war das Falsche. Es ist wahr, ich will Theologie studieren, aber mein Geheimnis ist aus dem Satz entwichen und der Satz fällt zu Boden wie der Zweig, den Jurek jetzt wegwirft. Er dreht sich halb zu mir, guckt mich an, verzieht das Gesicht. Igitt, sagt er, du willst Nonne werden! Er dreht sich weg, rennt los. Er läuft den Hügel hinunter, springt über Steine; *Jolanda*, ruft er, *piękna Jolanda*, und das Mädchen, das in der Klasse hinter mir sitzt, steht unten am Hügel im kirschrot getupften Sommerkleid und winkt ihm zu. Helles Lachen. *Jolanda*, ruft Jurek, *kocham cię, Jolanda!* Ein Jubelruf. Der Himmel dröhnt, Schlag um Schlag. Es ist Mittag. Ich knie im Gras, auf allen vieren. Ich kann nicht mal versuchen aufzustehen. Einfach warten, bis das hier vorbeigeht. Es geht nicht vorbei. Das heißt, draußen rund um den Hügel fließt die Zeit. Nur ich bin eingeschweißt in einen Augenblick.

Anscheinend bin ich eingeschlafen. Das Aufwachen tut weh auf der Haut. Ein böses Rot überall; das geht nie wieder weg. Ich dachte, sagt Mamusia, als sie mich findet, das ist ein Tier. Ihre Stimme klingt wie ausgewrungen. Du hast geschrien wie ein Tier ... Sie berührt mich mit einer unbekannten Vorsicht. Kannst du aufstehen? Sie zieht mich unter der Himmelsglocke hervor. Sie hebt mich hoch und trägt mich. Den ganzen Hügel hinunter und ins Haus trägt sie mich. Sie keucht. Der Schatten, der sich auf mich legt, die Kühle, das Haus. Sie legt mich auf etwas Weiches. *Kiczusz*, sagt sie, die Sonne hat dich verbrannt. Ich muss das behandeln. Es ist ihre Krankenschwesterstimme. Ich liege im Bett, nicht in meinem Kinderzimmer, sondern im Ehebett, wie früher, als kleines Kind, wenn ich Albträume hatte. Auf mir feuchte Tücher, das Kommen und Gehen von Mamusia, die Tücher werden angehoben, Wasserrauschen, sie werden wieder auf mich gelegt, kälter. Ich fange an zu weinen. Nur ein bisschen, mehr geht nicht. Erst jetzt fragt sie: Warum bist du da liegen geblieben? Was ist passiert? Nichts, Mamusia. Ich wollte ihm doch nur ein Geheimnis erzählen. Wem? Jurek. Ich drehe den Kopf weg. Ich will diesen Namen nie wieder aussprechen müssen. Mamusias Hand auf meiner Stirn. Sie streichelt mich. Dafür, sagt sie, ist er noch zu jung. Jetzt, sage ich, ist das Geheimnis weg. *Moja malutka*, sagt Mamusia, das Geheimnis ist nicht weg; es hat sich nur verwandelt. Ich halte ihre Hand fest, sie soll noch bleiben. Worin kann sich ein Geheimnis verwandeln? Sie schweigt. Mamusia? Sie seufzt. In dich, sagt sie. Dein Geheimnis hat sich in dich selbst verwandelt. Sie nimmt die Tücher und geht. Wasserrauschen. Ich lausche. Ich höre auf zu weinen.

*

Meine Beine schmerzen. Das Hin-und-Hergehen in der Kapelle, auf dem Steinboden, die Absätze hart. Und doch der Unwille, mich wieder zu setzen. Vorn das runde Fenster, Marienfenster. Der Himmel wie eine vergilbte Tapete, kaum Licht. Das einzig Farbige hier sind ja die Fenster; trotzdem, mein zwanghaftes Hinsehen stört mich. In der Mitte Maria, nackte Füße auf einem Halbmond und einer Schlange, die soll wohl das Böse sein. Sonst modern, man sieht Marias

Schenkel, und das Jesuskind ist weder niedlich noch hält es die Welt. Darum herum, kreisförmig, die typischen Bibelszenen. Weitergehen.
Zweites Semester Katholische Theologie, Proseminar Philosophie, in Köln. Eigentlich Hauptstudium, aber es waren noch zwei Plätze frei. Zeitlich liegt es passend, von neun bis elf, genau vor *Theologie als Wissenschaft*. Die Dozentin ist noch nicht da, sie kommt zu spät. Stimmengewirr im Seminarraum. Ich glaube, es geht um die Ferien, wer wo war. Stimmbrocken stoßen zusammen; ein Rumpeln, diese Sprache. Ich habe mittlerweile ein ganz gutes Deutsch gelernt, das ist besser, als es mein Schuldeutsch war. Ich muss nur aufmerksam sein. Ich sitze da und warte. Heike neben mir kramt in ihren Sachen. Sie kennt das schon, am ersten Tag nach den Semesterferien rede ich nicht viel. Sie ist die Einzige, die ich hier kenne. Die Einzige, die wie ich gleich im zweiten Semester Philosophie belegt. Meine hochhackigen Schuhe, mein orangefarbenes Kleid, der Dutt, die Kette mit dem Bernstein – so sehen die deutschen Studentinnen nicht aus, Heike nicht und auch nicht die, die weiter weg im Hufeisen auf Tischen und Stühlen hocken. Jeans, Schlabberpullis, Batiktücher zig mal um den Hals geschlungen, Turnschuhe. Ist nicht meins, habe ich gelernt zu sagen. Zwei der männlichen Studenten, auch Pullis, stützen die Köpfe in die Hände, schauen durch einen Vorhang aus Haaren zu mir rüber. Vermutlich wollen die Priester werden. Ich lächle. Nicht an die Männer denken jetzt. Professorin, das kann man werden als Frau in der Theologie. Dafür bin ich hier. Albertus-Magnus Universität Köln, nicht Lublin, auch nicht Kraków

oder Wrocław. Linoleumboden, zerkratzte Tische, die Wände in Blassgelb, mit Rissen in der Farbe. Ich habe gedacht, das heißt, Mamusia und Tata und also auch ich haben gedacht: Parkett, Marmor, Stuck an der Decke, das ist Studieren, auch in Deutschland, gerade dort. Wir haben gedacht, es wird sein wie in den Universitäten in Lublin oder Kraków, schlossartig, aber alles immer instand gehalten, ohne Schäden. Zum Studieren gehst du nach Deutschland, hat Mamusia gesagt, mit ihrer unumstößlichen Stimme. Hat ihr Morgenbułka mit festerem Griff gebuttert als sonst. Tata hat mich angeguckt über die Marmelade, die Butter, die *bułki* hinweg, Mitleid im Blick, aber ich habe weggeschaut, das erste Mal. Jetzt weiß ich, Tata telefoniert nicht gern, er gibt den Hörer an Mamusia weiter, immer. Die Dozentin ist da. Ich bemerke sie erst, als sie vorne steht, so zierlich ist sie. Ende dreißig, ungefähr. Jeans trägt auch sie. Gepunktete Bluse. Jackett, hochhackige Schuhe. Eva Brandt, sagt sie. Sie spricht anders. Sie ruht sich auf den Konsonanten aus; ihre Stimme schmiegt sich an. Die Pullitypen setzen sich aufrechter hin, greifen nach den Stiften. Niemand guckt mehr zu mir.
Ich bin, sagt Eva Brandt, Professorin für analytische Philosophie, also keine Theologin. Sie lächelt. Es ist mir wichtig, dass Sie wissen: Es geht mir nicht darum, Ihren Glauben anzugreifen. Es ist nur meine Absicht, und meine Aufgabe hier, Sie zum Nachdenken anzuregen.
Eva Brandt holt einen Stapel Blätter aus ihrer Tasche, beginnt auszuteilen. Noch bevor sie den Blätterstapel zu mir herüberreicht und ich mir eine Kopie nehmen

kann, sehe ich, wie unbeweglich die, die bereits eine Kopie vor sich liegen haben, auf den Text herunterblicken. Keiner guckt mehr den anderen an. Die Stille verdickt sich. Ich lese:

Theodizee. Zu beweisen ist: Der Gottesbegriff ist widersprüchlich.
Beweis.
Erste Prämisse: Gott ist allmächtig, allwissend und allgütig. Zweite Prämisse: Es gibt Leid in der Welt, das nicht verhindert wird. Dritte Prämisse: Wenn Gott allwissend ist, weiß er, dass es Leid in der Welt gibt. Vierte Prämisse: Wenn Gott allgütig ist, dann will er, dass es kein Leid in der Welt gibt. Fünfte Prämisse: Wenn Gott allmächtig ist, kann er verhindern, dass es Leid in der Welt gibt. Sechste Prämisse: Wenn jemand etwas verhindern will und kann, dann verhindert er es auch.
Erste Schlussfolgerung, aus allen Prämissen: Gott verhindert, dass es Leid in der Welt gibt; und es gibt Leid in der Welt, das nicht verhindert wird.
Zweite Schlussfolgerung, aus der ersten Schlussfolgerung: Es gibt einen Widerspruch in den Prämissen.
Zusatz: Da die zweite Prämisse feststellbar wahr ist und die dritte bis sechste Prämisse begrifflich wahr sind, ist die erste Prämisse (Gottesbegriff) abzulehnen. Quod erat demonstrandum.
Kommentar: Alternativ kann mindestens einer der Begriffe »allmächtig«, »allwissend« und »allgütig« so definiert werden, dass die entsprechende Prämisse (dritte, vierte oder fünfte) abgelehnt werden kann.

Gut, Eva Brandt blickt in die Runde, beginnen wir mit der Diskussion. Heike muss wie immer die Erste sein, die etwas sagt: Vielleicht ist es ja nicht allgütig zu wollen, dass es kein Leid gibt. Weil eben vielleicht das Leid eine Prüfung ist, durch die man durchmuss, um einen stärkeren Glauben zu bekommen. Eva Brandt nickt, schweigt. Will jemand etwas sagen? Niemand will. Und was, fragt also Eva Brandt selber, ist mit denen, die die Prüfung nicht bestehen? Oder mit denen, die daran sterben? Könnte ein allmächtiger Gott die Welt nicht so einrichten, dass niemand eine Prüfung braucht, um einen starken Glauben zu entwickeln? Wohlgemerkt – sie hebt beide Hände –, das sind nur Gedankenspiele ... Heike blickt runter auf ihren Text, runzelt die Stirn. Vielleicht, eine Dunkelblonde rechts neben ihr, zögernd, ist Gott ja nicht so allmächtig, dass er immer eingreifen ... Quatsch, sagt ein Typ in Pulli, wenn das so wäre, dann könnte es ja keine Wunder geben. Schweigen, betretene Blicke. Die Theodizee, sagt Eva Brandt, ist ein jahrhundertealtes Problem; ich erwarte daher nicht, dass Sie es lösen werden. Aber dass Sie es versuchen, das schon.
Gesenkte Köpfe, bleiche Gesichter. Ein Jahrhundertproblem, das ist Gott. Aber sie alle tun, als ob nichts wäre. Sie wirbeln Stifte zwischen den Fingern, drehen Locken, starren auf den Text.
Gott ist so mächtig, dass er seine eigene Macht begrenzen kann, sagt ein Schlaumeier, der immerhin keinen Pulli trägt. Damit der Mensch frei ist. Ja, aber, wieder ein Pulliträger, das löst doch das Problem nicht, oder.
Erst in dem Augenblick, in dem mein Stuhl ratschend

über das Lineolum fährt, schauen alle zu mir. Ich hänge meine Tasche um die Schulter und stehe auf. Meine Jacke habe ich schon an. Eva Brandt starrt. Ich zögere. Sie könnten wenigstens warten, sagt Eva Brandt, bis diese Sitzung vorbei ist. Ich schüttele den Kopf. Ich sage: Ich gehe jetzt und wechsle das Fach. Das heißt, ich melde mich um, für Philosophie. Während ich zur Tür gehe, höre ich noch, wie Heike »Geht's noch!« ruft. Aber was ich sehe, und was mich trägt auf meinem Gang zur Tür, durch die vielen Blicke hindurch, ist das sich verändernde Gesicht von Eva Brandt. Ein Verstehen scheint darin auf, mit einem Kern aus Freude, das mich zu ihrer Verbündeten macht.

II

10:28 *miriam, wir müssen uns noch mal vertagen. ich melde mich.*
10:29 *Peter, was ist da los?*
10:34 *ich schicke dir gleich ein paar files, dazu bitte schriftlich stellung nehmen bis 15:00.*
10:34 *Wieso bis 15:00?*
10:47 *Hier die files.*

Das also. Hinsetzen. Einatmen. Ausatmen. Jetzt auf einmal die Berichte. So kurz vor der Entscheidung. Immer wieder. »Beschaffen Sie mir die Berichte; Sie sind doch mein Anwalt« – »Ich weiß nicht, Frau Behrmann, ob Sie ein Recht auf Einsicht haben.« Toms Mutter, ihr Sorgenblick, presst die Lippen zusammen, als ich sage, sonntags am Familientisch, bei Lamm und Bohnen, ich habe euren Anwalt gefeuert. Schweigen am Tisch, das Klappern abgelegter Gabeln. Vor einem Monat dann, nach nur fünf Minuten im Internet, wähle ich eine Nummer. Verbinden Sie mich mit Herrn Dr. Wiener, bitte. Am Apparat. Seine Stimme ist heller als sein Gesicht auf dem Foto im Netz. Herr Wiener, Sie kennen meinen Fall aus der Zeitung, nehme ich an. Ich möchte, dass Sie ihn übernehmen. So, möchten Sie das. Warum? Mir gefällt Ihr Name. Distanz in seinem Lachen, das mag ich. Ich übernehme mit Vergnügen, Frau Behrmann.

Lieber Herr Dr. Wiener, hier endlich die Berichte. Die Frist für mich ist 15:00 heute!

Siehst du, Andrzej, kleiner Bruder: Noch ist Miriam nicht verloren. Und du immer, Miriam, gib nach! Sich kleinmachen, ducken. Die Leitung nach Polen knistert wie früher, Mamusia, diese huschende Erinnerung, aber dann, dröhnende Stimme, ist es Ivonka; immer hängt die mit drin im Gespräch. Miriam, hör auf deinen Bruder, du wirst dich entschuldigen müssen! Und ich bin noch hingeflogen, ganz am Anfang, vor fast einem Jahr. Die beiden, Andrzej und Ivonka, nebeneinander auf dem Sofa, Schnee und Lichterketten hinter der Terrassentür. Ich umringt von Tee und Brot, weißem Käse und Salz, sauren Gurken und Schinken, und Ivonka hat *pierogi* gemacht, für mich. Aber es kommt nicht, das Zuhausegefühl. Die beiden, ihre Gesichter sind einander ähnlicher geworden, Jahr um Jahr, Andrzejs ist runder, Ivonkas länger als früher, sie verwischen einander, sitzen vor mir Hand in Hand. Miriam, wärst du doch nie weg von hier. Komm ruhig mal für länger. *Dziękuję*, ich hole Luft, *przepraszam*. Ich kann nicht.

Mein Tablet ist fleckig, man sieht nichts, das muss ich sauber wischen, Taschentücher sind keine da. Ich nehme den Ärmel. Meine beste Bluse, Seide, heute früh gleich nach dem Duschen frisch aufgebügelt. Der Schwung, der Dampf, alles richtig. Die Perfektion der Bügelfalten vorn am Ausschnitt, der Stoff, der sich millimetergenau unter meinen Händen zurechtlegt für einen glücklichen Ausgang. Und jetzt zum

Wischen den Ärmel nehmen, wegen denen, wegen Peter.

Formular zur Stellungnahme bei Meldung von Missbrauchsfällen.

In Word per Hand getippt. Ein Formular, ich muss lachen. Klaus, bestimmt, und Grüner, der vom Betriebsrat, der sollte mich schützen, eigentlich, haben sich das ausgedacht. Nicht der Arbeitskreis für Gleichbehandlungsfragen und die Schiedskommission. Ich wusste bis vor Kurzem gar nicht, was das ist. Sehr geehrte Damen und Herren, schreibe ich, wie geht es jetzt weiter, aber keine Antwort. Die rühren sich nicht. Seit dem Schlichtungsgespräch Schweigen. Dabei müssten die zuständig sein, nach wie vor. Nicht der Betriebsrat. Nicht Oberrat Grüner. Grauschopf und Falten, Falten kreuz und quer, als hätte das Leben nie gewusst, welches Gesicht es ihm verpassen soll, bis heute nicht. Aber wie ein Kind mit dickem Stift jeden Kummer eingezeichnet in die Haut. Beide, er und Klaus, bestimmt ist das so abgelaufen, sitzen bei Peter im Vize-Rektoratsbüro. Peter schnaubt, diese ganze Sache dauert jetzt schon viel zu lange, geht auf und ab; und Grüner, zum dritten oder vierten Mal, nichts kommt an gegen seine Geduld, erklärt es ihm: Wir haben für so was kein Formular. Peter runzelt die Stirn. Soll Frau Behrmann, so redet er, nicht mehr Miriam, soll sie von mir aus eben formlos Stellung nehmen. Grüner, das Gesicht durchkreuzt, die Stimme leidend, erklärt noch einmal: Das geht nicht, Herr Holler, wir haben ja jetzt einen Vorgang. Und

Klaus Stirn, ganz zitterndes Vergnügen: Ohne Formular gibt es keinen Vorgang, und da wir bekanntermaßen einen Vorgang haben ... Meine Güte, Klaus, Hauptsache die schickt uns was! Grüner, sein Blick krümmt sich vor Kummer: Das könnten wir nur leider dann nicht offiziell zur Kenntnis nehmen. Peter, bleich, zu wenig Schlaf die letzten Nächte, schnauzt: Hören Sie mal zu, und du auch, Klaus! Frau Behrmann hat sich einen neuen Anwalt genommen; ich bin es, der hier die ganze Post von dem bekommt; also, schriftlich Stellung nehmen steht ihr jetzt zu, Ende der Geschichte. Herr Vize-Rektor Holler, so leid es mir tut, es gibt kein Formular ... Kruzifix, dann machen Sie halt eins! Peter klappt einen seiner Laptops auf, haut in die Tasten, schiebt das Ding dann zu Grüner, so, hier, denken Sie sich was aus. Wiedersehen.
So muss das gelaufen sein.

Vielleicht.

*Anlage: Ausschnitte aus den Berichten ehemaliger Mitarbeiter*innen von Professorin Miriam Behrmann, PhD, zum Behuf der Stellungnahme.*

Ausschnitte. Nur das, was er muss, rückt Peter raus. Jeder Ausschnitt anonym: Wir haben die Jungen zu schützen vor der Macht der Etablierten. Vor mir. Etabliert, das bin ich, wie es aussieht, noch immer. Auch noch mit dem Kopf zwischen den Knien. Einatmen. Ausatmen. Noch ist nichts beschlossen, nichts endgültig. Nichts, was ich nicht jetzt noch, mit den Berichtausschnitten in der Hand, rückgängig machen könnte. Also richte dich auf, Miriam, langsam, aber richte dich auf. Gut. Kein Tanz von schwarzen Flecken mehr. Nur noch vier Stunden. Dass ich mich, meinen Atem, in dieser Stille hier, in dieser Kapellenstille, so hören kann. Sich selber so hören. Meine Stimme, die eigene Stimme im Kopf, Hintergrundrauschen hinter dem Denken, wahrzunehmen, das stört nicht. Das hält mich fest in mir selbst. Im Ohr aber, wie von einer Fremden, den eigenen Atem so zu hören, wie ein Keuchen, nein. Das bin nicht ich. Wappne dich, Miriam. Du musst.

Zum Behuf: Ja, das ist Grüner. Dieser Ausdruck hat ihn, ich sehe ihn hocken, bestimmt einen vollen Tag gekostet. Behuf, das klingt nach was, da kann man am Ende doch ein bisschen stolz drauf sein, auf so ein Wort.

Jetzt wird geschrieben. Nicht mehr geredet. Es kann nichts schlimmer sein als dieses Gerede. Miriam, kannst du uns sagen, ob du jemals, vielleicht aus Ärger, das gibt es ja manchmal, Selina zu sehr unter Druck gesetzt hast. Nein, habe ich nicht. Das war angemessen, das war nötig, ich wollte ihr helfen. Einfach nur helfen. Aussprachen, so nennt Peter das; aber ich sitze auf der einen Seite des Tisches, allein. Auf der anderen sie alle nebeneinander: Peter, Blick ins Wasserglas, die ganze Zeit, als höre er nur zu, als sei er ein Gast im eigenen Büro, der jederzeit aufstehen und gehen kann. Tut mir leid, ich habe noch einen anderen Termin, hier ist mein Schlüssel. Klaus, schließ ab, wenn ihr geht. Klaus Stirn, als Selinas neuer Doktorvater mit am Tisch. Er ist es, der mich ansieht, als Einziger. Liebe Frau Behrmann, gut, dass Sie die Zeit gefunden haben – Missbilligung im Gesicht –, uns ein paar Fragen zu beantworten, die jetzt doch dringlich geworden sind, für uns alle hier. Weite Armbewegung, dann den Arm auf Peters Rückenlehne. Das ist Stirn, immer den Raum umarmen, aus dem Peter sich gerade davonmacht. Es wäre an Peter gewesen, mich zu begrüßen. Bei meiner ersten Aussprache mit dieser Kommission, da schweigt Peter noch, hört zu, fünf Minuten vielleicht, dann steht er auf und geht. Neben Klaus sitzt Grüner, mit seinem Grauschopf, extra viel Haar über dem vom Leben durchgestrichenen Gesicht. Sogar die Augenlider, Falten wie Narben. So lange umsonst gelebt, dass seine Finger zappeln. Er bemerkt meinen Blick, faltet seine Finger zu einer Geste des Gebets: Das tut mir jetzt alles sehr leid, Frau Behrmann, aber wir müssen dem nachgehen, Sie verstehen. Er drückt sein Händeknäuel auf eine Mappe, vollgestopft mit Papieren. Wichtig ist, wer zwischen wichtigen Leuten sitzt. Das darf jetzt der betriebsratsvorsitzende Oberrat, aus seinem Kellerbüro, oder wo immer sonst der seinen Schreibtisch hat, hierher nach oben gekrochen, Bericht für Bericht. Die liegen alle in seiner Mappe. Ein ganz schöner Stapel, oder hat er den aufgefüllt mit Schmierpapier oder leeren Seiten, ich trau dem das zu. Herr Grüner, ich möchte die Berichte sehen! Nein, Frau Behrmann, das geht leider nicht. Das wissen Sie doch, die sind alle unterschrieben. Frau Behrmann, das verstehen Sie sicher. Nein, das verstehe ich nicht, geben Sie mir eine Kopie, Sie können die Unterschriften löschen. Nein, Frau Behrmann, das haben wir zugesichert, Sie könnten jemanden am Stil erkennen, das ist alles vertraulich. Die Radke, Frau Dekanin Radke, ist nicht da, die schickt nur jemanden, einen Mitarbeiter, jung, vielleicht dreißig, eifrig, der Einzige, der aufschreibt, was ich sage. Aber selbst das bekomme ich nicht zu Gesicht. Das Schlichtungsverfahren, läuft das noch? Da müssen Sie die Schiedskommission fragen, Frau Behrmann. Das tue ich; die antworten nicht. Schweigen. Das wäre in Princeton nicht möglich gewesen. Keine Antwort, stattdessen die Frage von Klaus: Frau Behrmann, sind Sie sich sicher, dass Sie Selina nie unter Druck gesetzt haben, willentlich. Was heißt denn nie. Aber ich sage, ja, ich bin sicher. Gut. Danke, wir melden uns. Ihre Blicke auf die Papierblöcke zwischen ihren Händen, nicht in mein Gesicht. Und ich, ich gehe aus dem Vize-Rektoratsbüro, im Rücken ihr Warten, dass ich weg bin, die Tür hinter mir zu. Eine Aussprache nennen die das.

Ein Piepen, und ich, ich fahre zusammen. Als wäre ich hier, in der Kapelle, nicht allein. Vielleicht ist das Tom, wo ich bleibe. Nein. Nicht Tom.

Albert Wiener: *Besten Dank für die Berichtausschnitte. Ich bin bis 13:00 in Mandantengesprächen. Bitte lesen Sie die Sachen. Schreiben Sie zur Sicherheit zu jedem Ausschnitt eine kurze Stellungnahme. Ich melde mich.*

Herr Wiener, wie soll ich …

Löschen.

Herr Wiener, ich tue, was nötig ist. Bitte melden Sie sich bald.

Ruhig, Herz.

Ausschnitt 1: Wir hatten jederzeit verfügbar zu sein. Manche Sitzungen endeten nicht vor 22:00 oder 23:00 Uhr, und dann hieß es: Morgen um 08:00 geht es weiter. Selina traf es besonders hart. Die hat da Grenzen gesetzt; das nahm Frau Professorin Behrmann ihr übel. Diese ständige Verfügbarkeit ist nur ein Beispiel; Selina wurde dauernd unter Druck gesetzt.

Karsten. Karsten, der immer für Selina … So schreibt er, redet er: »Das ist nur ein Beispiel.« Mit Bart und Armmuskeln und Kaffee, die Hemdsärmel hochgekrempelt: Mach ich doch gern, Miriam. Mein zuverlässigster Mitarbeiter. Juniorprofessor jetzt, drüben in Köln. Keiner war so gut wie er darin, ein Beispiel zu finden. Ich habe Karsten empfohlen, wärmstens. Einen besseren könnt ihr nicht finden, habe ich nach Köln geschrieben. Dass die Dankesmail nie kam, dass Karsten gar nicht schrieb, das hätte ich ernst nehmen müssen.

MB: *Das ist kein Bericht, das ist Verleumdung. Einzelne Geschehnisse werden aus dem Kontext genommen, übertrieben dargestellt und neu zusammengesetzt, sodass der Eindruck entsteht …*

Löschen. Ich kann die Absicht nicht beweisen.

MB: *Es gab eine einzige Sitzung, die bis 22:00 (nicht 23:00!) dauerte. Ich wollte mein Team ermuntern – daher jenes »Morgen um 08:00 geht es weiter«, im Sinne von »Morgen ist ein neuer Tag«.*

Meine, unsere Konzentration. Verdichtung des Denkens. Wahrheit, Wirklichkeit, Mensch. Ein Suchen in der zunehmenden Verwirrtheit, müde, niedergeschlagen, das ja. Wir alle in meinem Büro, rund um den Besprechungstisch. Karsten, der das Promovieren drüben in Salzburg mittlerweile hinter sich hat, ein halbes Jahr schon, reibt sein Gesicht. Sonja hängen Strähnen in die Stirn. Ihr Pferdeschwanz, sonst festgezogen, ein Ruck mit Entschlossenheit, so, machen wir weiter, löst sich auf. Hände im Schoß. Hans, gerunzelte Stirn, hat alles durchgestrichen, was er mitgeschrieben hat. Selina starrt aus dem Fenster. Es ist draußen dunkel geworden. Selinas Strahlen, immer sonst schickt sie dieses Strahlen in die Runde, jetzt fehlt es uns. Und dann: Leute, Selinas Stimme, flach wie eine Hand auf dem Tisch, ich muss jetzt echt nach Hause. Ruckartig, den Kopf dreht sie weg vom Fenster, beugt sie sich vor, klappt geräuschvoll ihren Hefter zu. Ein Schlag, den ich körperlich spüre, im Magen. Doch nicht Selina. Die ist doch nicht so. Ihre Freude am Fach, die ist doch echt.
Ich habe zwischendurch zu Hause angerufen: Tom, bring du Nuschka ins Bett, bitte, es geht heute länger bei mir. Das Lächeln von Karsten, Sonja, auch Selina, sogar Hans, als ich auflege, das war doch ein Einverständnis. Man unterbricht nicht einen Gedanken, der zum Ziel führen kann, genauso wenig, wie

man die Liebe unterbricht. Man kann, wenn man aufhört, mittendrin aufsteht und nach Hause geht, nicht zur Ruhe kommen. Der Kopf, so angetrieben, so auf Trab gebracht, der gibt doch nicht auf. Dann liegt man da. Im Tohuwabohu. Gibt den Umrissen, die darin verschwimmen, Namen und hält sie auseinander. Das Sollen eines Menschen. Das Sollen des Menschen. Ausruhen kann man sich nur in Erkenntnis. Zwischenerkenntnis, irgendetwas. Bis dahin muss man kommen. Ein Lichtfleck des Begreifens. In dem liegt man dann, Licht hinter den Lidern. Der Körper, endlich, sinkt hinab in den Schlaf, Lethe, und der Geist schwebt. Über den Wassern. Wenn er zur Ruhe kommt. Doch die Kraftanstrengung bis dahin, das denkt Selina doch, ist für sie nicht zumutbar. Und dann sind wir ja auch noch in Wien. Alles ist hier heil, unverdient heil geblieben, all die Schönheit und die Paradestraßen und -plätze, die Pracht der Vergangenheit, glänzend wie die Gegenwart. Alles hier ist ein Geschenk. Da denken die doch, Sonja, Hans, wie es aussieht, Selina, gerade die: Es wird uns was geschenkt.

Zeit zum Spielen, genau so hat Selina das gesagt, am nächsten Morgen, bei mir im Büro: »Ich brauche mehr Zeit, um zu spielen. Mit den Gedanken zu spielen.« Niemand weiß am Anfang, was das ist: das Denken ernst nehmen. Lieben – und ernst nehmen. Nicht einmal Selina, die als Einzige, anders als die anderen, an Härten gewöhnt ist. Dachte ich. Ein Gemüsegeschäft, sonst nichts. Die Mutter arbeitet nicht. Zu Hause in der Familie legen sie das Österreichische ab wie einen Mantel für draußen. Sie schlüpfen ins Türkische. Ein

Rest Zuhausegefühl, niemand von draußen kann da rein, ins Türkische, da ist die Tür zu, da sind sie dann unter sich. Beide, Mutter und Vater, haben gespart für Selinas Studium, kein Essengehen, keine Kinobesuche, keine größere Wohnung. Sie, Selina, weiß, das werden sie sich niemals leisten können, und sie selber wissen das auch. Gehen gebeugter, werden stiller, von Tag zu Tag. So stelle ich sie mir vor, Selinas Mutter und Vater. Dann die Jobs, Selinas Nebenjobs, sie hat mir das ja alles erzählt. Verkäuferin, Modeboutique. Mit diesem Strahlen, oh, das steht Ihnen aber gut, probieren Sie doch das andere mal an, hält sie das Kleid an die Kundin. So ist Selina, macht sich beliebt. So verdient sie ihr Geld, als Studentin. Die Eltern richten sich auf: Du machst uns stolz auf dich, *evlat*. Selina wohnt noch im ersten Studienjahr bei ihnen, dann der Umzug ins Wohnheim. Zwei Zimmer nebeneinander, dort, abwechselnd, kochen, lernen sie gemeinsam, Filiz, die Freundin, und Selina. Reden zwischendurch mal türkisch. Aber irgendwann, erst einmal, zweimal, schließlich viermal die Woche, wird es laut nebenan. Filiz lässt Pizza bestellen, Bier, auch mal Cocktails, durch die Wand wummern Bässe, es wird spät, immer mal wieder bis Mitternacht. Und Selina, die um sieben am Abend im Türrahmen steht, lacht, nein, danke, kein Bier, einen Saft aber gern, ein Stück Pizza, hey, Leute, total blöd, aber ich muss jetzt los, bis morgen dann, viel Spaß noch, fährt zu den Eltern, isst Börek mit ihnen, geht früh zu Bett, in ihrem alten Kinderzimmer. Zurück ins Wohnheim mit Tupperdosen voller Vorgekochtem, am nächsten Tag, in der Mensa, hier, Filiz, probier mal, hat meine *ana* gemacht. Selina reicht die Dosen herum.

Als Einzige ist sie ausgeschlafen. Fit. Ihre Fröhlichkeit hält das Urteil der anderen auf Abstand. Sie schauen auf Selina, ein bisschen gutmütig von oben herab, aber auch, heimlich, mit dem Abstandhalten derer, die wissen: Da geht eine ihren Weg, die lässt uns hinter sich. Kein Neid, im Neid steckt noch Zweifel. Aber Selina, im Panzer ihres Strahlens, ist unangreifbar. So hat sie studiert. Sie hat mir das doch alles erzählt, alles bis auf das, was ich mir denken kann, in unseren ersten, den guten, Tagen, Wochen, Monaten.
Wenn es gute Tage waren.

Diese Sitzung schließlich, ein Misston, das ja, ein Schlag in den Magen, ein Gespräch am nächsten Morgen, Motivation, Selina, da müssen wir beide noch mal drüber reden ... aber Missbrauch ... Was für ein Wort für einen normalen, rein objektiv betrachtet harmlosen Zwischenfall. Das hat, für mich jedenfalls, nichts geändert, nicht wirklich, damals. Und daran, dass ich Selina helfen wollte. So, wie sie war, kam sie ja zu mir, mit ihrem Einskommanullabschluss, trotz der Beengtheit, erst drei Menschen in zwei Zimmern, dann die Bässe im Wohnheim. Eltern, die nicht helfen können, nur lächeln, das machst du alles so gut, Kind, setz dich zu uns und iss. Ein bisschen Wärme, viel Erwartung. Das studierte Mädchen mit seinem Strahlen und seiner großen Freude. Was hätte ich anderes wollen können, als ihr zu helfen? Ich weiß ja, wie das ist, wenn man das erste Mal auf sich allein gestellt ist im Denken.

*

Ich in Princeton, mein Anfang dort, als *graduate student*. Weg von Eva Brandt, sie steht wie Stein in meiner Umarmung: Geh, wenn du musst. Ganz neu fange ich an, zum zweiten Mal. Strecke im Englischen die Glieder, mache größere, schnellere Schritte darin. Der Weg vom Zimmer zum Campus, noch ist er nicht zu meinem geworden. Innehalten, alle paar Meter: Erkenne ich das wieder, diesen Garten, diese Kreuzung? Immer das Gefühl, sich ins Unbekannte zu verlaufen. Jeder Schritt setzt sich hinweg über das Wissen: Ein Ozean liegt zwischen hier und allem, was ich bin. Am Straßenrand Fassaden, aufgeladen mit Licht, flache Häuser mit Holzpaneelen, die vor Fremdheit glänzen: Schau her, wir hier. Ein Manifest des Jetzt. Auf dem Campus erst wird alles um mich ruhiger, streckt sich aus in Wiesen, Wege, langsames Gehen.
Dave Norton, seinetwegen bin ich hier. Mein drittes Seminar, *Questioning Moral Realism*. Rechts und links hinter mir wie Taubengeflatter, Vogelstimmen: *Hi, how are you; oh my God, this has been a hell of a week*; und ich, ganz vorn, ein Kokon Stille. Norton, mit roter Brille, sie hängt prekär auf seiner Nasenspitze, sein Markenzeichen, er ist berühmt, auf jeder Konferenz der *Keynote Speaker*, wirft seinen Blick in den Raum, ein Schmunzeln, Zwinkern, nicht für mich. Ich drehe mich um, Gesichter, Gelächle, alles für ihn. Norton, Tasche auf den Tisch, dreht sich, ein Tanz, um die eigene Achse, ein Kreideflug, er fängt die Kreide und schreibt an die Tafel:

Kain is responsible for the death of Abel.

Ein Ausfallschritt, und »responsible« wird unterstrichen. Wieder wirft er die Kreide in die Höhe, fängt sie auf. Was, er lässt seinen Blick durch den Raum hinter mir tanzen, macht diesen Satz wahr? *Ideas, anyone?* Arme, die in die Höhe schießen. Ich melde mich; der Platz, auf dem ich sitze, ist unsichtbar. Norton, der in den Raum zielt, Antwortrufe, die ihm kreuz und quer entgegenfliegen. Wieder schreibt er: Handlung, Verursachung, Wissen. Dann dreht er sich um, eine Faust in der Luft. Streckt Daumen, Zeigefinger, Mittelfinger in die Höhe:
Handlung – Kain schlägt Abel. Verursachung – Abel stirbt. Wissen – Kain wusste, oder sagen wir, er hätte wissen müssen, was er tut. *Well.*
Noch ein Kreideflug. Norton, Blick auf die Gesichter hinter mir, beginnt zu grinsen. *So you really believe*, er schüttelt den Kopf, sein Grinsen wird breiter, Verantwortung sei irgendetwas, sein Arm fliegt zum Fenster, Wirkliches da draußen? Wie dieser Baum dort? *Guys, you are wrong!* Wieder eine Drehung, hin zur Tafel, er schreibt:

Abel is responsible for his death.

Er kreuzt seine Füße, wibelt herum. Ein Lachen, er nickt. Ich drehe mich nach hinten, verdutzte Gesichter, alle Blicke auf Norton, ich drehe mich zurück. Auf und ab, Nortons Schritte im Raum, seine Faust in der Luft; Daumen, Zeigefinger, Mittelfinger:
Handlung – Abel überflügelt seinen Bruder; Verursachung – der Überflügelte übt sich in Rache; Wissen – Abel kannte seinen Bruder; auch er hätte wissen

müssen, wie das alles ausgeht. Abel, Norton nickt, ist verantwortlich für seinen eigenen Tod. *What, you don't agree?*
Wieder drehe ich mich um. Die hinter mir kauen auf ihren Lippen. Niemand meldet sich. Ich strecke meinen Arm in die Luft. Norton lässt seinen Blick hinter mich schweifen. *No one?* Ich nehme meinen Arm herunter. Ich werde, wie jedes Mal, wenn das hier vorbei ist, in die Damentoilette ein Stockwerk höher gehen und mich vor den Spiegel stellen. Ich werde mich im Spiegel ansehen, eine Minute, zwei Minuten. Dann, am Abend, werde ich Mamusia anrufen. *Malutka*, alles in Ordnung? *Tak*, alles gut. Deine Stimme, *mirysia*, sie klingt so anders ... Nein, Mamusia, *wszystko w porządku*.

»Verantwortung«, sagt Norton, seine Tigerschritte werden schneller, ist kein Begriff wie jeder andere. Sagen wir, es ist überhaupt kein Begriff. Eher ein Stempel. Ein Markierer. Mit dem wir markieren, wen wir strafen wollen und wofür. Kain, nicht Abel.
Er bleibt stehen, Arme vor der Brust, wippt auf den Ballen.
Unsere Praxis, Verbrechen und Strafe, er grinst, bestimmt, was Verantwortung ist. Nicht umgekehrt. *Thanks, everyone*, er entschränkt seine Arme, Griff zur Tasche, ein Nicken, und schon ist er weg. Seminarende, alle raus, nur ich, wie immer, bin zu langsam für diesen Rhythmus hier, habe noch die Aktentasche offen, vom Sommermantel nur den rechten Ärmel angezogen. Damentoilette, ich stelle mir die Tür vor, bei jedem Schritt, den ich mache, aber dann bleibe ich stehen. Er lehnt an der Wand, Tom, seinen

Namen weiß ich noch nicht. Sein Blick. Die Sanftheit, mit der sein Blick mich berührt. Ich muss blinzeln, Augen nach oben. Er lächelt. *There is a cold going round, seems you've caught it too.* Ich nicke. *Come*, er stößt sich ab, *let's have lunch.* Wieder nicke ich. Wir gehen, er und ich in meinem Kokon, Schritt neben Schritt. *I'm Tom*, er bleibt stehen, streckt seine Hand aus. Sein Lächeln breitet sich aus auf meinem Gesicht. Miriam. Seine Hand in meiner. Wärme, bis in die Füße. *You know ...* Er zögert. Du musst ihn beeindrucken, weißt du. *To be noticed, you have to impress him.*

Gesehen werden. Ich stehe auf dem Campus, immer an derselben Stelle, dort, wo sich die meisten Wege kreuzen. Grüppchen von *graduate students*, Reichtum im Gesicht, im ganzen Körper, in den Bewegungen der Hände, mit denen die Frauen ihr Haar aus der Sonne streichen. Ich spreche sie an, mein unbeholfenes Englisch, *sorry*, sie zucken die Achseln. Noch mal, langsamer. Ich mache eine Umfrage, was Verantwortung ist. Sie lächeln, nicken, *oh, I see.* Genau hinhören, in das Zerkauen der Vokale, in jeden fremden Akzent hinein. Häkchen setzen auf dem Clipboard, hundertundvierzig Blätter. Nasse Schuhe vom Regen, und am nächsten Morgen in denselben Schuhen wieder raus; ich habe nur ein Paar. Am Abend die Blätter durchgehen. Sechs Monate, sechs Tage die Woche, elf Stunden am Tag. Am Sonntag lese ich, ich liege auf dem Bett und lese, Stift in der Hand. Büchertürme, die kennt keines der Gesichter hier hinter mir im Seminar. Dann, in der Nacht, Statistik. Mein tränennasses Gesicht. Schließlich eines Morgens suche ich eine

Nummer im Vorlesungsverzeichnis, rufe dort an. Der Typ vom Department Statistik geht tatsächlich ans Telefon; bitte, haben Sie noch einen Kurs für mich. Nein, aber Nachhilfe, das würde gehen. Tom, der mir einen Job verschafft, einmal die Woche Dosen einräumen. Der Typ aus der Statistik, Zottelhaar, gebeugter Rücken, dem ich die Scheine auf den Schreibtisch lege, bevor ich gehe, jeden Mittwochnachmittag. Wieder einreihen in den Marsch der Wochen, Monate. Die Zeit flimmert vor meinen Augen, Zahlenkolonnen, meine ängstlichen Finger über den Tasten, und jeden Tag denke ich ein wenig lauter: Ich kann das schaffen.

Dave Norton, jetzt muss er mich sehen. Ich vor seinem Büro, und er, Laufschritt, ein Geruch nach Aftershave und Schweiß, hat schon den Schlüssel in der Hand. *Here*, ich halte ihm die Blätter hin, sein verdutztes Gesicht, als er zugreift, wie ein Versehen. Stimmen Sie zu, ich strecke mich, dass Sprache ein Spiel ist, aus dem wir niemanden ausschließen sollten? Sein Nicken, aber er sieht mich nicht an, steckt an mir vorbei den Schlüssel ins Schloss. Er dreht den Schlüssel, und ich sage, dann lesen Sie, denn die Leute da draußen, ich zeige zum Fenster am Ende des Flurs, wenn sie »Verantwortung« sagen, wollen ein Stück Wirklichkeit meinen. Ein Stück Wirklichkeit, das da ist, auch wenn niemand davon spricht. Norton schaut hoch. Sein Blick. Auf einmal. Er zieht die Lippen ein, ein tonloses Pfeifen. *You did this? On your own?* Ich lächle. Nortons Nicken, Slow Motion. Sein Blick nimmt Maß an mir, zum ersten Mal. *Okay*, er öffnet die Tür, *look*, ich muss jetzt arbeiten, aber morgen ... Schweiß, plötzlich, an Hals, Brust, Nacken, in den Achselhöhlen. *Thank you, Professor.* Griff nach der Tasche, meine Füße tanzen den Gang entlang, und ein Lächeln bricht aus auf meinem Gesicht. *Hey Miriam*, ein Pulk *graduate students, ready for coffee? Sure*, ich strahle, *let's go!*

*

Neun Jahre lang, von diesem Moment an: Dave Norton und ich. Experimentelle Philosophie der Sprache, das sind wir. Warum dann hier, auf einmal, Wien, mein Büro, mein Institut, dieses Erschlaffen? Kein Licht des Begreifens mehr, nur Müdigkeit, kalter Kaffee, Karsten meidet meinen Blick. Selina zurrt die Riemen ihrer Tasche fest, steht auf: Tschüss, Miriam.
Das kann es nicht gewesen sein. Eine ungute Sitzung, ein langer Abend, das ist für nichts ein Grund. Auf so was schlägt man nicht ein mit Keulenbegriffen.

MB: *Allenfalls ist jene Sitzung ein Beispiel für die Art und Weise, in der Selina eben das hintertreibt, was sie ursprünglich vorgab zu wollen: durchzuhalten.*

Am Morgen danach, nach der Unglückssitzung, Selina in meinem Büro. Du wolltest mich sprechen? Wieder ein Stich, was stimmt nicht mit diesem Satz. Dabei hat sie recht, komm bitte morgen um 09:00 in mein Büro, habe ich geschrieben, wieso 09:00, jetzt gebe ich ihr nach, bevor sie überhaupt, ich streiche das durch, sich irgendwie erklärt hat. Ich schreibe: um 08:00, klicke auf Senden. Selina hat sich, ihr ganzes lachendes Wesen, aus ihrer Stimme zurückgezogen. Die erkenne ich nicht wieder. Setz dich, Selina. Und ich, ich bleibe stehen. Ein Fehler. *Umgang mit schwierigen Mitarbeitern, setzen Sie sich nie gegenüber, wenn die Situation bereits konfrontativ ist*, war sie das, wusste ich das schon? *Setzen Sie sich übers Eck, das bietet Nähe an und lässt den anderen frei.* Ich bin stehen geblieben, aber nicht, wie Selina später, dauernd hat die sich beschwert, gesagt hat: keine Augenhöhe. Da hat sie noch mit mir gesprochen, nicht mit Grüner. Aber wie, so lasse ich mit mir nicht reden. Angelehnt, halb gesessen hab ich auf der Schreibtischkante, zwei Schritt weg vom Besprechungstisch, locker, nur Abstand gehalten, das habe ich. Augenhöhe, Unsinn. Trotzdem, ich hätte mich setzen sollen. Monate danach, Tom vor mir, ich auf dem Sofa, er greift nach dem Buch, das ich lese. Umgang mit schwierigen Mitarbeitern, er schüttelt den Kopf. Miriam, seit wann glaubst du, was in Ratgebern steht? Leg das weg, quäl dich nicht. Setzt du dich übers Eck oder gegenüber, Tom? Ich weiß nicht, übers Eck vielleicht, aber denk doch nicht nach über solche Kleinigkeiten. Was ändert das. Toms Instinkt, meiner verlässt mich. Ich bleibe stehen, an der Schreibtischkante. Selina, sie hat sich gesetzt, macht ihr Gesicht hart. Bei so einem Gesicht, wie kann ich mich da zu ihr setzen. Bei Hans stört mich das nicht: Stirnrunzeln, Abstand im Blick. Aber Hans, da ist Abstand ohnehin.

Selina dagegen, spontan, ein paar Tage nachdem ich sie eingestellt hatte: Miriam, hey, sie bleibt stehen, ich Richtung Büro, sie Richtung Ausgang, so treffen wir uns, beide in Eile: Miriam, hey, ich schau mir gleich 'ne Wohnung an, magste mitkommen? Und ich, ich ändere meinen Kurs, einfach so, für Selina. Eine Woh-

nung für sie allein, um zu schreiben, zu denken, da muss alles stimmen: die Ruhe, der Blick aus dem Fenster; und ich will nicht, dass man sie abweist. Natürlich, Selina, das schauen wir uns zusammen an. Sie hat die Wohnung bekommen. Die Vermieter sind jung, ein Pärchen, sie schwanger, roter Pulli, Jeans, Sneakers. Wow, sagt sie, promovieren, und du, sie schaut mich an, promovierst du auch? Mein Lachen, und Selina: Ja klar, wir promovieren zusammen, sie zwinkert mir zu. Wie Freundinnen, ich wusste ja, das bleibt nicht so, kann gar nicht, aber trotzdem.
Ich stoße mich vom Schreibtisch ab, gehe zum Fenster, mehr Luft. Selina, dein Verhalten gestern, so etwas geht nicht. Wieso, noch immer diese Stimme, wie meinst du das? Du weißt, wie ich das meine. Nee, echt nicht. Gestern Abend, Selina, du bist ganz plötzlich raus aus der Sitzung. Ach, wusste ich nicht. Wie redet die mit mir. Selina, nimm das mal ernst hier. Nee, ehrlich, wusste ich nicht, dass die Sitzung da noch weiterging. Die Beine übereinandergeschlagen, wippender Fuß, so sitzt die da. Kleinigkeiten. Konzentriere dich nicht, sagt Tom, auf Kleinigkeiten. Selina, es geht nicht darum, wie lange die Sitzung gedauert hat. Es geht darum, dass du aufgestanden und gegangen bist, mitten im Gedanken. Also, ihr Blick direkt in meinen, einen Gedanken hab ich da nicht mehr erkannt. Sie zögert, plötzlich, Hitze im Gesicht. Ich, mit drei Schritten an der Tür, die Hand schon an der Klinke, bin kurz davor, das Gespräch ist jetzt sinnlos, sie hinauszuwerfen. Nur das Zögern, ihr Zögern, springt auf mich über. Ihr Blick, er jagt von Buch zu Buch die Reihen im Regal entlang, sucht nach etwas,

woran er sich festklammern kann. Ich lasse die Türklinke los. Zurück an den Schreibtisch. Diesmal setze ich mich. Wie oft habe ich, wenn sie vor diesem Regal stand, ein Buch in die Hand genommen, hier, Selina, *Moral Values in the Lab*, lies das mal. Sie hat es noch. Nie habe ich gebeten, dass sie mir das Buch zurückgibt. Selina, so geht das nicht. Wenn wir THACT stemmen wollen, müssen wir, auch du und ich, an einem Strang ziehen, wir alle. Entscheide dich, hier und jetzt, ob du an Bord sein willst. Sie seufzt. So ein Seufzer aus dem Innern, die Brust hebt und senkt sich. Schweigen. Was meinst du, Selina, wollen wir kurz raus, einen Kaffee holen? Ein Einfall, spontan, ich dachte, lange dachte ich, der hat uns gerettet. Damals, fürs Erste. Das Gehen auf dem Flur, den Treppen, nebeneinander, ist unbehaglich für den Moment, aber dann, auf einmal Gleichschritt – der Takt des Denkens, Sprechens, greift wieder ineinander, ihrer und meiner. Du hast dir das anders vorgestellt, oder, Selina? Das alles? Ihr Blick, jetzt plötzlich fast ein Flehen, aber um was, was will sie denn? Miriam, bitte, du hast recht, das ist grad alles schwierig für mich. Ich nicke. Lass uns raus, an die Luft.

Ausschnitt 2: Frau Behrmanns Führungsstil ist vor allem eines: zerstörerisch. Besonders natürlich hatte Selina zu leiden. Sie war Frau Behrmann völlig ausgeliefert. So offen, so absolut ehrlich …

Karsten, schon wieder. Obwohl, wenn einer vorankam, dann er. Aber wer sonst würde schreiben: Sie ist so offen, so absolut ehrlich? Selina, ausgerechnet. Begeis-

tert, das ja. Am Anfang war sie das. Begeistert von mir. Nicht vom Denken.
Ach komm! Tom, der mich über sein Weinglas hinweg anschaut, wir beide vor dem Kamin, das kannst du nicht wissen.
Nein, Tom, was kann man schon wissen. Aber danach sieht es aus.
Tom stellt sein Glas, eine langsame Bewegung, auf den Beistelltisch. Er steht auf. Und du, er geht zum Kamin, geht in die Hocke, bist du begeistert vom Denken?
Mein Blick in seinem Rücken.
Ich lebe dafür.
Toms Profil über seiner Schulter, Schattenfalten. Das war nicht meine Frage.
Tom legt Holz nach, schließt die Kamintür, steht auf. Ächzend, wie ein alt gewordener Mann. Wie müde ihn das alles macht. Ein Stich von Schuld. Ich klopfe auf das Sofapolster neben mir. Er zögert. Dann seine Schritte, das Knarren des Parketts. Erst als das Sofapolster unter ihm nachgibt, lassen meine Nackenmuskeln los. Mein Gesicht an seinem, ganz nah.
Tom ...
Mein Kopf an seiner Schulter. Mein Atem sättigt sich an seinem Geruch. Nach Gewürzen, nie nach Schweiß. Dämmerung in der Terrassentür. Ich schließe die Augen. Tom legt seine Hand in meinen Nacken.
Und, seine Stimme tastet nach mir, hast du sie gefunden, die Landschaft des Sinns?
Tom, ich richte mich auf, meine Hand auf seinem Arm, ich suche ... einen Weg dorthin, den alle gehen können.
Wir schweigen, blicken ins Feuer, nippen am Wein.

Tom legt seinen Arm um mich, wie war sie denn, Selinas erste Idee, war die wirklich so schlecht?
Um schlecht zu sein, Tom, hätte sie überhaupt irgendetwas sein müssen.
Toms Lachen. Weißt du, ich mag das ja, deine Art, aber andere ... er lässt den Wein kreisen, hört zu lachen auf.

Fast vier Jahre ist das her. Die Bürotür fliegt auf, hey Chefin, ich hab's! Ich stehe auf. Selina! Hast du geklopft? Da ist es wieder, ihr Lachen. Weiß nicht, sie greift sich an den Hals, ich bin so aufgeregt. Selina, das Schneewittchen. Ich kann nicht anders, ich lächle. Was ist los? Selinas Arm, Jubelgeste: Meine Idee ist los! Ein Aufleuchten in ihrem und dann in meinem Gesicht. Zwei schnelle Schritte, und ich bin bei ihr. Lass hören. Also, ich will was zu Gerechtigkeit machen. Zu welcher? Ha, sie schnipst mit den Fingern, genau! Selinas Augen, weit offen und glänzend, schauen zu mir auf, als hielte sie mir ihre Hände hin. Ganz Erwartung. Und ich, ich warte auch. Aber da ist nichts, nur Schweigen, und dann dieser Blick, wie ein immer zudringlicher werdendes Bitten.
Selina, was genau willst du mir sagen?
Sie ruckt ihr Kinn zurück, den Oberkörper, wieso, ich sag's doch, ich will was zu Gerechtigkeit machen.
Schweigen. Ich wende mich ab, mein Gesicht jetzt muss sie nicht sehen. Ich lasse meinen Blick über Buchrücken streifen, wie eine Hand am Geländer. Hier, ein Buch aus dem Regal, das erste Buch von Irina Stepanowa aus Princeton: *Concepts of Justice – from Need to Merit*, lies das mal. Sie nimmt das Buch, kein Griff, kein Zupacken,

nur ein zögerliches, weiches Entgegennehmen. Und ich, mein Blick zum Schreibtisch, habe zu tun; aber sie, sie steht noch immer da, ihr verrutschtes Strahlen im Gesicht, und ich, was hätte ich da tun sollen, was hätte ich sagen sollen: Geh jetzt. Und komm bitte erst wieder, wenn du wirklich was hast.

MB: *Den Vorwurf, mein Führungsstil sei »vor allem eines: zerstörerisch«, weise ich in aller Form zurück.*

Natürlich, Tom, war ich enttäuscht. Aber es stimmt nicht, was Peter sagt, und selbst du, du hast mich das gefragt, noch immer mit dem Arm um meine Schultern: Miriam, kann es sein, dass du nach dieser Sache, als Selina so verfrüht bei dir angeklopft hat – sie hat gar nicht angeklopft, Tom – na gut, als sie verfrüht bei dir aufgetaucht ist mit ihrer Idee – das war keine Idee, das war nur ein Wort – nun lass mich mal ausreden, Miriam. Kann es sein, dass du Selina irgendwie anders wahrgenommen hast? Dass danach ein anderes Licht auf sie fiel, härter, unbarmherziger, das jeden Makel herausmodelliert? Und Selina sich wegducken wollte vor diesem Licht? Nein, Tom, nein. So ist das nicht gewesen. Wirklich, so nicht. Die hat sich nicht geduckt. Aufgebaut hat die sich vor mir. In Stellung gebracht, gegen mich.

Ausschnitt 3: Frau Behrmann hat sich übergriffig verhalten. Ein Beispiel: Selinas Onkel. Er spricht kein Deutsch, jedenfalls nicht gut. Selina geht mit ihm zum Arzt und zum Amt, übersetzt Formulare. Frau Behrmann hat verlangt, dass Selina das in Zukunft bleiben lässt.

MB: *Gut, gehen wir auf das sogenannte Beispiel ein: So, wie es hier berichtet wird, hat es sich nie ereignet.*

Selina neben mir, ihre Schritte passen sich den meinigen an, Blick auf den Boden. Rückweg vom Lunch, schon wieder Brokkoli. Meine Güte, ich lache, nächstes Mal gehen wir zum Italiener, ich lade euch ein. Karsten, vor uns mit Sonja, ihre Hände zerren am Zopf, dreht sich um: Daumen hoch. Er grinst.
Selina kickt einen Zweig. Du, Chefin, kann ich doch erst in zwei Wochen …
Was?
Vortragen.
Ich hole Luft.
Nein, Selina, das verschieben wir nicht wieder.
Ihr Achselzucken: ich hab bis morgen noch nichts.
Ich bleibe stehen.
Dir ist klar, dass das so nicht weitergeht?
Selina guckt sich um, ein Laternenpfahl, lehnt sich an. Immer muss die sich anlehnen, irgendwo. Sie knickt ein Bein ein, die Turnschuhsohle gegen den Pfahl gestemmt, Daumen in die Taschen ihrer Jeans.
Das, sie legt den Kopf schief, magst du nicht so, wenn sich Pläne ändern, oder?
Sie blickt mir ins Gesicht, mit Abstand, als ob sie hinter einem Tresen stünde, Arztpraxis, Behörde, Terminal, und sie hat das Sagen. Ich schüttele den Kopf.
Im Gegenteil, Selina. Es kann durchaus sein, dass ich selber meine Pläne ändern werde – meine Pläne für dich.
Wieso, sie zieht die Brauen hoch, wie meinst du das?
Du weißt, meine Stimme ist ruhig, deine Stelle läuft

in einem Jahr aus. Ich kann sie verlängern oder auch nicht.
Wir schweigen. Dann, als spräche sie zu jemand anderem, irgendwo neben meiner Schulter: Also, erst schreibst du diese E-Mail, lies das und das. Das waren, lass mich mal, zwanzig Titel oder so, und dann, ich lasse alles stehen und liegen und fang an zu lesen, wieder mal, wunderst du dich ...
Halt, Selina. Ich hebe meine Hand. Sagst du mir, du kannst deinen Job nicht machen?
Sie zuckt schon wieder mit den Achseln. Nee, aber ... Mann, Chefin, ich hab halt noch andere Dinge im Leben!
Ich lache.
Andere Dinge, Selina – die haben wir alle.
Du nicht, sie schaut mir ins Gesicht, du hast so was nicht, andere Dinge im Leben, du kannst einfach anrufen und sagen, mach das mal, Tom, ich komme später, aber ich, ihre Zeigefingerspitze bohrt sich in ihre Haut im Ausschnitt, kann das nicht! An mir hängt immer alles!
Ich rühre mich nicht.
Du trägst morgen vor wie geplant.
Selina blinzelt, ein Blinzeln wie auf der Bühne. Und wie, bitte, soll ich das schaffen?
Das, ich wende mich ab, ist deine Sache.

Stellungnahme löschen.

Besser, Sie halten sich kurz, Albert Wiener in seinem Büro, was auch immer die Sie fragen. Danke, ich nicke, als ob die Unschuld immer einfach wäre. Nein, Wiener gießt mir ein Glas Wasser ein, das ist sie selten. Ich sehe die vor mir, Peter, Klaus, die werden sagen, du hättest fragen müssen, am Ende selbst Menzel, Frau Behrmann, Sie hätten fragen müssen: Was hängt an dir, Selina. Doktormutter sein, die Radke, ihre Stimme in meinem Kopf, so würde die jetzt reden, das ist Muttersein, nicht Vatersein, leider. Gut, ich halte mich kurz.

MB: *Nie habe ich Selina geraten, ihre Familie im Stich zu lassen.*

Ich hätte, vielleicht. Wenn ich mehr von ihr gewusst hätte, vielleicht hätte ich gesagt: Lass die Familie. Geh deinen Weg. Ich weiß nicht. Ich weiß nicht, was ich gesagt hätte.
Du hast so was nicht, Überzeugung in ihrem Gesicht, andere Dinge im Leben. Dieser Satz, ihr Gesicht, nachts, besonders nachts: ein Erschrecken, und ich bin wach. Als hätte ich nicht vor dreieinhalb Jahren, ich und nicht Tom, den Krankenwagen gerufen: die Wehen. Plötzlich, drei Wochen vor dem Termin. Zwei Flugstunden weg von mir, in Mailand, hält Tom seinen Vortrag: *From thinking to thacting.* Am Vorabend noch, wir skypen, *thacting*, alberner Titel, er lacht, kommt aber an. Und bei dir, *darling*, alles gut? – Da sage ich ihm: Du kannst ganz beruhigt sein.
Der Schmerz kommt am Morgen. Er springt mich an, als sei er selbst das Erwachen. Er zerrt an meinen Eingeweiden. Griff zum Smartphone, meine Finger nass vom Schweiß; ich muss die Nummer zweimal wählen. Bitte, kommen Sie schnell. Mir rutscht das

Handy aus der Hand. So viel Schweiß auf einmal. Die Minuten fallen wie Schläge in meinen Leib. Ich ziehe mich an; jede Bewegung ein Wimmern. Die Klingel. Ich schleppe mich zur Tür. Ganz ruhig, wir sind ja da. Sanitäter. Ich nicke, beiße die Zähne zusammen. Ihre Tasche, nicht vergessen. Warten Sie, wir helfen Ihnen. Im Wagen stößt das Kopfsteinpflaster in meinen Bauch, eine Faust, wieder und wieder. Die Nummer Ihrer Hebamme, Frau Behrmann, und ich schreie, Zahl um Zahl. Dann sind wir da. Ein Rollstuhl. Lange, helle Gänge. Ich lege den Kopf in den Nacken. Der Schmerz hat sich zurückgezogen. Lauert. Neonleuchten, die wie Mittelstreifen auf der Autobahn durch meinen Blick dahinziehen. Die Rollstuhlreifen machen ein schmatzendes Geräusch auf dem Linoleum. Hände unter meinen Armen; ich werde aus dem Stuhl gehoben. Bitte hier herein. Und jetzt bitte hinter den Vorhang. Ziehen Sie sich aus. Brauchen Sie Hilfe? Ein Kittel wird mir angelegt, so, rauf auf unser gutes Stück. Der Geburtsstuhl. Eine Frau greift nach meinen Beinen, drückt meine Knie auseinander. Mein Körper brüllt auf. Sie packt meinen Arm, die Kanüle. *Nie, prosze, nie!* Verwirrte Blicke über Mundschutzmasken. Mir fällt kein Wort auf Österreichisch ein. Kein deutsches Wort. Nicht mal ein englisches. Ich schreie auf Polnisch. Der Schmerz ist ein Raubtier, das mich reißt. Ich habe alles vergessen, was ich gelesen habe. Alles, was im Vorbereitungskurs gesagt worden ist. Ich finde den Rhythmus nicht. Der Schmerz hat mich gepackt, er zerrt an meinen Eingeweiden. Der Schmerz schleift mich mit sich, weiter und weiter von hier fort. Dies ist die Grenze. Näher und näher hin zu ihr schleift mich der Schmerz. Atmen. Atmen Sie. Meine Hebamme, ihre Stimme, ich hebe meinen Blick aus der Tiefe zu ihr. Pressen Sie, atmen Sie. Hände auf meinem Bauch. Ich brülle. Blicke gehen hin und her über den Mundschutzmasken, wie ein blitzschnelles Gespräch. Ich sinke. Die Gesichter verschwimmen. Ich werde gepackt, auf eine Liege geworfen. Jemand schnallt mich fest. Der Schmerz schleift mich über die Grenze.

Frau Behrmann? Ich öffne die Augen. Meine Hebamme beugt sich über mich. Legt etwas Schweres auf meine Brust. Wärme. Ein Leib. Ein Schnaufen. Nuschka. Das ist Nuschka. Sie lebt. Alles gut, Frau Behrmann. Ein gesundes Mädchen. Ich hebe meine Hand, lege sie auf Nuschkas Leib. Wieder ein Schnaufen; Nuschkas Atem berührt meine Brust. Wir lächeln uns zu, meine Hebamme und ich. Ich lache. Lache und weine. Weine und lache. Sie zieht ein Tuch nach dem anderen aus der Schachtel neben dem Bett und trocknet mein Gesicht, geduldig.

Frau Behrmann hat offensichtlich kein Verständnis für die vielfältigen Schwierigkeiten und Verpflichtungen von Menschen, die aus benachteiligten Familien [...] ohne akademische Vorerfahrung kommen, und versucht immer wieder, Selina ihre eigenen privilegierten Vorstellungen vom Leben aufzuzwingen.

Meine Kehle, wie ein Verschlucken, ein plötzliches Zusammenziehen. Was da wahrscheinlich stand: »Menschen, die aus benachteiligten Familien mit

Migrationshintergrund und ohne akademische Vorerfahrung kommen« – und dann fiel irgendwem ein, dass ich selber … Peter wahrscheinlich. Er weiß das. Und die Personalabteilung. Der Rektor. Der auch.

MB: *Lassen Sie mich mit einer Vermutung beginnen: Man hat das Wort »Migrationshintergrund« gewählt. Migration als etwas, was man hinter sich lässt. Ein Zug im Sprachspiel, um zu vergessen, wie gewaltig der Schwung ist, den jemand braucht, um eine Grenze zu überwinden, eine Grenze zwischen zwei Staaten. Sie wirklich zu überwinden. So stark kann niemand seinen Lauf abbremsen, dass er nicht sein Leben lang jemand bliebe, der eine Grenze überrennt. Ja, ich weiß, wie es ist, zu migrieren. Ich weiß auch, wie es ist, nicht zu migrieren. Die es nicht über eine Grenze schaffen, die Zurückbleibenden, im Blick der Weitergehenden immer kleiner Werdenden – sie sind der eigentliche Hintergrund.*

Löschen.

MB: *Wie soll ich etwas kommentieren, was angeblich »offensichtlich« ist, außer, indem ich sage: Das ist es nicht? Und keine Handlung – eine Haltung? Wie kann überhaupt jemand über die Haltung eines anderen Bericht erstatten? Es sei denn, natürlich, wir bewegen uns auf Zeitzonen der Geschichte zu, die wir glaubten, längst verlassen zu haben. Indem wir Grenzen überwanden. Für immer, dachten wir.*

Fingerkuppe auf Touchscreen, das einzige Geräusch. Das Rascheln des Mantels, jetzt, wenn ich mich rühre.

Diese Kapellenstille, ein Verstärker jeder Lebensäußerung: Hier ist jemand, etwas, das atmet, allein.

*

Ich wache auf dem Rücksitz auf, weil es so still ist. Der Motor ist aus. Wir stehen. Die Grenze. Es ist nicht gut, dass ich wach bin und sehe, wie wir stehen, in einer Schlange von Autos, deren Ende unsichtbar ist. Wir stehen und stehen. Dann rollt der Wagen vor uns ein paar Meter, hält wieder. Mamusia lässt den Wagen an, rollt, macht den Motor aus. Hinter uns geht ein Motor an, wieder aus. Wieder stehen wir. Ich muss mal. Aber das geht nicht, Miriam *kochanie*, Mamusia dreht sich nicht um, wir dürfen hier nicht aussteigen. Nicht daran denken; ich weiß, dass es schlimmer wird vom Darandenken. Aber es gibt nichts, woran ich sonst denken könnte. Das Zimmer, in dem Mamusia und ich geschlafen haben, drei Tage in Ostberlin. Eine Tapete mit Gelbstich und Ankermuster, zwei Betten, ein Schrank; die Türen knarren und schwingen auf, wenn es zieht. Geruch nach Kohle, nach altem Holz, nach frisch gewaschener Bettwäsche. An der Wand die Päckchen, die Mamusia hochgeschleppt hat: Nüsse, Linsen, Mehl, Bohnen, Mohn, Graupen, Hefe, Toastbrot. Alles, was wir in drei Tagen kaufen konnten. Die Frau im Laden, ihre Füße quellen aus den Schuhen, schimpft. Sie zeigt auf unsere Tüten, schüttelt den Kopf. Mamusia antwortet nicht. Es gibt fast nichts mehr zu kaufen in Szczecin-Warszewo. Wir aber werden *kutia* essen, wir werden Milchkaffee trinken, Mamusia, Tata und ich, daheim am Küchentisch, denn in der Küche ist es vom Kochen noch warm. Aber

das ist erst morgen. Wirklich, ganz und gar, ist jetzt nur der Druck in meiner Blase, die Schlange von Autos, die stehen, manchmal rollen, wieder stehen. Mamusia hat alle Päckchen alleine aus dem Zimmer zum Auto getragen, heute früh, dann Andrzej, eingemummelt in Decken. Am Schluss, zieh dir zwei Pullover an, Miriam, und dann den Mantel, nimmt sie mich an der Hand. Knarrende Dielen, den Schlüssel abgegeben, raus aus der Pension. Die Kälte springt mich an. Blattlose Bäume, keine Bewegung, nur Mamusia und ich. Im Hinterhofhimmel die Zeichnung der Zweige. Dreh dich um, sagt Mamusia vor dem Auto. Dreh dich um und schau weg. Ich frage nicht, warum. Ich weiß, ich soll nicht mitbekommen, wo im Auto sie das Essen versteckt. Ich soll keines der Verstecke kennen. Ich bin nur ein Kind; ich könnte alles verraten. Mamusia hat das schon oft gemacht, Essen geschmuggelt, unter dem Fahrersitz, in Autotüren, aber das, Miriam, machen wir heute noch besser. Zum ersten Mal bin ich dabei und darf nichts wissen. Ich stehe und schaue weg, und meine Füße werden kalt. Als ich einsteigen darf, klappern mir die Zähne. Mamusia, auf dem Fahrersitz, dreht sich zu mir um, bleib ruhig, hörst du? Mach einfach immer ein ruhiges Gesicht.
Andrzej zappelt, wacht auf, starrt ans Autodach, verzieht den Mund und brüllt. Ich massiere sein Bäuchlein, aber von der Bewegung, von jeder Bewegung, schmerzt meine Blase. Andrzej schraubt sein Schreien höher. In Wellen kommt die Angst. Gleich werde ich nicht mehr einhalten können. Mamusia, ich muss! Durchhalten, *kochanie*. Ich kneife alles zusammen. Nicht bewegen. Wir stehen. Andrzej brüllt. Wir rol-

len zwei Meter, halten an. Auf keinen Fall bewegen. Das Einatmen tut weh in der Blase. Ganz weit vorne die Männer in Graugrün, die Grenzer. Noch so viele Autos zwischen ihnen und uns. Ich wimmere. Um mich abzulenken, zu beruhigen. Um durchzuhalten. Mein Gewimmer geht unter in Andrzejs Gebrüll. Mamusia seufzt. *Jesusmaria*, sagt sie. Sie öffnet die Autotür, die Kälte stürzt sich auf mich. Wir steigen aus. Steif, ungelenk. Das Aussteigen schmerzt in meiner Blase. Die Kälte springt an mir hoch, leckt mir das Gesicht. Mamusia beugt sich in den Wagen, hebt den brüllenden Andrzej heraus. Sofort sucht er ihre Brust, bekommt sie, beruhigt sich und trinkt. Mamusia nimmt meine Hand. Wir gehen zur Grenze. Jeder Schritt hämmert in meiner Blase. Ein Graugrüner kommt uns entgegen, eine Abwehrhand ausgestreckt, die andere am Koppel. Deutsche Wörter, abgefeuert. Ich ziehe den Kopf ein. Mamusia sagt etwas, auch Deutsch, ich kann es nicht verstehen. Der Grenzer zeigt irgendwohin. Dann ruft er etwas. Ein anderer Grenzer kommt auf uns zu. *Chodź*, sagt Mamusia. Den stummen Graugrünen neben uns, der jünger ist als der erste und starr geradeaus guckt, gehen wir zum Klo. Geh rein, sagt Mamusia, und beeil dich. Drinnen stinkt es, und es ist genauso kalt wie draußen. Ich zittere. Öffne die Hose, ziehe alles runter. Eiskalte Luft an meinem Po. Nicht setzen, nicht hier, auf gelbe Flecken, an denen Haare kleben. Ich stelle mich hin, breitbeinig vor das Klo, und hocke mich in die Luft. Meine Blase lässt nicht los. Ich kann nicht. Jemand spricht mit Mamusia. Eine Männerstimme, dann Mamusia, ihre Schritte, die sich entfernen. Ich kann

nicht. Und so setze ich mich. Ich zittere vor Ekel, aber ich setze mich. Loslassen, sage ich, loslassen. Egal jetzt, sage ich, egal, wie eklig es ist, jetzt musst du loslassen. Endlich, ein dünner Strahl. Ich presse. Der Strahl wird kaum dicker. Eine Tür, Mamusia, ihre schnellen Schritte, sie ruft mich. Der Strahl bricht ab. Vielleicht hat der Grenzer Angst, dass ich hier drinnen ... was kann ich hier schon tun? Und dann geht es. Ich pinkele und presse, pinkele und presse, atme, pinkele und pinkele, presse, bis kein Tropfen mehr kommt. Dann stehe ich auf, kein Klopapier, natürlich, ziehe das Höschen hoch; die Feuchtigkeit wird augeblicklich kalt. Aber das ist egal. Kein Schmerz mehr. Ich ziehe mich fertig an, öffne die Tür, komme heraus. Mamusias schmaler Mund, als sie mich anschaut. *Ale histeria*, sagt sie. Dann gibt sie mir Andrzej und geht selbst auf das Klo, und ich warte draußen im Flur mit Andrzej auf dem Arm. Der Grenzer schaut weg, starr. Vielleicht ist es ihm peinlich, dass ich einfach so rausgekommen bin, dass ich wirklich einfach nur gepinkelt habe. Mamusia ist viel schneller fertig als ich. Sie sieht mich nicht an, als wir zum Auto gehen, schnell. Wir steigen ein; hinter uns hupt es, und wir rollen ein ganzes Stück vorwärts, bis wir wieder stehen bleiben.
Wir sind das erste Auto in der Schlange. Mamusia kurbelt das Fenster herunter, reicht die Pässe heraus. Das Gesicht hinhalten, nichts sagen, nicht lächeln. Auch der Grenzbeamte sagt nichts, lächelt nicht. Ein Blick, reihum auf unsere Gesichter. Dann die Pässe entgegennehmen, im Schritttempo weiterfahren, halten. Der Zoll. Aussteigen. Andrzej verzieht den Mund, holt Luft, brüllt. Mamusia hebt ihn aus dem

Auto, er biegt sich, zappelt in ihren Armen, schreit. Taschen öffnen, Inhalt zeigen. Dann dastehen in der Kälte, zusehen, wie die Zollbeamten an die Arbeit gehen. Sie umringen den Wagen. Befehle. Mamusia öffnet die Motorhaube, hebt die Koffer heraus. Ich halte Andrzej. Offene Koffer, Taschen, die Hände der Grenzer in unserer Wäsche. Andrzejs Babysitz neben dem Auto, ein Kissen im Schmutz. Aufgeschraubte Autotüren. Andrzej brüllt; die Zollbeamten machen ihre Arbeit. Sie finden nichts, schrauben die Türen zuammen. Mamusia drückt die Kofferdeckel zu, hebt unsere Sachen in den Kofferraum. Auch den Babysitz wuchtet sie hinein. Ich lege Andrzej zurecht. Er wehrt sich, schreit. Wir fahren los, im Schritttempo, aber es ruckelt, der Motor brummt, Andrzej beruhigt sich. Die andere Seite der Grenze, unsere Seite. Andrzej japst, schluckt, brüllt. Der polnische Grenzer schaut Mamusia an, zögert. *Ile lat*, fragt er, wie alt? *Półtora roku*, sagt Mamusia, anderthalb Jahre. *Głód*, fragt er, Hunger? Mamusia nickt. Andrzej brüllt. Der Beamte ruckt mit dem Kopf: Weiterfahren. Augenblicklich wird Andrzej still. Er guckt, als wäre nichts gewesen. Wir fahren. Die Grenze verschwindet hinter uns. *Dziękuję, misiu*, sagt Mamusia, schade nur, dass nicht auch die Deutschen Kinder mögen. Und dann, mit derselben Stimme: Irgendwann, *kochanie*, wenn du groß bist, fährst du alleine über diese Grenze, ihr Daumen zeigt zum Heck, und kommst nicht wieder. Ich frage nicht, warum. Ich frage nicht, wo sie das Essen versteckt hat; es ist besser gewesen, dass ich nichts weiß. Aber, Mamusia, wie lange wird das Essen jetzt reichen?

MB: *Es ist wahr, dass ich meinen Mitarbeiterinnen und Mitarbeitern keine Sonderbehandlung nach Herkunft oder (wie auch immer gearteter) Klassenzugehörigkeit zukommen lasse. Dazu stehe ich.*

Ich wollte den Durchbruch. Andenken gegen Widerstand. Bis der bricht, und dann: Jetzt haben wir es! Ein Glück, das die Kehle zusammenzieht, dann weitet. Auf einmal ist alles einfach. Stattdessen: Müdigkeit, Niedergeschlagenheit, Schlaffheit. Selinas Blick aus dem Fenster, nicht nur das eine Mal. Verweigerung, dieses Zurücknehmen, Zurückhalten aller Freude: Das ist der Widerstand. Der hat seinen Grund, das heißt keinen Grund – ein Motiv. Ein feiges Motiv. Feigheit des Gehirns. Bei jeder Schwierigkeit gleich müde, gleich Pause, so geht das nicht. Dann knickt man wieder ein, und wieder, am nächsten Tag. Man gewöhnt das Gehirn wie einen Hund an schlechtes Benehmen. An Schwanzwedeln und Leckerli, statt, was sich da entzieht, zu verfolgen. Mit Liebe.
Ja, mit Liebe. Von Anfang an war es ein Hindrängen, eine Ungeduld, ran an den Schreibtisch. Das Grün des Einbands, Rauheit des Umschlags, aufklappen: *Prädikatenlogik. Ein Kursbuch* von Eva Brandt. Innen dann die Seiten, glatt und neu, der Duft nach frisch gedruckt: mein erstes Semester Philosophie. Sein, Nichtsein, Alles. Aber dann, die Enttäuschung. Ich lese hastig, die ersten Zeilen wie ein Flug; noch hält das Versprechen. Dann halte ich inne, nichts verstanden, noch einmal von vorn. Die Formeln, Quantoren, Bremsklötze des Denkens. Kein Abheben mehr. Die Zeichen verweigern sich. Zuklappen, Aufstehen,

hin und her gehen, fünf Schritte bis zur Wand, fünf Schritte bis zum Bett. Es ist ja schon dunkel, die Zeit zieht immer stiller vorüber, mit großen, langsamen Flügelschlägen. Und morgen wieder Vorlesung, früh um 09:00, eine Stunde S-Bahn fahren bis dahin. Ich habe die Zähne geputzt, das Nachthemd angezogen; da setze ich mich wieder. Den rauen Buchdeckel aufschlagen, die Glätte der Seiten kühl an der Hand, umblättern, den Duft einatmen. Luft anhalten, lesen. Langsamer diesmal. Nichts. Verweigerung. Ich lege mich hin, aber das Buch nehme ich mit. Am Morgen, der Wecker kräht seinen Hohn ins Zimmer, brennt noch das Licht. Das Buch, an meine Wange gedrückt, hat sich in mein Gesicht gezeichnet. Aber, ohne Begreifen, wie ein Fußsoldat, meine erste Berechnung: Die Formel ist falsch. Ich komme zu spät zur Vorlesung; Eva Brandt, frisch wie immer, hohe Stiefel zur Jeans, Mondrianbluse, schaut zur Tür. Ich schlüpfe hinein, ein Platz in der ersten Reihe. Prüfender Blick, dann ihr Lächeln, weich geschminkt, und die lässige Geste, mit der sie die Brille zurechtrückt: Zunächst einmal werden Sie rechnen. Wahrheit als Zahl. Geduld, nichts weiter. Üben und wieder üben. Und dann, irgendwann, vielleicht, wird die Formel für Sie durchsichtig werden. Üben, schreibe ich in meinen Kalender. Jeden Tag: üben. Wenn es eben sein muss, bis in die Nacht. So ist das. Das ist die Arbeit des Denkens. Wenn du das nicht willst, Selina, dann geh. Nicht nur weg von mir, weg aus meinem Fach. Dann bist du nicht geeignet.
Wo bist du?
Mein Handy. Tom.
MB: *In der Kapelle.*

Löschen.
MB: *An der Uni. Warten.*
Wieder Tom. *Wo genau?*
MB: *Tom, ich will …* löschen … *muss jetzt allein sein.*

Ausschnitt 4: Im letzten Jahr wurde es besonders schlimm. Frau Behrmann verlangte von Selina, um Punkt 08:00 Uhr zu erscheinen und so lange ihr Büro nicht zu verlassen, bis sie einen vorher für den Vormittag erarbeiteten Arbeitsplan vollständig abgeleistet hätte. Selina saß weinend am Schreibtisch. Sie hat manchmal tagelang nichts zu Mittag gegessen, nur weil sie versucht hat, es Frau Behrmann recht zu machen.

Selinas Tür ist geschlossen. Licht fällt durch das Glas über der Tür. Ich klopfe nicht. Mittagessenzeit, aber trotzdem. Ich gehe vorbei. Ich kann nicht wissen, was da drinnen vor sich geht.

MB: *Es ging ausschließlich darum, dass Selina promovieren wollte, nicht darum, es mir recht zu machen. Natürlich habe ich ihr zu keinem Zeitpunkt nahegelegt, auf das Mittagessen zu verzichten. Anderthalb Stunden Geplauder am Mittagstisch und direkt im Anschluss noch einmal fast zwei Stunden Kaffeekränzchen – damit sollte allerdings Schluss sein. Nicht meinetwegen. Ihretwegen.*

Ein Montag im Frühling; drei Jahre ist das her. Anderthalb Stunden geschrieben seit dem Lunch, *a new critique of moral anti-realism*. Jetzt einen Kaffee, frische Luft, fünf Minuten hin zum Starbucks. Ich stehe am Tresen. Die Blonde dahinter winkt mir zu: Ihr Latte;

Vorsicht, ist heiß. Danke; mein Blick sucht Pappmanschetten, Plastikdeckel, Strohhalme, findet Karsten. Vornübergebeugt an einem der Tische, ein nackter Unterarm auf seinen Schenkeln, die andere Hand an der Gabel, grinst er mir zu. Ihm gegenüber der Haarschopf von Selina. Sonja, schräg zu den beiden, schaut nicht auf, blättert in einem Ausdruck, malt, wie es aussieht, Ausrufezeichen an den Rand. Selina hat sich umgedreht, stutzt, winkt; mit großer Geste winkt sie, sie schwenkt den Arm wie eine Fahne:
Hierher, Chefin!
Ich nicke, lächle, damals lächelten wir noch, mein Blick sucht Pappmanschetten, Plastikdeckel, Strohhalme; fünf Minuten, rufe ich.
Ein Ratschen, Selinas Stuhl schlittert nach hinten, so schnell springt sie auf. Karstens hastiger Griff nach der Lehne, da steht Selina schon am Tresen. Ein beleibter Herr schnauft vor ihr in seine Brezel. Selina streckt mir, da also waren die, hinter dem Schnaufenden hervor eine Pappmanschette entgegen. Gib her, sie macht einen Schritt auf mich zu, nimmt mir den Becher aus der Hand, ich bin viel zu verblüfft, hier, sie drückt den Plastikdeckel fest, bohrt einen Strohhalm hinein, bitte, da hast du ihn wieder. Sie schlendert vor mir her, zurück zum Tisch. Sonja guckt hoch, rot gelesene Augen. Oh, hi. Eine Strähne fällt ihr ins Gesicht. Ihre Hand, blitzartig, klemmt sie hinters Ohr. Dann liest sie weiter.
Nur fünf Minuten, ich setze mich, dann muss ich wieder. Woran arbeitet ihr?
Och, Selina klemmt den Löffel zwischen ihre Zähne, bleib doch noch. Sie kämmt ihr Haar mit beiden

Händen, legt den Löffel zurück, schüttelt ihr Haar aus. Karsten grinst, sein Blick auf Selina getränkt in Zufriedenheit. Seine Stimme ist heiser. Noch ordentlich auf Vorrat essen, was, Selina? Er schiebt ihr seinen Teller hin; sie lächelt, schüttelt den Kopf. Ich schaue von einem zum andern, worum geht's? Ach, Karsten grinst, Ramadan steht vor der Tür. Selina streckt ihr Kinn hoch, lacht.
Ich werd nicht verhungern, keine Sorge.
Sonja schaut auf, die Stirn noch gerunzelt.
Glaubst du eigentlich?
Selina fährt herum; wie meinst du das?
Na, Sonja zieht ihre Stirn noch krauser, an Gott?
Selina zieht die Brauen hoch, ach so, dann ein Achselzucken; sie schlägt die Beine übereinander, dreht den Luftfuß hin und her, ja, schon, irgendwie.
Ich nippe, setze den Becher ab, zu heiß zum Trinken. Was heißt denn irgendwie?
Ach komm, Selina lehnt sich zur Seite, legt den Kopf schief und lächelt, lass mal, Chefin, ich hab jetzt Pause.
Karsten, sein Grinsen vom Gesicht gewischt, schaut auf seine Füße. Sonja reißt die Augen auf, Pantomime der Ungläubigkeit. Und ich, ich starre Selina in die Augen; aber Selina, nur ein kleines Lächeln, schweigt. Ich bin es, die jetzt etwas sagen muss.
So, ich halte ihr mein Handgelenk hin, Pause machst du. Schau mal auf die Uhr. Fast zwei Stunden nach dem Lunch.
Schweigen. Selina starrt auf den Schädel, den Karsten gesenkt hält, und antwortet nicht. Sonja, die Arme verschränkt, sitzt da wie in der ersten Reihe im Thea-

ter, ihren vollgeschriebenen Aufsatz im Schoß. Ihr Blick wandert hin und her zwischen uns dreien.
Ich nehme meinen Becher, stehe auf, klopfe auf den Tisch. Das war's, Leute, diese Pause ist vorbei.
Ein Nicken für Sonja. Und im Durcheinanderratschen der Stuhlbeine, als Karsten, Sonja und zuletzt Selina ihre Stühle nach hinten schieben, aufstehen, nach ihren Portemonnaies greifen, wende ich mich ab. Zurück zum Büro, allen voraus.

Tom, sag doch was.
Was soll ich dazu sagen.
Wir, Tom und ich, auf der Bank, unserer Bank, wie immer seit damals, seit dem Sommer vor vier Jahren. Damals: Mein Kopf in Toms Schoß, über uns der von den Bergen eingefasste Himmel wie die Oberfläche eines Sees, auf dessen Grund ich liege. Die Sonne in meinem Bauch. Ich weiß, an jenem Tag bin ich schwanger geworden, am selben Abend noch. Seitdem kehren wir hierher zurück, Tom und ich, jeden Sommer, meist mit Nuschka, Mamama, sie zerrt an mir, auf den Schoß, dann wieder runter, hier ist doch nichts, Mama, aber auch zu zweit, wenn Nuschka bei der Nachbarin ist. Damals, als alles gut war, und jetzt, diese Himmelsblässe über uns, Wind, ich friere, immer friere ich, und schwanger bin ich nie wieder geworden. Trotzdem sitzen wir hier. Ich lege meine Hand in Toms Nacken. Wie warm er ist.
Na, sage ich, du könntest versuchen zu erklären, wieso Selina so ist. Zu mir.
Vielleicht, Tom legt seine Hand auf meine, solltest du Selina das fragen, nicht mich.

Tom, so was fragt man doch nicht, schon gar nicht als Chefin.
Warum denn nicht, *darling*?
Würdest du, Tom, einen Mitarbeiter von dir so etwas fragen?
Er zuckt mit den Achseln.
Tom, ich setze mich auf, schau mich an, ich rede mit dir. Tom, kann es sein, dass das alles auf dieser Berufungskommission begonnen hat, als Peter und Klaus … als sie Irina nicht genommen haben, obwohl …
Miriam! Tom, auf einmal, dreht sich zu mir um, er legt seine Hände um mein Gesicht, können wir bitte, bitte, einmal von etwas anderem reden?

III

Gehen. Auf und ab. Schlechtwetterlicht. Im Kapellenfenster verschmutzen die Farben. Immer wieder Maria, ihr bodenloses Schweben, mit dem Kind auf dem Arm, das muss ihr doch, ein blöder Gedanke, zu schwer werden irgendwann. Zähne zusammenbeißen. Mein Kiefer tut weh, mein Nacken, der Kopf. Mir ist kalt; ich schwitze. Die Stille der Kapelle, wie ein Tubenkatarrh.
Doch, damit hat es begonnen: Irina, die Letzte, die wir anhören werden. Direkt nach Gänser aus Graz. Peter schuldet dem was, sagt die Radke, die anderen sind da schon längst wieder in ihre Büros verschwunden, eine lange Sitzung war das. Wieso? Na, wie man seinen Tippsklaven halt was schuldet. Tippsklave? Ich lache. Ja, lach ruhig, die Radke rollt ihre Ärmel runter; wie in jeder Sitzung hat sie die beim Reden hochgekrempelt. Aber Bärbel, wieso tut sich einer das an? Tippsklave sein? Die Radke zuckt mit den Schultern. Hat keine eigenen Ideen, denke ich. Da muss der Gänser sich dranhängen an einen, der schlauer ist, oder? Ist aber schon ein paar Jährchen her. Ich mache einen Schritt auf sie zu. Dann lass uns für Irina stimmen. Die Radke nickt, hält inne, wiegt den Kopf. Mal schauen, wie es läuft.
Dass wir Irina heute hören, direkt nach Gänser, dafür habe ich gesorgt. Die letzte Sitzung ist das jetzt; nach Irinas Vortrag soll abgestimmt werden. Wie immer ist Irina ganz in Rot und Schwarz gekommen, denn das,

sagt sie, damals in Princeton, als wir uns das erste Mal zum Kaffee treffen, ist meine Hommage an Stendhal. Ihr schwarzes Haar im Stummelzopf, rote Jacke, schwarzer Rock und schwarze Pumps, knallrote Fingernägel, so steht sie hier. Im besten Seminarraum der Maximilian-Universität Wien, wo ich, meine Güte, ist das kalt, gerade erst die Heizung aufgedreht habe. Ich stelle ihr ein Wasser hin, setze mich. Morgens um neun. Klaus sitzt schon am Eck, gekrümmt, grauer Pulli, das Smartphone im Schoß. Peter und die Radke, Selina und die zwei Studenten fehlen noch. Die Truschke, so, jetzt müsste es klappen, schaltet zum dritten Mal den Beamer aus und ein. Ein Rauschen, dann erscheint auf der Leinwand die erste von Irinas Folien: *Kann KI Bewusstsein haben? Berufungsvortrag, Wien, 12. März 2014.* Danke, Irina nickt der Truschke zu, knapp und schnell. Ihre Vorträge hält sie fast immer in der Landessprache, Englisch, Französisch, Italienisch, Spanisch, Deutsch; sie lacht nur und zuckt mit den Achseln: Ich muss ja schließlich im Training bleiben. Vierunddreißig, und kann mehr Sprachen als ich. Wien, ihre Stimme am Telefon ist schnell und knapp wie immer, warum nicht. Bewirb dich, Irina, sage ich, ich würde mich freuen. *Okay, let's see. Professorship in Philosophy of Digitization and Artificial Intelligence*, wie seid ihr denn darauf gekommen? Menzel, sage ich, Universitätspolitik, das Land gibt Geld für so was. Aber wenn du erst mal eingestellt bist, Irina, kannst du machen, was du willst. Ja, schon klar. Und für den Vortrag … Wie wär's mit der These, dass Intelligenz immer und überall etwas Künstliches ist? Deswegen hassen uns die Naturburschen so, Miriam, oder. Wir lachen, legen auf.

Sechzehn Stunden Reise, im Flugzeug kann sie nicht schlafen, das hat sie mir erzählt, aber jetzt steht sie hier, als hätte sie uns eingeladen, nicht umgekehrt; sie steht ruhig da und wartet. *Morning, Miss Stepanova!* Peter, Riesenschritt in den Raum, streckt seine Hand aus. *Wonderful to have you here.* Danke, Irina, knapp wie immer, schüttelt Peters Hand, lässt los. Peter, er wippt in seinen Cowboystiefeln, reibt sich die Hände, grinst. *Did you have a good flight? You did? And the Grand hotel Vienna, as grand as promised? Wonderful.* Irina, ernst, nickt. Peter setzt sich. Sein Grinsen hängt im rechten Mundwinkel fest. Irgendetwas an Irina ist er nicht gewohnt. Selina, sie fliegt in den Raum, schaut sich um, *hallo Miriam*, ihr Strahlen, dann Blick auf Irina, *oh hi, so nice to meet you!* Irina lächelt, ihr Lächeln für die Jungen, die den größten Kampf noch vor sich haben. Unsinn, Irina, so reden wir zwei miteinander, damals in Princeton, sie auf unserem Sofa, bei Wein, Oliven und Brot, und Tom hört zu; er mag Irina, weil die mich aushält, so wie ich sie aushalte. Es sind die Jungen, sagt Irina, nicht wir beide, die am meisten zu kämpfen haben. Und Tom, er hat bis jetzt geschwiegen, stellt sein Glas ab, als gäbe es nur eine einzige richtige Stelle auf dem Tisch: Wart's ab. Jetzt, hier in Wien, dieses Lächeln, nicht für Peter, nur für Selina. Und Selina, ein winziges Zögern, aber es ist schon eine Minute vor Vortragsbeginn, keine Zeit mehr, mit Irina zu plaudern, kommt her, setzt sich neben mich. Deine Stepanova, sie beugt sich zu mir, ist supererfolgreich, oder? Ein Bühnenflüstern. Ich nicke. Guck mal, Chefin, Long und Lost sind auch schon da! Ich schüttele den Kopf: Also wirklich, Selina! Die beiden Studenten, der eine, der die Schultern nach vorne buckelt, als wäre es ihm peinlich, dass ihm bei eins neunzig erst eingefallen ist, mit dem Wachsen aufzuhören, und ein zweiter, der sich unentwegt umschaut, traben gerade Richtung Peter, setzen sich mit viel Gescharre. So, Peters Blick schweift durch den Raum, alle da, dann können wir beginnen. Ich sehe, Sie sprechen Deutsch, Frau Stepanova? Und Österreichisch? Nein? Na, man darf ja nicht zu viel verlangen. Gelächter, Long und Lost ziehen die Mundwinkel nach oben, eine Sekunde zu spät. Frau Stepanova, Peter beugt sich vor, starrt auf einen Ausdruck, hat in Rutgers ihren PhD gemacht und ist dann nach Princeton gewechselt, wo ja auch, Blick zu mir, unsere geschätzte Kollegin Frau Behrmann ihre Meriten gesammelt hat. Wunderbar. Peter schaut in die Runde, sein Grinsen ist zurück am Platz, dann können wir mal hoffen, dass wir hier in Wien bald eine Außenstelle von Princeton werden, oder. Die Radke, ihr Kopf ruckt hoch, sieht mich an. Ich runzele die Stirn, seltsame Bemerkung, ja. Aber Peter, das weiß man, redet gern so daher. Irina, wie immer, verzieht keine Miene. Dann, Peter lehnt sich zurück, *without further ado*, wie man so sagt, legen Sie mal los, Frau Stepanova. Irina nickt. Danke. So ist sie, dankt nicht mit mehr als einem Wort. Ich möchte, sie klickt auf den Laserpointer, umkreist mit dem roten Punkt die Zeile auf der ersten Folie, uns alle daran erinnern, dass die Frage nach dem möglichen Bewusstsein künstlicher Intelligenz nichts anderes ist als die Neuauflage einer viel älteren Frage, nämlich die nach dem Anderen Bewusstsein überhaupt. Fragen wir also: Was ist Bewusstsein? Um mit Nagel zu sprechen, sie klickt, Bewusstsein ist das Vorhandensein einer Art und Weise, wie es sich für mich, oder für Sie, oder für Ihren Hund, oder für diese Stubenfliege hier, oder für Roboter Lara anfühlt, in der Welt zu sein. Für jeden anders. Irina beginnt, im Raum auf und ab zu gehen; mal hält sie den Kopf gesenkt, während sie spricht, mal schaut sie uns an, gerader Blick. Wer von uns weiß, wie es sich für Roboter Lara anfühlen könnte, in der Welt zu sein? Ihr Blick ruht auf jedem von uns. Nur die Radke guckt zurück, und ich. Niemand? Wer von uns kann dann entscheiden, ob Roboter Lara Bewusstsein hat? Irina spricht so, als würde sie das, was sie sagt, gerade jetzt zum ersten Mal denken. Sie spricht, als wäre niemand wichtiger als die, die ihr beim Denken zuhören wollen, und als wäre nichts weniger wichtig als die Frage, wie viele das sind. Klaus tippt auf seinem Smartphone, Peter kritzelt Figuren, die beiden Studenten starren auf die Leinwand, ohne zu blinzeln, die Radke senkt den Blick auf ihre Fingernägel, und Selina sieht alle zwei Minuten rüber zu Peter, dann zurück zu Irina, ein rascher Seitenblick zu mir, dann wieder zu Peter. Unter dem Tisch kreuzen und entkreuzen sich ihre Füße.

Das war ziemlich gut, Bärbel, gib's zu. Pause, Irina ist mit Long und Lost verschwunden, so, Jungs, Peter hat die beiden aus der Tür geschoben, jetzt zeigt ihr unserem Gast aus Princeton mal ein schönes Café hier in Wien. Und hier, er packt Long bei der Hand, blättert Scheine hinein, kauft ihr was zu futtern, in Ordnung? Ich reiße das Fenster auf, atme tief ein, drehe mich um. Noch zehn Minuten bis zur Sitzung. Peter und Klaus,

an der Türseite des Raums, flüstern beim Kaffeezapfen, schütteln die Köpfe, nicken. Selina in Wartestellung hinter ihnen, den Pappbecher in der Hand. Sie lauscht. Hier, auf der Fensterseite, greift die Radke in den Obstkorb, kritischer Blick, sie dreht den Apfel in der Hand, dann ein Krachen, Kauen, hm, bisschen mehlig. Was sagtest du, Miriam?
Ich habe gesagt, dass Irina ziemlich gut war.
Na ja, wieder ein Krachen, die Radke kaut, verzieht das Gesicht, vor allem mutig.
Wieso mutig?
Tja, die Radke zielt, trifft, ein Peng und Scheppern, als das Kerngehäuse mit mehr als einem halben Apfel im Papierkorb aufprallt. Selina, ein Hüpfer, schaut sich um, große Augen, dann ein Grinsen; sie winkt. Die Radke grinst zurück. Zu mir sagt sie: Stell dir vor, Menzel wäre gekommen. Hätte ja sein können. Manchmal kommt er ja und hört sich an, was die Leute so zu sagen haben.
Ich hebe die Schultern. Ja und? Wo ist das Problem?
Miriam, künstliche Intelligenz als Herausforderung des einundzwanzigsten Jahrhunderts und so weiter, Fördergelder von ganz oben – da muss alles tipptopp up to date aussehen, nicht wie eine uralte Frage, zu der wir Nagel zitieren. Mit uralten Fragen gewinnst du keinen Blumentopf.
Ich lege den Kopf schief. Auch nicht, wenn die Antworten neu sind?
Sie lacht. Bei den Antworten hört keiner mehr zu. Aber jetzt, sie packt mich am Arm, holen wir Mädels uns einen Kaffee.
Los, los, Leute, auf die Plätze, Peter klatscht zwei Mal

in die Hände, weiter geht's, angelt mit dem Fuß nach seinem Stuhl, wirft sich hinein. Ja, Miriam?
Für mich, ich richte mich auf, ist Irina Stepanova klar Listenplatz eins. Sie hat als Einzige eine eigene ...
Ach komm, Miriam, Klaus lehnt sich zurück, eigen war die Idee, hier einfach mal nicht zum Thema zu reden.
Klaus, das war nicht am Thema vorbei, das war ...
Jaja, genau, amerikanisch. Und wir sollten uns hier nicht der amerikanischen Diktatur ...
Klaus, Peter legt ihm eine Hand auf den Arm, lass gut sein, wir haben dich verstanden. Und dich auch, Miriam. Sonst noch Wortmeldungen? Bärbel?
Die Radke zögert, zuckt mit den Schultern, na gut, was soll's, ich kann mit der Stepanova leben, mit dem Gänser auch.
Und Sie, Peter lächelt, was sagen Sie, Selina?
Sein Lächeln für die Jungen, die das größte Glück noch vor sich haben. Selina, im Stuhl nach unten gerutscht, richtet sich auf.
Ich weiß nicht.
Leise Stimme.
Peter, er guckt zu mir, ein komischer Blick, dann steht er auf, vier große Schritte zum Whiteboard. Er schraubt den Edding auf, malt zwei Namen, Irina Stepanova und Torben Gänser, dann, hinter Irinas Namen, ein M, und hinter Gänsers Namen ein K. Dann ein B hinter beide. Er hält den Edding in der Schwebe, schaut mich an, dann Klaus, grinst, senkt den Edding auf die Fläche, malt ein Komma und ein P hinter das K.
Peter, ich beuge mich vor, das meinst du nicht im Ernst!

Doch, Miriam. Peter zuckt mit den Achseln, du hast ja recht, die Stepanova mag den besseren Fachvortrag gehalten haben ... nein, Klaus, warte ... aber sie war auch, wie soll ich sagen ... Blick zu Klaus. Arrogant, klack, Klaus haut seinen Stift auf den Tisch.
Wie bitte? Ich schaue von einem zum andern. Worum geht's jetzt?
Darum, Peter schaut zu Boden, dass die Stepanova nicht passt. So, meine Stimme bebt, sie passt nicht. Und wer bitte passt? Herr Mittelmaß?
Peter spielt mit seinem Edding, gesenkte Köpfe überall. Ich hole Luft. Solltest du nicht besser Striche malen statt Initialen?
Peters Blick, kein Ausdruck, er hebt die Schultern, meinetwegen, malt die Striche und lässt die Initialen stehen. Ich sage nichts mehr, warum nicht, warum habe ich da nicht noch einmal etwas gesagt. Und die Radke, wieso schweigt die Radke. Aber die Tür geht auf, ah, Peter breitet seine Arme aus, die Herren Adam und Schmidt sind wieder hier, dann können wir ja, er lässt die Arme sinken, schraubt den Edding zu, mit der Abstimmung beginnen. Klaus, teilst du die Zettel aus, ja?
Long und Lost, während Klaus den Packen mit den Zetteln durchreichen lässt, stehen still im Raum, gucken auf das Whiteboard, und ganz zum Schluss erst, Klaus berührt Lost an der Schulter, drückt ihm einen Zettel in die Hand, setzen sich die beiden, beginnen zu schreiben. Selina beugt sich über den Tisch, ihr Haar fällt zwischen uns. Alle fertig, Peter klatscht in die Hände. Einsammeln, Klaus! Bring her, hier, er drückt Klaus den Edding in die Hand, du schreibst.

Klaus, der eine neue Spalte malt, und Peter, der die Namen ruft: Stepanova, Gänser, Gänser, Stepanova, Gänser, Stepanova, Gänser, Gänser. Tja, Peter schaut hoch, sein Blick, ein Frohlocken, trifft auf meinen, das ist dann wohl entschieden. Selina steht auf, als Erste von allen. Ich packe noch zusammen, denke, die wartet auf mich an der Tür. Wir drei zumindest, denke ich, Bärbel und Selina und ich, haben für Irina gestimmt, knapp, nur eine Stimme zu wenig. Aber dann steht Selina vor Peter, Hand im Haar, steht in seinem Lächeln, steht in seinem Blick, hey, super Ergebnis, und keiner, nur Lost, der wieder um sich schaut, als hätte er sich hierher verlaufen, und die Radke, Mitleid im Blick, sehen auf, als ich gehe.

»Und das ist die Kapelle!« Parka, Glatze, eine abgebrochene Bewegung, und die Kapellentür fällt langsam hinter ihm ins Schloss. »Verzeihen Sie, ich wusste nicht ...« Der Pförtner. Kein Problem, heiser, wieso bin ich heiser, ich bin hier nur ... »Wir kommen dann später wieder, Frau Behrmann.« Ja, mein Nicken, ein Kopf, der wie an Fäden hängt. Da ist noch jemand, Anzug, wedelnder Schlips, lange Schritte. »Guten Tag«, er streckt eine Hand aus, glitschig, das ist Handcreme, »gerade neu berufen, sehe mich nur um.« Ein Blick wie frisch von der Leine gelassen, hüpft von Stuhl zu Stuhl, neu berufen, das merkt man. Der hat keine Ahnung. Der Pförtner klirrt mit den Schlüsseln, ein Lächeln vom Neuen, Winken, »dann lassen wir Sie mal ...« Ja, bitte. Danke.

Setzen. Atmen. Wie viel noch, ich muss, wie viel Zeit bleibt mir hier noch, allein. Natürlich, die Kapelle, ein öffentlicher Raum, jeder kann hier ... und was, wenn Selina ... Auch Selina könnte ja, dieser Neue, wer weiß, vielleicht ist das ja der, der meinen Platz ... Sie kann ganz einfach hier hereinspazieren, zusammen mit den beiden, Parkamann und Wedelschlips, so was in der Art hätte sie gesagt, um mir zu gefallen: Parkamann und Wedelschlips. Selina, die jeden kennen will, die jeden anstrahlt, die ihr Netz von einem zum anderen spinnt ... Miriam, Toms Stimme in meinem Kopf, pass auf, was du denkst.

Ausschnitt 5: Frau Professorin Behrmann hat Selina in sehr persönlicher Weise niedergemacht. Mehrfach hat sie Selinas Aussehen verspottet und zu guter Letzt von Selina verlangt, sich nicht mehr die Nägel zu lackieren!

Schweiß überall. Ich werde stinken. Das Blut in meinen Ohren, wie das Rauschen der kaputten Lüftung in Toms Laptop. Wer schreibt das alles. Wer ist das alles. Werde ich jemals aufhören können, mein Innenleben so zu hören wie ein Mechaniker, der mit dem Ohr an der Wand eines Heizkessels lauscht.

MB: *Ich gehe davon aus, dass Ihnen diese Fantasien nur versehentlich in die Unterlagen geraten sind, die Sie als Berichte zu bezeichnen pflegen, und erspare daher Ihnen wie mir jeden Kommentar.*

Löschen.

MB: *Ich habe selbstverständlich niemals Selinas Aussehen verspottet. Sie hat mich von sich aus gefragt, und das mehrfach, wo sie die Zeit für ihre Arbeit hernehmen soll. Gut meinend habe ich mich irgendwann überreden lassen, ihr einen Tipp zu geben. Übrigens verstehe ich, was es heißt, eine Frau in Akademia zu sein. Ich verstehe sogar, was es heißt, um jeden Preis etwas erreichen zu wollen.*

Den letzten Satz streichen.

Ruhig.

*

Sommer mit achtzehn, daheim in Szczecin-Warszewo, im Juni. Barmherzig kühl ist nur die Kirche. Pfingsten, lasst euch entzünden vom Heiligen Geist, Hunderte Kerzenflammen, ist gerade vorbei. Das Halleluja tanzt noch als Nachhall über den Bäumen. Mein letzter Sommer hier: Alles, mein ganzes pralles Jetzt, ist wie angestrahlt vom zukünftigen Licht des Erinnerns. Aber ich, kurz vor dem Abitur, muss lernen, von morgens bis in die Nacht. *Erläutern Sie die religiösen Elemente in der polnischen Lyrik des neunzehnten und zwanzigsten Jahrhunderts, und stellen Sie den Bezug her zum sich wandelnden Bild der Nation.* Die Mahlzeiten sind meine Pausen. Wir sitzen beim Frühstück, Tata, Mamusia, Andrzej und ich. Mein letzter Kaffee, ich werde gleich aufstehen und zu meinen Büchern gehen. Nur noch drei Monate bis zu den Prüfungen. Du bist doch so gut in Polnisch geworden, *kiczusz*, sagt Tata. Ich lächle, sehe auf. Er hat die andere Abiturklasse in Polnisch; aber mein Lehrer hat vielleicht mit ihm gesprochen.

Das liegt daran, dass wir jetzt Gedichte lesen, sage ich. Ich gehe tief in ein Gedicht hinein. Schön, *kiczusz*. Da gibt es nämlich eine Jolanda, ich glaube, du kennst sie von früher. Sie ist mein Sorgenkind. Ich denke, dass sie Nachhilfe braucht. Würdest du …? Ich schüttele den Kopf. Du bist doch sonst so hilfsbereit, *kiczusz*. Lass sie, sagt Mamusia. Sie sagt es freundlich. Tatas Blick lässt mich los. Er fragt Andrzej nach den Rumänen, die auf dem Feld arbeiten, wer fleißig ist, wer faul, wer am Sonntag trinkt und wer das ganze Geld nach Hause schickt. Ich sehe Jolanda vor mir, den ganzen Tag, in ihrem geblümten Sommerkleid, am Fuß des Hügels, im Sonnenschein von Jureks Jubelruf. Erst auf dem Heimweg von der Schule, ich schiebe mein Rad an der Bibliothek vorbei, am Park, aus den breiteren in die schmaleren Straßen, drängen sich die vergangenen Jahre wieder zwischen sie und mich. Ich bin wieder da, rufe ich ins Haus. Niemand antwortet. Ich schleudere die Schuhe von den Füßen, laufe in die Küche, wo Mamusia Hefeteig knetet. Jolanda sitzt mit Tata am Küchentisch. Andrzej ist nicht zu sehen. Mamusia steht mit dem Rücken zu den beiden, knetet den Teig auf einem Brett neben der Spüle. Ruhige, kräftige, schnelle Bewegungen. Sehen Sie hier, Jolanda, Tatas Finger im Buch, seine Lehrerstimme: *»Er wollte aus ihr ein Werkzeug / des Mitgefühls machen // er wollte restlos begreifen.«* Es riecht nach Veilchen, ein billiges Parfum, zu stark aufgetragen. Jolanda ist mollig. Ihre Augen glänzen, Pfirsichwangen, ihr Haar ist blond und lang. Sie grüßt mich nicht. Wir grüßen uns nie, wenn wir einander sehen, auf einem Flur in der Schule, irgendwo in der Stadt. Sie erklären so gut, sagt

Jolanda zu Tata. Ihr Busen zwischen den verschränkten Armen wölbt sich aus dem Ausschnitt. Ihre leicht geöffneten Lippen schließen sich um die Spitze eines Bleistifts. Ihr Fuß spielt mit einer weißen Sandale. Ich drehe mich um, gehe, knalle die Tür hinter mir zu. In meinem Zimmer, Stunde um Stunde, lese ich Herbert, Milosz, Różewicz, aber immer, über allem, ist Jolandas Bild in mir. Ich stehe auf, gehe in den Flur. Vor dem Spiegel übe ich: Busen raus, Augen auf, Lippen offen. Schön. Ich bin schön. Aus der Küche ruft Mamusia: Kuchen ist fertig! Ich gehe auf sie zu; sie schaut mich an mit ihrem starken Blick, diesem Blick, der mich auffordert, nichts zu sagen. Fünf Tage geht das so. Ich gewöhne mich an den Veilchenduft. Ich interpretiere die Gedichte, die ich, allein in meinem Zimmer, lese, anders als vorher. Am Nachmittag des fünften Tages packt Mamusia einen Korb mit Selbstgekochtem: ein großes Glas Bigos, ein zweites großes Glas mit *ćwikła*, zwei mittelgroße Gläser Himbeermarmelade und drei *bułki*. Dazu Erdbeeren, ein bisschen Schokolade. Hier, Jolanda, sagt Mamusia, für dich und deine Mutter. Ich glaube, du hast jetzt genug gelernt. Und sie streicht ihr über das Haar. Geh jetzt, Jolanda. Tata starrt auf seine Hände. Jolanda packt zusammen, nimmt den Korb; *dziękuję*, flüstert sie und geht; aber die Haustür knallt. Hier, sagt Mamusia zu Tata. Sie stellt ein Glas mit Cognac vor ihn hin. Dann streicht sie auch ihm übers Haar. Tata schließt die Augen, legt seine Hand um das Glas. Mamusia sieht mich nicht an. Ihr Blick ruht auf Tata.

*

Das alles liegt hinter der, zu der ich geworden bin, hinter mehreren Schichten, ein Kontinent aus Zeit zwischen Sommer in Szczecin-Warszewo und jetzt. Die Studentinnen, in Gruppen stehen die im Weg, schnattern, helles Lachen, Rufe quer durch die Gänge, die Stimmen hell und schnell und laut. Trotzdem denke ich, wenn ich sie sehe, an Jolanda. Die kein Abitur hat, Bankbeamtin ist in Szczecin-Warszewo, am Schalter, ein Tuch um den Hals, die zum Platzen gespannte Bluse, die Scheine durch den Daumen, ein geübter Griff, *prosze bardzo*. Kaugummi im Mund, das Haar getönt.

Witam, Jolanda.

Zurück in der Zeit, jung bist du, wieder jung, wir lernen zusammen: Abitur, ein Studium für dich. Wie die hier, die meisten sind nicht besser als du. Nach einem Jahr in Wien, an der Universität, auf der Damentoilette: Shit, ist der süß, sagt so eine in der Kabine neben mir. Voll, oder, kichert zwei Kabinen weiter die Freundin. Ich denke: Betriebswirtschaftslehre, zweites Semester, Wirtschaftsethik. Später vermutlich Personalabteilung, so etwas wie eine Karriere. Das Geräusch von Gürteln, die geöffnet werden. Shit, sagt die Erste, für Tom Behrmann tue ich alles. Tom also. Gekicher aus der angrenzenden Kabine. Bin die ganze Woche nicht vor Mitternacht ins Bett, shit, ich hab echt nur getippt. Wenn ich jetzt 'ne Eins von dem kriege, dann bin ich im Himmel, echt. Voll, sagt die andere. Ich warte, bis zweimal die Spülung geht, die Absätze klappern, das Wasser ins Waschbecken rauscht, die Tür zufällt. Erst dann spüle auch ich. Ich gehe zurück ins Büro. Zwitschern im Kopf. Eine Eins, bei Peter vielleicht. Nicht bei Tom. Dann Arbeit, nach Hause, ins Bett. Schon halb im Schlaf, frage ich Tom: Wie sind deine Leute so? Machen die sich gut? Tom lacht. Da läuft alles prima, sagt er. Ein paar begabt, alle engagiert. Haben eine Nachtschicht eingelegt, neulich. Wieso fragst du? Nur so, sage ich. Ich sage nicht: Für mich tun meine das nicht; Selina wendet sich gegen mich, und ich weiß nicht, Tom, wie stoppt man das?

Selina, im Sommer vor dreieinhalb Jahren. Ein Jahr und ein halbes, seit ich, jeden Morgen, Selinas Schritte höre, Turnschuhgequietsche, vorbei an meiner Tür, das Rasseln der Schlüssel, dann die Tür zu ihrem Büro. An jenem Tag nicht. Ich, es ist ein Uhr mittags, mit Peter im Laufschritt die Treppen runter im Theologiegebäude nebenan, der Sitzungsraum bei uns wird renoviert, Wasserrohrbruch, mitten im Sommer. Hinter uns die Kollegen, die Radke, Klaus und Tom, in die Restgespräche aus der Sitzung vertieft, aber ich und Peter, wir gehen im Gleichschritt, denken ans Essen. Parterre, die Eingangshalle, eine ganz normale Tür, Glas und vertikaler Stahlgriff, mittlerer Widerstand.

Draußen Sommer, ein Blitzen und Funkeln, Stechen in den Augen. Ein Schritt, und Luftsoße schwappt gegen uns, dringt in Kragen und Ärmel. Stimmengewirr, Lautsprecherbässe, das Glänzen eingecremter Oberarme. Schraffur von Männerbeinen unter ausgewaschenen Shorts. Dazwischen ein paar Jungs in der Leinenhosenpose der Kinder der Reichen. Zöpfe, Locken, Bubiköpfe. Ein Frauenlachen, das sich über das alles emporschwingt. Selina, denke ich. Selinas Lachen. Da steht sie, neben einem Pulk von Bürsch-

chen in Shorts, und beißt, ein Bisslein nur, und doch irgendwie herzhaft, entschieden, mit weiß gebleckten Zähnen, in eine Waffel. Zwischen den Körpern, über den Köpfen, Schwaden von Bratwürstchenduft, Kreuzungen, Überlagerungen, Vermischungen mit dem Zuckrigen, das von drei Waffeleisen aufsteigt. Wir drängen uns durch die Menge, Peter und ich. Rühren in der Soße der Luft. Sechzig, achtzig Leute.
Hallo, alle mal herhören, das ist Karsten, seine Stimme, mikrofonverstärkt. Ich packe Peter am Arm, warte mal. Wir kommen jetzt, Karstens Stimme, zurück zur Stichwahl. Wer die letzten dreißig Minuten weggehört hat, hört mal kurz hin: Wir haben zwei Kandidaten für das Amt des Mittelbausprechers, Urs hier, Karstens Holzfällerhand, er steht auf einem provisorischen Podium, eine Art Bühne, aus Bierkisten zusammengebaut, landet auf der Schulter eines Bürschleins, das gerade, ich muss lachen, in eine Bratwurst beißt, sein Gesicht im Genuss wie eine Maschine, Mund öffnen, schließen, kauen, und, Karstens Stimme wird weicher, als Gegenkandidatin, zum ersten Mal, Selina. Urs hier kennt ihr ja schon, das Bürschlein winkt, kaut und winkt, ein paar Lacher, müde wie die Papierservietten, die auf den Bodenplatten in den Resten eines Windleins zucken. Also, wenn ich bitten darf, Selina! Das Lachen von eben wie ein hoher Flugbogen über den Köpfen, dann ein Sprung, so jung und gleichzeitig doch, als hätte sie das einstudiert, aber nicht erst am Vortag, irgendwann vor langer Zeit, so lange, bis dieser Sprung wirklich aus ihr selber kommt, und Selina steht auf der Bühne. Auf der Bühne – wirklich, eine Bühne. Karsten hält das Mikrofon dicht an seinen

Mund. Du hast dich ja bereit erklärt, auch gleich die Sommerfestrede zu halten. Danke dafür, und er klatscht schon einmal vorbereitend in die Hände. Ein paar Klatscher aus dem Publikum, und Karsten überreicht ihr das Mikrofon wie einen Preis. Peter hört auf, an mir zu zerren.

Ist das nicht …

Doch, ja, das ist meine Selina.

Also, Peter sagt das ganz ruhig, dafür hat die Zeit. Er sagt, was ich denke; ich nicke, ja, wie es aussieht.

Danke! Selinas Blick, der im Halbkreis umhergeht, mich trifft, ein nebensächliches Erkennen, dann weiter. Danke, ihre Stimme, mikrofonverstärkt, ist tiefer, geschmeidiger als sonst, danke, dass ich hier sein darf. Als Sommerfestrednerin, und als Kandidatin für die Stichwahl – so ein schreckliches Wort –, hört mal, ich werde hier keinen stechen (Gelächter) –, wenn Ihr Urs wählen wollt – gern, super –, Urs ist ein super, super Kandidat!

Sie schwingt sich auf, diese Stimme, ein Schritt, ein weit gespannter Jeansbeinschritt, und noch einer – Und Leute, vergessen wir mal schnell dieses andere fürchterliche Wort, »Mittelbau«. Der Jubelruf eines Typen, stimmbruchartig, wie ein Hupen von der Seite. Selina nickt. Auf und ab; auf und ab. Oben, ruft sie, Mitte, unten, dieses Von-oben-nach-unten-Denken – nee. Aber hey, klar – etwas ballt sich in ihrem Gesicht, etwas, das ich an ihr nicht kenne –, das wollen die da oben, dass wir hier im sogenannten Mittelbau unsere Ellenbogen rausfahren, jede gegen jeden, jede für sich, bloß hoch in den Oberbau, und dann kommen vielleicht zwei, drei von uns an. Wieder Rufe,

ich verstehe nicht, was, ein Trompeten. Peter neben mir grinst. Breitbeinig steht er jetzt da, die Arme verschränkt. Aber nee, Selina tritt zurück, kein Zurückweichen ist das, eher eine schrittgewordene Ablehnung, da machen wir nicht mit. Schluss mit Mittelbau. Miteinanderbau, das sind wir! (Gelächter) Ja, lacht nur, weil, genau, miteinander können wir lachen, können wir über all das lachen – eine Armbewegung, die mich zu erfassen droht, und ich trete einen Schritt zurück, stelle mich auf die Zehenspitzen, da ist sie, tigert auf und ab, und wenn wir miteinander lachen, werden wir stärker! Gemeinsam stärker! Selina steht still auf einmal, macht Front zur Menge, und die Menge, bilde ich mir das ein oder was, macht Front zu ihr, beinahe geschlossene Reihen, sogar die Bratwürstchen werden, so sehe ich das, im Takt in die Münder geschoben. Selina hebt die Hand. Alles wird weniger beweglich. Wie in metallene Hitze gestanzt. Ich sehe, ruft sie, in eure Gesichter. Und was ich sehe, macht mich glücklich. Ich sehe Begeisterung. Entschlossenheit. Mut. Seht her – seht –, wie glücklich ich bin. Ehrlich, Leute, in diesem Moment würde ich euch alle am liebsten umarmen! Sollen wir? Ja? Ach los, das machen wir jetzt einfach!
Der letzte Rest Ruhe zerplatzt. Gelächter. Selina, die von der Bühne springt, ein Sprung wie in einem Turnwettbewerb, ein Sprung zwischen die Gelächterfetzen. Karsten, der eine Kamera vor sein rechtes Auge hebt, und Umarmungen, Umarmungen, Umarmungen da vorn vor der Bühne. Augenrollen, zwei Blondinen neben mir, also ehrlich, die spinnt doch; ja, aber, sagt ein Zopf zwei Typen weiter, beugt sich herüber, wenn

man die mit Urs vergleicht ... Synchrones Nicken der Blondinen, ja schon, neben Urs ... Beifall aus der ersten Reihe, das Klatschen rast die vorderen Körper entlang. Peter, ich will sein Kopfschütteln auffangen, greift mit seinen Augen nach Selina, hält sie fest in der Mitte seines Blickfelds. Sein Grinsen spaltet sich, Oberlippe, Unterlippe, dazwischen ein Spalt Staunen.
Danke!!! Wieder ein Sprung, rauf auf die Bühne. Danke euch allen für diesen Moment! Den werde ich nie, nie vergessen. Nie! Ich sehe wieder in eure Gesichter und – hey, natürlich, ich sehe auch Zweifel. Nicht die Augen niederschlagen! Steht dazu! Steht immer zu euch, okay? Zweifeln ist gut!
Wieder diese tigernden Schritte.
Zweifeln ist sehr gut! Zweifeln bringt uns vorwärts! Ich spreche jetzt zu euch, die ihr zweifelt – nur zu euch. Die anderen hören jetzt mal kurz weg oder summen ein Lied, schauen sich die Blumenbeete an, diese wunderschönen Blumen hier, und meditieren ein bisschen. (Gelächter) Nein, ganz im Ernst, das, was ich euch jetzt sagen möchte, das ist wichtig für uns alle. Superwichtig. Denn hey, Leute, fragt mich ruhig: »Selina, wieso glaubst du eigentlich, Bescheid zu wissen? Wieso sollen wir dich wählen?« Fair enough, Leute! Wer Vertrauen will, muss Vertrauen geben. Und hey, ich vertraue euch. Ich vertraue euch total. Ich werde euch beweisen, wie sehr. Aber noch viel mehr werde ich euch beweisen, wie unglaublich vertrauenswürdig – was für unglaublich tolle Menschen – ihr alle seid, jede und jeder einzelne von euch! Ich werde euch von mir erzählen. Die ganze Wahrheit. Sie holt Luft, ein Luftholen für das Mikrofon, hochruckende

Köpfe, abgeschweifte Blicke, die sich wieder auf Selina richten.
Ich war das Türkenmädchen aus Rudolfsheim-Fünfhaus. Das war ich – und das bin ich immer noch, tief hier drinnen. Wollt ihr wissen, wie das war? Okay – ich bin bereit. Ich bin bereit, euch von mir zu erzählen.
Stille, beinahe. Bratwürstchenstummel wie Kerzen in den Händen. Fast keiner isst mehr, fast keiner flüstert. Ein paar Grüppchen, die von weiter hinten, direkt vor Peter und mir, treten den Rückzug an, Gemurmel, das sich entfernt. Die anderen stehen, glotzen.
Wieder Selinas Blick, der einen Bogen spannt um diese Menge, etwas, das alle zusammenhält. Leute – Kindergarten! Ihr erinnert euch? Dieses komische Zimmer, blauer Kreis an der Tür, oder 'n Igel, oder was war's bei euch? Na, was war's bei euch? Die Häschengruppe? Ah ja, die Häschengruppe bei dir! Gelächter, Zwischenrufe, irgendwas wie »selber Häschen«. Genau, so ein Zimmer, Selina nickt, hat sie das gehört, sieht nicht so aus. Sie redet einfach weiter.
Da wird man reingeschoben und ist in so 'ner komischen Gruppe, auf einmal, mit lauter anderen Kindern, die sich fast in die Hose machen; kein Mensch kennt wen, und alle gucken sich an, alle voll schüchtern, und fragen sich: Was machen wir hier? Und wo ist eigentlich Mama? (Gelächter) Und jetzt stellt euch vor, dieser Kindergarten steht gar nicht in Rudolfsheim-Fünfhaus. Der steht jetzt halt, sagen wir mal, in einem sogenannten besseren Bezirk. Weil, Mama und Papa wollen euch was Gutes. Auweia, genau. Ihr seid fünf Jahre alt. Ihr werdet von der Mama hingebracht. Die Mama umarmt euch zum Abschied. Eure Mama –

ihr habt nie über sie nachgedacht. Sie ist einfach da. Sie ist warm. Sie ist weich. Sie riecht nach Mama; und sie sieht nach Mama aus. Aber jetzt – jetzt seht ihr, wie ja eigentlich jeden Morgen, aber gleichzeitig so, als wäre es das erste Mal, ganz viele Mamas von anderen Kindern. Und da fällt euch was auf, zum allerersten Mal. Ich weiß nicht, was euch aufgefallen ist. Aber mir – was mir aufgefallen ist, das weiß ich bis heute. Zuerst noch nicht viel. Bloß irgendwie – sehen die anders aus, die anderen Mamas. So wie Sanduhren, irgendwie. So schmal um die Mitte. Die haben einen Gürtel um den Mantel, alle anderen Mamas haben einen Gürtel um den Mantel, und da, wo der Gürtel ist, sind sie ganz schmal. Meine Mama nicht. Meine Mama trägt keinen Gürtel. An meiner Mama geht der Mantel gerade runter, von oben nach unten. Egal, oder? Ich bin fünf, mir ist das egal. Aber dann – dann höre ich sie sprechen, die anderen Mamas. Besonders eine, die Mama von dem rosafarbenen Mädchen. Ja, unglaublich, da ist ein Mädchen ganz in Rosa. Ich bin fünf, ich liebe Rosa, und ich starre sie an, dieses Mädchen, das so unfassbares Glück hat, dass es ganz in Rosa rumlaufen darf. Mit Glitzer! Ich starre sie an, total hingerissen, verliebt, könnte man sagen, und die Mama von der, die guckt zu mir und guckt zu meiner Mama, und dann sagt die was. Die sagt was zu meiner Mama – ich weiß nicht mehr, was genau. Ich weiß nur: Total freundlich ist die. Und meine Mama, die sagt auch was – und meine Mama, die ist auch freundlich, total freundlich. Aber diese beiden Freundlichkeiten – wisst ihr –, die sind so verschieden wie Tag und Nacht. Die Mama von dem rosafarbenen Mädchen, die ist freundlich von oben nach unten. Und meine Mama, die ist freundlich von unten nach oben. Klar? Und hey, dafür bin ich nicht zu klein, mit meinen fünf Jahren. Das kapier ich; das kapier ich sofort. Und dann sagt die noch was, die fremde Mama zu ihrem rosafarbenen Mädel, das weiß ich noch, die sagt: »Du musst ganz, ganz nett sein zu der kleinen Selina, hörst du mich?« Ja, da lacht ihr! Aber hey, ist doch klar, was jetzt passiert: Die Göre steckt mir glatt die Zunge raus. Kleine rosa Zunge hatte die. Alles rosa, von außen und von innen, echt.

Tja, und da fällt mir ein – mein erster Tag. Wir alle in diesem Zimmer, voller Spielzeug, so viel Spielzeug hab ich mein Leben lang noch nicht gesehen, und ich stürze mich drauf, ist doch klar, wir alle stürzen uns drauf, und plötzlich, da packt mich jemand am Arm, eine Frau. Könnt ihr euch erinnern? Wie eure Kindergärtnerin aussah? Ja, oder? Vergisst man nie, komischerweise. Unsere, die von der blauen Gruppe, das war so 'ne Schlanke, mit Pferdeschwanz, braunes Haar, wipp-wipp, wenn die ging, und die hat immer eine lange Strickjacke getragen, in Lila, ganz flauschig. Ich hab mir immer vorgestellt, wie es sein muss, mein Gesicht da reinzuschmiegen. Ganz weich muss das sein, hab ich mir immer gedacht. So, und die packt mich am Arm. »So was machen wir hier nicht«, sagt die zu mir. »Da, wo du herkommst, vielleicht, aber wir hier machen das nicht.« Und ich – »aha«. Ja, da schaut ihr. Was soll ich auch sagen? Aha – danke für die Info, sozusagen. Aber hey, Leute, kein Grund, so bedröppelt zu gucken. Alles gut. Ich hab die Frau voll gerngehabt. Ich hab die immer noch gern. Diese Jacke, die sie hatte, die war die Wucht für mich. Jemanden mit so 'ner Jacke kann man nur lieben, echt. Wir haben uns also alle was vom Spielzeug gekrallt und haben uns so irgendwie zurecht gespielt, wie's halt so kommt. Alles ganz super, so weit.

Gemurmel zwischen den Reihen, Körperbewegungen, als würde ein Wind hindurchfahren, ein paar Röcke lösen sich aus der Formation des Zuhörens, schlendern, laute Stimmen, hin zum Waffelstand. Selina senkt die Stimme. Leise, fast ein Flüstern. Den Mund ganz nah am Mikrofon.

Und dann der Tag mit dem rosafarbenen Mädchen. Irgendwann war Mittagspause.

Wieder Stille, die Bewegungswelle durch die Menge flacht ab, die Luft darüber durchschnitten von Frauenstimmen am Waffelstand, eine Störung, Stirnrunzeln hier und da, in deren Richtung. Selina steht still, gerade, eine schmale Person mit ausuferndem Haar, nur ihr Blick hüpft von einem Augenpaar zum andern.

Pferdeschwanz mit ihrer tollen Jacke, flüstert sie ins Mikrofon, die klatscht in die Hände und ruft – Selinas Stimme hebt sich, hoch über alle Köpfe: »Pause, Kinder – Tupperdosen raus, alle Mann!« Und ich, yeah, endlich ... Ich meine, Spielen macht hungrig, oder? Ich greif mir also meine Tupperdose, mach sie auf und löffle los. Aaah, das ist so lecker, Leute, ich liebe das – mein Irmik Tatlisi! Ich könnte heute noch sterben dafür. Gee, mir läuft das Wasser im Mund zusammen, wenn ich nur davon rede! Irmik Tatlisi. Wenn ich mal Kinder hab, später – ich will unbedingt Kinder, ihr auch? Kinder sind was Großartiges! – also, dann koche ich Irmik Tatlisi, jeden einzelnen Tag, und dann ziehen die nicht aus, bis ich tot bin – haha! Ihr wisst aber nicht alle, was das ist, oder? Wer weiß es? Wer weiß, was Irmik Tatlisi ist? Ja, du, im grünen Polohemd? Grießbrei – genau. Aber hey, Leute – Grießbrei ... Nee. Also, nee. Nicht dieses Wort. Grießbrei. Also ehrlich. Bäh. Irmik Tatlisi, das ist nicht einfach Grießbrei. Das ist der Himmel, absolut der Himmel auf Erden, mit Zucker und Mandeln und Keksen drin ... Irmik Tatlisi, das ist das Paradies. Leute, das kann echt nicht sein, dass ihr jetzt weiterleben müsst, ohne wirklich zu wissen, was Irmik Tatlisi ist. So geht das nicht. Ich hab 'ne Idee: Ich schick euch das Rezept! Mein persönliches Irmik-Tatlisi-Rezept. Wir machen das so: Ihr tragt euch ein, mit E-Mail und allem. Nachher, bevor wir hier auseinandergehen. Da drüben, da steht mein Laptop, bei meiner superlieben Freundin, der Karin – ein Winken vom Waffeltisch her –, die wartet da auf euch. Da tragt ihr euch ein. Dann seid ihr gleich in meinem Verteiler. Und dann – dann können wir uns nicht mehr verlieren. Egal, wer hier wen wählt, total egal. Wir alle hier, wir wollen uns nie wieder verlieren, oder? Genau! Und dann, ganz als Erstes, bekommt ihr mein geheimes Irmik-Tatlisi-Rezept. Mein Spezialrezept. Ihr seid meine Freunde, ihr bekommt das. Und dann, wenn's mal nicht so läuft – klopf, klopf, aber soll ja vorkommen, hin und wieder –, dann kocht ihr einfach mein Irmik Tatlisi. Das ist ganz, ganz simpel, das könnt ihr auch kochen, wenn ihr down seid und eigentlich bloß im Schlabber-T-Shirt auf dem Sofa rumhängen wollt, ehrlich. (Gelächter) Ist tausendmal besser als Kartoffelchips und Schokolade.

Leckerer. Tausendmal leckerer. Und dann esst ihr das und denkt an heute, diesen wunderbaren Tag, den wir hier zusammen haben. Und dann wisst ihr: Alles wird gut.
Wieder hüpft ein Klatschen durch die erste Reihe. Kopfschütteln hinten, ein Grüppchen Männerbeine in Shorts verzieht sich. Ihren Rücken, dunkle Schweißflecken in Polohemden, folgen still und rund die Augen von Urs. Aber die, die bleiben, sind in der Mehrheit.
Danke! Selina wirft ihr Haar zurück. Danke – vielen Dank. Ach – das rosafarbene Mädchen ... Das haben wir ja ganz vergessen! Wollt ihr wissen, wie es weitergeht, mit mir und ihr? Ja? Also gut. Das erzähle ich euch noch – das und noch eine kleine Geschichte zum Abschluss. Danke, Karsten, ja, ich weiß, ich hab die Uhr im Blick, sie hält ihren Arm hoch, hier, ich habe so was auch, eine Armbanduhr, kaum zu glauben. (Gelächter) Karsten grinst, ein bisschen aus Verlegenheit, streckt die rechte Hand aus, Daumen hoch. Also, Selina nickt, das rosafarbene Mädchen sieht mich essen. Sie beugt sich rüber, guckt in meine Dose. Und schreit: »Igitt! Kleber! Die Selina isst Kleber!« Und alle, wirklich alle, gucken rüber zu mir.
Stellt euch vor: Ihr seid fünf. Im Kindergarten. Mittagspause. Ihr esst eure Lieblingsspeise; ihr seid im Paradies. Und plötzlich schreit es: »Kleber! Das ist ja Kleber«, und alle, alle gucken euch an. Was macht ihr da?
Ich hab meine Dose rübergeschoben. Ich hab mein herrliches Irmik Tatlisi zu dem rosafarbenen Mädchen rübergeschoben. Ich hab gefragt: »Magst du was

abhaben?« Und die natürlich, »nee, igitt«, hat eine Schnute gezogen, die Lippen aufeinander, die Mundwinkel runter, hat sich so weggedreht, ganz mädchengewordener Ekel. Und schon zieht der Junge da drüben, Hansi heißt der, auch so eine Schnute wie das Mädchen, schon sagt das andere Mädchen da drüben, Lilli heißt die, auch ganz laut »igitt«. Und ich – was mache ich?

Ich stehe auf. Ich nehme meine Dose und marschiere los. Ich stelle mich in die Mitte. Ganz in die Mitte des Raums – so. Ich halte meine Dose hoch – so, seht ihr? Und ich rufe – ganz laut rufe ich: »Irmik Tatlisi! Wer traut sich?« Die sitzen alle um mich rum, all die Kinder, und natürlich traut sich keiner. Aber Hansi und Lilli, die ziehen keine Schnuten mehr, die haben bloß die Münder offen, sozusagen. Und ich, ich schieb mir einen Löffel rein, vor all diesen Blicken. Ich schließe die Augen, und ich mache: »Mmmmmh ...« Ich öffne die Augen wieder. Ich blicke mich um und frage: »Wie feige seid ihr?« (Gelächter) Jaja, ihr habt schon recht. Das will natürlich jetzt nicht jeder auf sich sitzen lassen. Da war einer, der Älteste von uns. Fünfeinhalb. Frank hieß der. Das weiß ich deshalb, weil er mein Freund geworden ist. Mein allererster Freund. Und das ist er immer noch, durch dick und dünn, Leute, echt. Frank, mein lieber Frank, kommt also auf mich zu. Und sagt so was Erwachsenes, so was wie: Lass mal sehen. Okay, geschenkt! Stimmt schon, wahrscheinlich hat er nicht gerade das gesagt. Frank war ja auch erst fünfeinhalb, obwohl, fünfeinhalb, meine Güte, das war schon wahnsinnig groß in meinen Augen! Jedenfalls sagt er irgendwas auf so eine echt

coole Art, ihr wisst schon, dass alle kapieren: Der klärt das jetzt. Frank lässt sich also von mir meinen Löffel geben, hebelt sich so sorgfältig ein kleines Stückchen Irmik Tatlisi aus der Dose, und dann schleckt er das und sagt nur ein einziges Wort: »Schmeckt.« Total männlich, oder? Schmeckt. Nur ein Wort. Alles gesagt. (Gelächter) So ist Frank. Total männlich, sage ich euch. Hey, und dann wollten natürlich alle was ab! Haben auch alle was bekommen, ganz klar, bis die Dose leer war. Nur das rosafarbene Mädchen nicht. Die hat sich noch geziert. Musste die ja auch, die konnte nicht mehr raus aus ihrer Nummer. Aber als die anderen alle ihren Löffel abbekommen hatten, bin ich hin zu ihr. Mit meiner leeren Dose und meinem fast genauso leeren Bauch – ich hatte ja selber nur drei Löffel essen können. Voll hungrig, wegen der. Und was habe ich gemacht? Ich habe den Arm um die gelegt und hab ihr einen Kuss auf die Wange gedrückt! Das habe ich gemacht. Bestimmt einen ziemlich klebrigen Irmik-Tatlisi-Kuss. Die hat sich noch ein kleines bisschen geziert – hat sich noch so ein kleines bisschen gewunden –, aber nicht sehr. Und da wusste ich: Morgen teilt die mit mir, und ich mit ihr. Morgen wird die meine Freundin. Und so war das dann auch.
Leute, ich könnte jetzt sagen: Das war's. Das ist alles. Ciao, ihr Lieben. Wir würden auseinandergehen, ihr würdet wählen, den superlieben Urs oder mich, und dann würdet ihr euch eintragen, drüben, bei meiner Freundin Karin, ihr würdet mein Irmik-Tatlisi-Rezept bekommen, und wir alle wären Freunde, und dieses wunderbare Fest hier würde weitergehen bis ... ja, Karsten? ... bis zehn Uhr abends oder so. Aber etwas,

tief drinnen, würde fehlen, oder? Etwas fehlt noch. Das Zentrum der Kraft. Das verborgene Zentrum.
Leute, ganz ehrlich. Ich muss euch was gestehen. Ich hasse diese Typen, diese Profs, die auf der Bühne in der Aula stehen und angeben mit all den tollen Sachen, die sie im Leben geleistet und rausgefunden haben – und nie sagen die einem, woher sie die Kraft hernehmen. Ist doch so, oder? Genau. Das sagen die nie.
Klatschen. Gemurmel. Mein Blick zu Peter, spätestens jetzt müsste er den Kopf schütteln, die Augen verdrehen, aber er grinst, er nickt mit dem Kopf.
Und wenn, Selinas Stimme hebt sich, schwingt sich höher, dann ist das so was Banales, so was wie »meine Frau gibt mir die Kraft« oder »meine Liebe zum Fach gibt mir die Kraft«, und du sitzt da und denkst: Verdammt – das sagt doch nicht wirklich was aus! Nicht wirklich. Und wisst ihr, warum nicht? Weil die Kraft immer aus einer Geschichte kommt. Aus einer Geschichte, die einem passiert ist. Einem selbst ganz persönlich. Aus einer Geschichte, die anders ist als alle anderen Geschichten, die einem passiert sind. Weil sich etwas in dieser Geschichte entscheidet. Für immer. Und dieses etwas – das bist du selbst. Ich nenne diese Geschichte die Kraftgeschichte. Jeder hat seine eigene Kraftgeschichte. Und wenn ich euch so sehe, dann weiß ich: Hier vor mir stehen Menschen, die haben unglaubliche Kraftgeschichten erlebt! Die sind so stark – die können Berge versetzen! Leute – das ist so unglaublich wichtig! Eine Kraftgeschichte, die ist wie ein verborgener Brunnen. Und wisst ihr was? Jetzt, in diesen letzten Minuten, die wir noch zusam-

men haben – danke, Karsten, das ist so lieb, dass du uns die Miteinanderredezeit noch gibst –, mache ich euch ein Herzensgeschenk. Ich erzähle euch jetzt meine Kraftgeschichte. Ich zeige euch den verborgenen Brunnen in meinem Leben. Ich öffne mich bis auf den allertiefsten Grund meines Herzens. Weil, Leute, ich stehe nicht hier, weil ich gewählt werden will. Ich stehe hier, weil ich eure Freundin bin! Die Freundin von jedem und jeder einzelnen hier! Ich will, dass ihr wisst, wie stark ihr seid. Ich will, dass ihr wisst, wie toll ihr seid. Ich will, dass ihr wisst, wie sehr die Welt euch braucht.
Schweigen.
Nicht einmal die Papierservietten auf dem Boden rühren sich noch. Nur ein paar Typen, links vor uns, die sich gerade ihre Bratwürstchenstummel in den Mund gestopft haben, mit Senf und Ketchup, stehen so da, nachträglich erfasst von dieser plötzlichen Reglosigkeit, eine Bratwürstchenbeule in der Backe. Irgendwann dann, das Warten zerrt schon an mir, eine Kaubewegung, dann wieder Starre, dann eine Kaubewegung, Starre, Kaubewegung, Starre, dann Kauen-Kauen-Kauen, ein gewaltiges Schlucken. Aber niemand außer mir schaut die an. Alle Blicke auf Selina. Die fasst das Mikrofon fester, zwei Schritte, und sie steht ganz vorn an der Bühne, am Rand.
Es war ein ganz normaler Tag. Ich war fünf. Ja, Leute, immer noch fünf; die Zeit vergeht echt langsam, wenn du klein bist. Und immer noch ging ich in den Kindergarten, in diesem besseren Bezirk. Aber, Leute, wieder ein Jeansbeinschritt, es hatte sich einiges verändert. Ihre Schritte, am Rand der Bühne, wie über ein Seil,

und zugleich ganz ohne Vorsicht. Ich hatte Freunde! Eine ganze Menge: Frank, Hansi, Lilli, das rosafarbene Mädchen, und noch mehr. Eine ganz große Bande waren wir! An uns kam niemand vorbei. Absolut niemand. Wir hatten Spaß. Jede Menge Spaß. Da war noch ein Junge. Bojan hieß der. Mit dem wollte niemand spielen. Weil, der wurde immer ausgeschimpft. Egal, was der gerade machte, Pferdeschwanz ist hin und hat mit dem geschimpft, und wenn man zufällig in der Nähe war, bekam man auch gleich 'ne Ladung ab. Das wollte halt keiner. Ich auch nicht. Ich war da nicht anders. Ich war da nicht besser. »So was machen wir hier nicht« – zu Bojan hat Pferdeschwanz das ganz besonders oft gesagt. Und Bojan sagt halt nicht »aha«, so wie ich damals. Der schimpft zurück, oder er weint halt. Das macht's nur schlimmer. Bojan hat sich eben gewehrt, auf seine Art. Aber er war halt ganz allein – da bringt das nichts, sich zu wehren. Wenn man allein ist, macht Sich-Wehren alles ja nur schlimmer. Das wusste der nicht. Das hatte der irgendwie nicht im Gefühl. Also, es war wieder so ein Tag. Bojan irgendwo allein in einer Ecke mit 'nem Spielzeuglaster; und ich, mit meiner Bande, tobe durch das ganze Zimmer. Und dann, auf einmal, sehe ich Pferdeschwanz. Mit ihrer tollen Jacke. Und ich bin ihr nach. Ich glaube, ich hab mir wieder vorgestellt, mein Gesicht da reinzudrücken, in diese superflauschige lila Wolle. Ich glaube, diesmal wollte ich es wirklich tun. Einmal fühlen, wie das ist. Hey, ich war fünf. Ich war ein Kind, das Liebe will. Ich bin ihr also nach. Und da sehe ich, wie die auf einmal eine Tür aufschließt. Diese Tür hatte ich noch gar nicht bemerkt. Dahinter war ein ganz kleiner

Raum. Und in dem Raum war ein Schrank, bis an die Decke. Und ein Tisch. Und der Tisch war beladen mit den tollsten – den absolut allertollsten – Süßigkeiten: Bounties, Smarties, Mars, Twix, Haribo, Lakritzschnecken, Colorado und diese Gummi-Colaflaschen, Gummi-Schnuller – alles, was du willst. Mir steht der Mund offen, klar. Aber Pferdeschwanz, was denkt ihr, was macht die? Die räumt das alles ein. In den Schrank. Nach und nach verschwindet das ganze tolle Zeug in einem superdunklen Schrankfach. Und ich, ich starre bloß. Ich hab wohl so gestarrt, dass Pferdeschwanz was merkt. Jedenfalls, sie dreht sich um und sieht mich da stehen. Und dann faucht die los, mit einer Stimme, das glaubt ihr nicht, knallhart: »Das ist nichts für dich!« Wir schauen uns an, Pferdeschwanz und ich. Eine Minute, zwei Minuten. Sie mich, und ich sie. Und plötzlich wird mir alles klar. Die meint nicht bloß die Tüten voller Süßigkeiten. Die meint die ganze Welt. Alles, was süß ist. Alles, was toll ist. Alles, was schön ist. Nichts davon soll für mich sein. Und da, zum ersten Mal, wehrt sich was in mir. Nee, du blöde Kuh! (Gelächter) Das wirst nicht du entscheiden, ob ich was abbekomme – das entscheide ich allein! Ja, das habe ich gedacht, in dem Moment. Leute, jetzt glaubt ihr vielleicht, das war's – *der* Moment, oder? Der Moment, in dem sich alles entscheidet? Ich sage euch, das war er nicht. Da fehlt noch was. Was ganz Entscheidendes. Also, Leute, passt auf, das ist jetzt ganz, ganz wichtig! Ich merke nämlich, wie Pferdeschwanz auf einmal nicht mehr mich ansieht. Die guckt an mir vorbei, so schräg hinter mich, zur Tür hin. Und presst die Lippen aufeinander, so richtig wütend wird die auf einmal. Ihr Gesicht, das wird knallrot und schwillt irgendwie an, bis ihre Augen nur noch Schlitze sind. »Bojan«, faucht die los, und diesmal schüttelt mich die Stimme, ehrlich, die schüttelt mich richtig, »Bojan – du hast hier nichts verloren!« Ich dreh mich um, und da steht er, mit seinem dämlichen gelben Laster in der Hand, und guckt, er guckt so vor sich hin, so ein ganz und gar verlorener Blick ... Und das, Leute, das ist mein Moment. Mein Zentrum. Meine Kraft. In diesem Augenblick begreife ich: Es geht hier nicht um mich. Es geht um uns. Es geht um Bojan. Um Bojan und alle Bojans dieser Welt. Und was ich für sie tun kann. Ich muss was sagen. Jetzt. Ich muss was machen. Jetzt. Ich muss machen, dass Bojan – dass alle Bojans dieser Welt – an die Süßigkeiten kommen. Das, Leute, ist meine Kraft. Das, Leute, ist mein Zentrum. Aus diesem Zentrum werde ich immer, immer leben, egal, ob ihr jetzt gleich mich wählt oder den lieben, tollen Urs da drüben. Nur diese eine Kleinigkeit ist mir halt wichtig: Falls ihr mich wählt, dann wisst ihr ganz genau, aus welchem Zentrum heraus ich für euch alle da sein werde.

Dieses harte Klatschen neben mir, fast schlägt mich der Rücken seiner rechten Hand ins Gesicht, diese frenetische, sinnlose, lärmende Bewegung, das ist Peter. Noch immer sein Grinsen, er wippt in seinen Cowboystiefeln, grinst und grinst, facht, hier von hinten, wo ihn niemand sieht, das aufflammende Geklatsche an, tosender Beifall, mitten in dieser Hitze hier. Noch ein Blick zu Peter, dann schlüpfe ich, eine Schlängellinie, zwischen diesen klatschenden Körpern hindurch, nach vorn. Schweiß im Gesicht, Schweiß in den Ach-

seln, aber jetzt – Selina, ein winziger Blick, hat mich gesehen, hüpft von der Bühne, kein Sprung mehr, eher ein Schritt in die Lässigkeit, und verschwindet, tatsächlich, sie verschwindet. Ich schaue mich um, warte.
Nichts.
Raus hier.
Luft, ich brauche Luft.
Mein Smartphone.

Albert Wiener: *Liebe Frau Behrmann, ich bin dabei, einen Antrag auf Fristverlängerung zu stellen; zumindest ein Tag müsste drin sein. Die Antragsgegner versuchen mit dieser absurd kurzen Frist natürlich zu verhindern, dass Sie Ihre Stellungnahme noch anwaltlich prüfen lassen können; da machen wir aber nicht mit. Zur Sicherheit schicken Sie denen was Kurzes vor 15:00, ein Dementi, mehr nicht. Die ausführliche Stellungnahme bitte zuerst an mich, wenn möglich heute Abend. Gruß, Albert Wiener.*

13:00 Uhr. Hunger, der Körper ein Uhrwerk. Aber nein, Aufatmen, Freiheit ist das, eine Zwischenfreiheit, das Recht, mittagessen zu wollen, ganz normal. Gleich, nur noch:

Herr Wiener, Dementi, wie Sie sagen; aber alles, was ich schreibe, ist wahr. Später mehr. Gruß, MB

Peter, hier ist alles, was ich bisher habe; für alles Weitere muss ich dich an meinen Anwalt verweisen. Miriam

Die Tür, das Kirchlichste an diesem Raum, diese schwere Tür. Die Schwelle, überleg es dir, ob du das wirklich willst, für ein Zurück bist du vielleicht zu schwach. Darum geht es ja, nicht zurückzuwollen. Als ob man sich das aussuchen könnte, immer, wie man lebt. Langsam ins Schloss, langsam, ein immer schmalerer Spalt. Und ich, die Eingangshalle, als ob ich Jahre weg gewesen wäre. Sieht so anders aus. Der Ausgang, wo ist der. *Hallo, kommt ihr auch mit; nee, wir haben schon gegessen.* Schreien die denn immer so, Grüppchen, Gelächter, das aufsteigt wie ein Taubenschwarm, sich niederlässt im Deckengewölbe, Geflatter von Händen, Jacken, die ausgezogen werden, geschüttelt, Haar. *Puh, was ein Wetter.* Dreckiger Marmor von Schuhen, Laufschritt. Andere stehen hier herum, von einem Bein aufs andere, Mensageruch, Mensapulk. Es sieht so aus, als ob es regnet, draußen; dort, natürlich, der Ausgang. Spritzer, eine Phalanx von Schirmen, *oh, verzeihen Sie, Frau ...* Meine Brille, ich sehe nicht, wer das jetzt ... Ein Stutzen, Zurückweichen, mein Bild war in der Zeitung. Mein Bild, suspendiert. Nicht die Augen senken. Lächeln. Ich hole Luft. Ich werde es mir überlegen, ob ich Ihnen verzeihe, sobald Sie mir ein Taschentuch geben, Herr ...? Nein, das war ein schlechter Scherz. Das Glotzen, die Unsicherheit in seinen Augen, seine Hand, tatsächlich Taschentücher, danke, zittert ja. Meine Güte, haben Sie sich nicht so; aber das sage ich nicht. Besser nicht. Noch mal danke, und raus hier, an die Luft.

Gehen. Schwindel, schon wieder. So plötzlich draußen. Atmen, ein und aus, ein und aus. Der Regen im Gesicht, ein Lachen, na so was, das aufsteigt, wie Perlen im Sekt. Beschwipst vor Hunger, gefrühstückt habe ich ja nicht. Durchhalten muss ich, Stellung nehmen. Essen, gleich da drüben, sonst wird das gefährlich für mich werden. Wie leicht ich geworden bin. Fest auftreten. Sonst könnte der Wind mich, tollwütig, umwerfen, mit nasser Zunge in meinem Gesicht, am Hals, im Kragen. Wenn ich nicht aufpasse. Glitschige Blätter, zusammengebrackt. Das *Ça Bouge*, auf keinen Fall. Das *Soups & Bread*, ja, vielleicht. Die Brille ab, ohne die sehe ich jetzt besser, sonst, ich weiß ja nicht, wer drinnen sitzt, treffe ich noch ...

Wollen Sie rein oder raus?

Er hält mir die Tür auf; ein netter Kellner, liest wohl keine Zeitung.

Rein, wenn Sie was Warmes ...

Nur zu, rein mit Ihnen! Pasta, Suppe, alles warm!

Schon weggeeilt; es ist voll hier heute. Eingedickte Wärme, schwer vom Suppengeruch. Irgendetwas mit Glutamat, und ein Netz aus Stimmen wirft sich über mich, darunter Klappern von Tellern, Gläsern, aus dem Hahn läuft Wasser, hoch aufsteigend das Lachen der Studenten, die hier kellnern. So, ein Eckplatz, dann sehe ich, wer hier hereinkommt. Dann kann ich mich umsetzen, notfalls, mit dem Rücken zu denen. Aber vielleicht – ja, natürlich, ich hätte gern eine große Tasse Suppe, ja, mit Brot – werde ich dann sitzen bleiben. Die, die reinkommen, werde ich anschauen, fest, mitten ins Gesicht. Mein Recht. Kann sein, Selina kommt. Die Suppe, Blumenkohl mit Käse, das isst sie ja, kein Schweinefleisch. Schmeckt zwar nicht besonders, aber was soll's. Ihr Gesicht, verzogen zu einer Grimasse, übertriebenes Pusten, es regnet, zu den besseren Cafés ist es jetzt zu weit, und immer nur Tupperdosen von daheim, das will sie ja auch nicht. So haben wir hier gesessen, wie oft, genau so, erst zu zweit, dann noch mit Karsten, dann zu fünft mit Sonja und Hans. Herbst, genau wie heute: Regen, Wind. Wir alle zusammen rein, lachend, die Köpfe eingezogen, dann aufrichten, puh, endlich im Warmen, Trockenen. Brille ab, gib mal her, Selina putzt die Gläser, hier, Chefin, jetzt siehst du wieder was. Stühlerücken, das laute, fröhliche Scharren, Tische zusammenschieben, die Kellner hilfslos daneben, aber gute Miene, mein Trupp, meine Leute, mein Herz im Hals vor Stolz, wir von THACT! Und dann kommt noch Tom dazu mit seinen Leuten; da sind wir zehn, die Bude voll mit uns. Und woran arbeitest du, Selina? Tom, über das Schaben der Löffel, das Lärmen der anderen hinweg, wirft ihr diese Frage zu wie einen Ball, hier, fang, mal sehen, wie schnell du bist. Weiß noch nicht, Selina lächelt, keine Scheu vor Tom. Gut, dann tu einfach so, als ob du es wüsstest. Toms Lächeln, dieser Blick, immer dieser Blick, der einen auffangen wird, falls man fällt. Also, Selina zögert, vielleicht mach ich was zu Verantwortung, wie Miriam. Gut, und weiter? Also, kann man verantwortlich sein für die Entscheidungen anderer Leute ... Toms Blick, rasch zu mir, mein Stirnrunzeln, dann zurück: Spannend, lies mal Norton. So redet Tom, nicht: Das hat schon jemand gemacht, Norton, in seinem Klassiker, den du längst gelesen haben solltest. Danke, Selinas Ruf, freudig, schwingt sich über die Köpfe der anderen zu Tom hinüber; und ich, leise: Warum hast du nicht erzählt, worüber wir gesprochen hatten? Stichwort Gerechtigkeit? Selina, die mich anschaut, als wäre ich gerade eben aufgetaucht, plötzlich, ein Störenfried: Ach so. Und dann, weil ich warte: Weil, ich weiß nicht, ob das wirklich was wird. Mein Stirnrunzeln, jetzt sieht sie es, schaut mich an. Ihr Löffel hängt in der Luft, nee, weißt du, sie legt den Löffel ab, dreht sich zu mir, Miriam, das von neulich habe ich aufgegeben, weil, so begeistert warst du ja nicht. Selina, jetzt lege auch ich den Löffel beiseite, von Einfall zu Einfall, immer weglaufen, das bringt doch nichts. Selinas Blick, sie glaubt mir nicht. Ich beuge mich vor: Bleib dran. Okay, sagt Selina, schaut hoch, lächelt, greift zum Löffel, und ich, natürlich, lächle auch. Ich dachte, damit hat sich das. Wann, wenig später, hat das angefangen, dieser Kampf gegen mich, gegen die Arbeit, das Denken.

Einen Grund wird es geben, sagt Tom. Mai letztes Jahr. Wir gehen durch den Duft des Donauparks, Tom und ich. Erde, ein Kern aus Kälte, beim Einatmen ein Blühen überall, ein Schmelzen der Luft. Und in meinem Kopf Selina, an ihrem Schreibtisch: Nein, weiter bin ich noch nicht, und ich, in der Tür: So geht das nicht weiter. Selina, Blick zum Telefon: Du, ich hab jetzt gleich ein Gespräch, steht auf, schließt die Tür. Tom und ich, unser erster Spaziergang dieses Jahr. Ich dachte, Hand in Hand, Schlendern mit Tom. Stattdessen, ich muss das jetzt wissen, bleibe ich stehen: Tom, welchen Grund denn. Seine Hand neben meiner, ich greife nach ihr. Tom, es kommt gar nichts von Selina, seit drei Jahren nicht. Sein Blick, der mich streift, vorbeizieht. Ideen hat sie doch, oder? Einfälle, Tom, einen nach dem anderen, und jeder bleibt liegen.

Tom lächelt. Wir gehen. Tom ist ruhig, sein Blick schwingt sich über alles hinweg. Ich atme, tief atme ich seine Ruhe ein. Ich weiß an jenem Tag noch nicht,

dass Selina mit Tom gesprochen hat. Herr Behrmann, ich hätte so gerne Sie als Doktorvater, könnten Sie nicht ... Nein, Selina, deine Doktormutter ist Miriam. Aber nichts davon hat Tom mir erzählt bis zu jener E-Mail, bis zu Grüner, Vize-Rektor Peter, Dekanin Radke, bis zu den Berichten über mich. Erst dann. Ich habe immer zu dir gestanden, Miriam. Immer. Aber Tom. Seit wann redest du so, ein Mann zu seiner Frau: zu dir gestanden. Später, das alles ist später; jetzt, im Mai, nur sein Schweigen, sein Einhergehen neben mir, seine Ruhe, und meine Hand in seiner.
Ich werde ihr sagen, Tom, dass unser Denken nicht herumspringen soll. Eher so: Man klettert eine Bergwand hoch. Am nackten Felsen, dort hängt man. Ja, am Abgrund. Jeder Griff, jeder Tritt, jeder Atemzug muss sitzen. Diese Anstrengung, und man ist nur ein paar Zentimeter weiter. Aber, Tom, diese Zentimeter ... diese paar Zentimeter ...!
Tom, er drückt meine Hand, lächelt, schweigt.

*

Ein bisschen Pathos, sagt Tom, dazu neigst du schon. Wir sitzen auf der Dachterrasse, erster Sommer in Wien, Blick über Dächer. Von Bäumen nur Gekräusel, ich vermisse das Grün. Für Tom eine Wiederkehr, für mich ein Neuanfang. Denke ich. Unter uns die leere Wohnung, nur Bett und Tisch, an der Wand stapeln sich Kisten. Aber diesen Samstag, haben wir beschlossen, machen wir nichts. Warmer Stein unter den Füßen.
Wieso Pathos? Ich strecke meine Beine in die Sonne. Was ist das für dich überhaupt, Pathos?

Tom beugt sich vor, seine Hände, lose vor den Knien, berühren meine Schenkel, dann wieder nicht, ein Hin und Her der Zärtlichkeit. Dass es, er lächelt, eine richtige Seite gibt.
Ich necke Tom, so leicht gebe ich mein Pathos nicht her: Wenn du ein Deutscher wärst und nicht Amerikaner, mein Herz, könnte ich dich verstehen. Doch, schau nicht so, dieses nachsichtige Lächeln in den Augenwinkeln, ich hab da gelebt. Die Deutschen misstrauen sich selbst. Deshalb klingt auch alles, was die sagen, nach geplatzten Luftballons. Erst laut, dann schlaff.
Sieh mal, Tom nimmt meine Hand, so Sätze, mit denen du quasi mit der Faust auf den Tisch haust: immer, jeder, alle. So was meine ich. Weißt du, ich kenne auch ein paar Deutsche, und jetzt guck du mal nicht so. Nicht alle von denen misstrauen sich selbst. Manche gehen ganz fröhlich aufgeblasen durch die Welt. Übrigens kenne ich ebenfalls einige, zugegeben wenige, bescheidene Leute, ehrlich bescheiden, in denen sich gar nichts aufblasen will. Doch, glaub mir. Vertrau mir und gib mir dein Glas.
Ich halte ihm mein Weinglas hin. Stimmt schon, sage ich. Eva Brandt, die war so. Aber zu denen, Tom, gehöre ich wohl nicht.
Tom gießt, vorsichtig, als würde es irgendetwas ausmachen, wenn er hier kleckert, den Wein ein. Vorsicht hält ihn immer fest. Früher habe ich das Sanftmut genannt. Was die Jahre mit einem machen. Umarmt, eine Umarmung der Vorsicht, in der Tom geborgen ist, ja, das schon eher. Es liegt viel Anmut darin. Auch ein Mann kann anmutig sein.

Nein, Miriam, in der Tat gehörst du nicht zur Liga der Bescheidenen, aber das stört mich auch nicht. Im Gegenteil. Ich habe nichts gegen ein paar Luftballons im Leben, die zu hoch zum Anpiksen fliegen. Bitte sehr.
Ich nippe. Kühl, Frühlingsgeschmack. Ich bin jung, egal die Jahre. Danke, Tom. Wer sind die anderen Luftballons in deinem Leben?
Miriam, *darling*, du allein bist ein ganzer Strauß auf einmal. Zum Wohl!
Ach, Tom, zum Wohl, auf die Liebe, auf Pathos, auf das Platzen vor Glück!
Tom schüttelt den Kopf. Auf die Liebe gern, und gern auch aufs Glücklichsein, ohne Platzen. Aber nicht auf Pathos. Pathos hat Großmutter Gertrude über den Atlantik gejagt. Hätte die keine Nase für Pathos gehabt, beziehungsweise gegen Pathos, ich hätte nicht ausgerechnet in Boston das Licht der Welt erblickt, wie man so sagt. Als Amerikaner. Obwohl, es war drei Uhr nachts bei meiner Geburt, muss wohl eher Neonlicht gewesen sein. Was glaubst du, wie viele hier haben den Anschluss wohl kommen sehen. Großmutter Gertrude schon. Nur, im Gegensatz zu mir ist sie in Amiland, wie Peter sagen würde, nie glücklich geworden.
Tomtom, mein Herz, sage ich, das weiß ich doch alles. Aber willst du wirklich darauf ein ganzes Leben aufbauen? Du hast doch deine Großmutter nicht mal gekannt.
Nein, sagt Tom, du weißt eben gar nichts. Darum geht es doch nicht, ob ich sie gekannt habe oder nicht gekannt habe. Nur weil *daddy*, weiß der Himmel oder die Hölle warum, ich glaube ja an beide nicht, ent-

schuldige, noch mal von vorn: Nur weil *daddy* den umgekehrten Weg gegangen ist, den Weg zurück, den es, wie wir wissen, ebenfalls nicht gibt, es gibt kein Zurück, will ich das alles nicht vergessen sein lassen.
Tom hebt sein Weinglas: Arme unglückliche Großmutter Gertrude, trinken wir auf dich.
Armer Tom, immer wenn du schlechte Witze machst, bist du traurig und traust dich nicht, es zu sagen. Weil, das wäre ja pathetisch, stimmt's?
Tom schweigt, schaut über die Dächer.
Aber du liebst Österreich, Tom, sogar die katholischen Kirchen hier liebst du. Von denen es hier wimmelt. Und das Katholische ist ja wohl pathetisch bis ins Mark. Pathos ist, sozusagen, das Wesen des Katholischen.
Darauf können wir trinken, sagt Tom, und darauf, dass ich bei aller Liebe nicht katholisch werde. Obwohl ich den Verdacht habe, liebste Miriam, dass das Katholische in deinem Blut, doch, jetzt lass mich mal ausreden, ich versuche gerade, pathetisch zu sein, dich so anziehend für mich macht. Meine ganz persönliche Tragödie.
Du, sage ich, mein Herz, bist meine Heimat. Und wir Polen schwenken immer irgendeine Flagge, wir können gar nicht anders.
Immer, soso; Tom steht auf. Bleib sitzen, *darling*, ich spanne nur den Sonnenschirm auf. Bisschen Schatten wird uns guttun.

Ihre Suppe, meine Dame. Mein Kellner stellt die Schale vor mich hin, ein Zwinkern: Jetzt wird gegessen, sonst nichts. Danke, ich nicke. Drei Löffel, dann das Tablet.

Ausschnitt 6: Immer wenn Selina eine neue Idee hatte, meinte Frau Behrmann, Selina sei sprunghaft. Selina s o l l t e es einfach nicht schaffen, das war jedem von uns klar.

Aber gerade das sollte sie ja, es schaffen – sie sollte es doch schaffen! Und sprunghaft, ja ... Immerzu ist sie gesprungen ...

*

Keine Sprünge im Denken, ich sage das laut. Dabei bin ich hier nur, Hand auf den Mund, die Protokollantin; aber Eva Brandt lächelt, nickt, keine Sprünge, genau, schiebt Heike das Blatt zu: Versuchen Sie es noch einmal. Welchen Fehler macht Anselm von Canterbury? Heike, ihr Blick hin zu mir, mündliche Prüfung in Philosophie, die letzte in Köln, zweimal ist sie durchgefallen. Wenn sie jetzt nicht besteht, ist es aus mit ihr. Kein Studium mehr, nicht in Theologie. Denken Sie nach. Evas Stimme schmiegt sich um die Wörter. Zwei Jahre Hilfskraft bei ihr; manchmal spreche ich wie sie. Wo macht Anselm einen Sprung? Heike, Blick aufs Blatt, schweigt. Eva, ihr Blick huscht zu mir, ein Schmunzeln, und wieder zurück, zeigt auf die Zeile, sehen Sie, hier. Ja na ja, Heike leiert: ein Sprung vom Begriff der Vollkommenheit zum Beweis der Existenz des Vollkommenen. Evas Nicken. Und nun sagen Sie mir, warum geht das nicht?
Weil, Heike zögert, die Philosophie, die sieht das so. Heutzutage.
Evas Blick, eine Inszenierung von Ratlosigkeit. Sie lehnt sich zurück, schlägt ein Bein über das andere, die Schuhspitze wippt, Rhythmus der Ruhe.

Also, Sie glauben, dass das geht? Vom Begriff auf Existenz zu schließen?
Na ja, Frau Brandt, Heikes Kopf im Nacken: Sie sagen immer, dass die Dinge nicht in ihren Begriffen drinstecken können, und mag ja sein, aber Gott, Gott ist anders als alle Dinge; der kann das. Heikes Blick stürzt sich auf Eva; die merkt das gar nicht.
Wollen Sie sagen, jetzt zögert Eva, dass Gott existiert, aber nur als Inhalt?
Nein, Frau Brandt, als Person!
Ich weiß nicht mehr, Evas Hand an ihrer Kette, sie nestelt, wie ich Ihnen helfen kann.
Heike, Wut, oder ist das Trotz, macht ihren Blick an der Tischplatte fest, Sie müssen mir nicht helfen. Dann, plötzlich, schaut sie auf, Glanz in den Augen: Weil, mein Denken kann nämlich springen. Mein Denken springt in Gott.
Hören Sie, Eva beugt sich vor, für unser Denken gibt es Gesetze, Logik ...
Ja, aber Gott steht über den Gesetzen!
Eva, ein Kopfschütteln, Existenz ist ein Quantor, keine Eigenschaft, das wissen Sie doch; nimmt das Blatt, legt es weg, die Prüfung ist beendet. Heike, die aufsteht, sich den Mantel nimmt, ich weiß schon, Frau Brandt, dass ich durchgefallen bin. Eva schaut ihr zu, das Fummeln mit dem Mantel. Warten Sie draußen, bitte, noch ist nichts entschieden. Eva, als Heike die Tür hinter sich schließt, dreht sich zu mir, ein Auflachen im ganzen Gesicht. Aber ich, ich sage: Das war es jetzt, oder. Eva, ernst auf einmal, ihr Blick ein Aufnehmen von allem, was ich bin, legt den Kopf zur Seite. Ihr wart befreundet?

Das sind wir, aber das jetzt war ...
Ja, schon, schrecklich. Aber, Miriam, Theologie, nicht Philosophie! Sie studiert ja nicht Denken, nur Glauben.
Das, ich zögere, kann sie nicht trennen.
Nein, aber was meinst du, Miriam, wie viele Leute so in etwas springen. Wohinein auch immer. Und dann lass es lieber Gott sein.
Ausreichend, schreibt Eva, dann der Schlenker ihrer Hand, ein Schwingen der Handschrift: ihr Name, unleserlich wie immer.

MB: *Ich bin für Selina verantwortlich gewesen. Ich habe ihr die Wahrheit sagen müssen.*

Essen Sie noch? Mein Kellner. Danke, nein. Einen Kaffee bitte. Mit Schwung greift er, sein Nicken, Lächeln, eine Übung in Leichtigkeit, nach der halb leer gegessenen Schüssel. Eine Drehung, schon ist er hinter der Theke. Etwas in meiner Brust wie der Anfang eines Lächelns. Das Ende eines Lächelns.

Ausschnitt 7: Hiermit schließe ich mich ganz offiziell Selinas Beschwerde gegen Frau Behrmann an. Das ist jetzt für mich ein wichtiger persönlicher Schritt und ich hätte den schon viel früher gewagt, wenn Frau Behrmann durch ihren Führungsstil mein Selbstvertrauen nicht so weitgehend untergraben hätte, dass ich lange nicht in der Lage gewesen bin zu erkennen: Nicht ich bin es, mit dem etwas nicht stimmt, sondern sie! Das ist ja das Wesen von Missbrauch, dass man ganz gezielt unfähig gemacht wird, ihn als Missbrauch zu erkennen. Selinas mutige Beschwerde und schließlich Frau

Behrmanns Suspendierung haben mir dann den emotionalen Freiraum verschafft zu begreifen, dass auch ich ein Opfer bin. Um ein konkretes Beispiel dafür zu bringen, wie Frau Behrmann systematisch intellectual bullying betrieben hat, möchte ich hier ganz offiziell etwas berichten, was mich selbst betrifft: Mitten in einer Sitzung, und zwar nachdem sie zuerst ein Argument von mir mit spitzfindigen Einwänden so lange auseinandergenommen hatte, bis quasi nichts mehr davon übrig blieb, zeigte sie mit dem Finger auf mich und stellte vor dem ganzen Team die Behauptung auf, ich sei nicht einmal in der Lage, einen einfachen Hauptsatz von seinem Anfang bis zu seinem Ende zu denken.

Hans also. Lauter Einser von Peter; damals wusste ich nicht, wie wenig das heißt.

MB: *Gern würde ich Hans, dem leider deutlich identifizierbaren Urheber dieser Zeilen, jene für ihn mit Widerlegungen seiner Argumente offensichtlich verbundene Demütigungsempfindung ersparen. Dazu müsste ich auf jeglichen Kommentar verzichten dürfen.*

Löschen. Sachlich bleiben.

MB: *Der Urheber dieser, wie ich zeigen werde, widersprüchlichen Zeilen widerlegt de facto die Behauptung, die er zu beweisen vorhat (dass mein Führungsstil legitim als psychischer Missbrauch bezeichnet werden könne).*
An die Stelle der ersten Prämisse seines Arguments setzt der Urheber dieser Zeilen (nennen wir ihn »Urz«) die Definition (»das Wesen«) des Missbrauchs. Er definiert Missbrauch als diejenige Handlung, durch die der so Behandelte um die

Fähigkeit gebracht wird, die Handlung als Missbrauch zu erkennen. Das macht es Urz möglich zu behaupten, erst im Nachhinein sei er nun in der Lage, meinen Führungsstil als Missbrauch zu bewerten.

Stellen wir unsere Verwunderung über diese Aussage einmal hintenan und fragen wir uns: Wie genau kommt es nach Abbruch der Interaktion durch meine Suspendierung zu der plötzlichen und nachträglichen Erkenntnis des angeblichen Missbrauchs?

Immer noch logisch konsistent behauptet Urz, dass ihm diese Erkenntnis von außen, und zwar durch Selinas Beschwerde über mich, ermöglicht worden sei. Dies allerdings ist nur denkbar, wenn Selinas Behauptung, dass ich sie psychisch missbraucht hätte, selbst Erkenntniswert besäße.

Wie wir alle wissen, hat Selina diese Behauptung aber v o r meiner Suspendierung aufgestellt, zu einem Zeitpunkt also, als sie selbst durchaus noch meinem Führungsstil ausgesetzt gewesen ist. Falls Selinas Behauptung also Erkenntniswert besitzt, dann, so müssen wir folgern, ist es eben doch möglich, einen psychischen Missbrauch als solchen zu erkennen, noch während man ihn erlebt – der Beweis dafür wäre Selina.

In diesem Fall jedoch ist die erste Prämisse des Arguments von Urz zum Wesen des psychischen Missbrauchs – seine Annahme, der Missbrauch mache es dem Opfer unmöglich, ihn als solchen zu erkennen – falsch. Sein Argument wäre daher wertlos.

Falls jedoch die erste Prämisse des Arguments von Urz richtig ist, kann Selinas Behauptung, ich hätte sie psychisch missbraucht, keinen Erkenntniswert besitzen – denn hätte ich Selina psychisch missbraucht, hätte Selina ebendies, glaubt man der Prämisse, aufgrund der Auswirkungen des Missbrauchs gar nicht erkennen können.

Anders gesagt: Wenn Selinas Behauptung, ich würde sie psychisch missbrauchen, einen Erkenntniswert hätte, würde sie sich (unter Voraussetzung von Urz' Definition des Missbrauchsbegriffs) selbst widersprechen: Die Tatsache, dass sie den psychischen Missbrauch erkennt, während er stattfindet, würde dann beweisen, dass es sich gerade nicht um Missbrauch handeln kann. Auch dann wäre das von Urz vorgebrachte Argument wertlos.
Quod erat demonstrandum.
PS: In besagter Sitzung hatte ich Urz gebeten, einmal einen Tag lang nur in einfachen Hauptsätzen zu reden, sich also von sprachlicher Komplexität zu befreien, um ausschließlich auf die logische Struktur seiner Rede achten zu können. Ich hielt das für eine sinnvolle Übung, nichts weiter. Seine Antwort auf diesen Vorschlag lautete: »Das kann ich nicht.«

Mein Smartphone, eine Nachricht, Tom: *Miriam, Peter und ich haben geredet; er meint, wenn du dich einsichtig zeigst, kann er alles noch drehen! Miriam, er ist auf unserer Seite!*
Nein, Tom, du bist auf seiner. Merkst du das nicht?
Senden.
Wieder Tom. *Verschanz dich nicht, Miriam.*

*

Du hast dich verändert. Mamusia, wir stehen am Rand des Himbeerfelds, vierzehn Jahre ist das her, kneift die Augen zusammen, als stünde ich im Gegenlicht, nicht neben ihr. Eisern, das bist du geworden, *moja mirysia*. Pause, unser Schweiß trocknet in der Wind gewordenen Hitze. Zwei Pflücker sind krank, ich helfe aus, aber immer ist da auch das Wissen, dass ich

das alles, der Schweiß, das Bücken, das Stöhnen, wenn wir uns aufrichten, nicht mehr bin.
Wieso eisern, Mamusia?
Mirysia, was weiß ich, wieso.
Sie greift zum Krug auf dem Pausentisch, zum Glas, schwarzer Tee mit Himbeersirup, ein paar Zitronenscheiben.
Du gehst in keine Kirche mehr, sagst du, nicht einmal ...
So präzise stellt Mamusia das Glas ab, eine medizinische Bewegung, als ob sie, jetzt gleich, noch ein Wort, ein Schnitt, etwas, eine Nabelschnur, durchtrennen wollte. Ich, schnell, bin an ihrer Schulter, ihrer Brust, ihr Geruch nach Lux unter dem Schweiß, ich bin in ihren Armen, die lege ich um mich, sei doch nicht so! *Kocham cie*, Mamusia, das ändert sich nie.
Zobaczymy, Miriam.
Mamusia, ein Griff, fest, um meine Oberarme, schiebt mich weg; so hält sie mich, sie soll mich nicht loslassen, auf Abstand. Wir schweigen, ein Ziehen im Hals, ich will nicht, dass ihr Blick wie ein Leuchtturmlicht durch den Sommer kreist, dieses Tapfere an ihr, als hätte ich, ich bin doch hier, ihr etwas getan.
Miriam, hör mir jetzt zu. Fast schüttelt sie mich: Fühl dich nicht durch mich gebunden. An irgendetwas hier.
Ihr Blick, ein kurzes Kreisen, dann zurück zu mir.
Du gehörst woanders hin, Miriam.
Über uns ein Vogel, er stößt herab, verschwindet.
Dadrin musst du das wissen, Mamusias Finger auf meiner Brust, ein Stechen, kurz, ein Schmerz, dann nicke ich.
Wiem.

Fort, für immer. Zwischenstopp Berlin, dann der Flug, der erste ohne Rückflugticket, zehn Stunden über den Atlantik. Stell dir vor, Mamusia, ich lebe in Princeton! Eine Karte, am Tag gleich nach meiner Ankunft, dieser eine Satz, nicht mehr; aber dann jeden Tag ein Anruf. Mamusia, die Stimme in meinem Kopf: Was gibt es Neues? *Kiczusz, mirysia* ... Alles erzähle ich ihr. Professor Norton, denk dir, Mamusia, ich sage jetzt *Dave* zu ihm. Mein Leben für sie. Und was ist mit dir, Mamusia? Bist du gesund? Nichts hätte das ... Mach dir keine Sorgen, diese Festigkeit, ich kann sie hören, nichts hätte sie gesagt, nicht mir.

*

Nur noch den hier trinken, ein Rausch von Normalität. Dann ab, meine Lippenstifte nehme ich mit in die Damentoilette. Blick zum Spiegel. Das gewohnte Gesicht, Kraft im Blick, wird es nicht sein. Aber doch: die Augen ganz Pupillen. Mein Dutt ist lose, Haar zeichnet meine Wangen, hohlwangig bin ich geworden, weicher als sonst. Nicht einmal blass bin ich. Nichts sieht man mir an. Fast nichts. Nur die Lippen also. Zwei Lippenstifte, immer habe ich die bei mir, in der Manteltasche. Tom, als die Verkäuferin, zu viel Rouge, zu laute Stimme, sagt: Rosé, das passt zu Ihrer Haut, schüttelt den Kopf, aber nein, Rot, Knallrot, das passt zu meiner Frau! Rosé und Rot, in dieser Reihenfolge aufzutragen, das Rot mit leichterem Druck und nur einmal. Peter, der mich fragt, damals in der Tür zum *Ça Bouge*: Miriam, er zeigt auf meine Lippen, eine Berührung, leicht, verrat mir mal, was das für eine Farbe ist. Und ich: Peter, deine Frau wird ihre eigene finden. Tom und ich, seit damals immer Tom und ich. Jung in Princeton, an getrennten Tischen im Faculty Club, und ich bin es, die zu ihm hinübersieht. Noch kenne ich ihn nicht. Schmale Schultern, aber die Stimme, ohne Sorgfalt, ohne Mühe, gibt den Worten Gelassenheit mit. Das Mädchen, das ihm gegenübersitzt, lautes Lachen, Händeflattern: Was kann ich machen, um interessant für euch Männer zu sein? Und Tom: Hab interessantere Gedanken. Mein Blick, der ihm entgegenfliegt. Er sieht mich nicht. Doch, ich hab dich gesehen, aber das, Tom Monate später, Hand in Hand mit mir auf dem Rasen vor dem Gym, macht man nicht: die eine Frau anschauen, während man mit der anderen isst.

MB: *Ich verschanze mich nicht. Nie gegen dich.*

Senden.
Raus aus der Damentoilette, zurück in die Wärme. Wieder die Stimmen wie das Aufblitzen von Fischen kreuz und quer im Wasser, und ich mittendrin. Ich setze mich wieder. Mein Kellner, im Wasserdampf, dem Zischen der Kaffeemaschine, lächelt mir zu. Noch einen, bitte, will ich sagen. Aber, eine Hand an der Tür, ein Luftzug, nasskalt, mir ins Gesicht, den Blick auf sein Smartphone gesenkt, ein Piepen –
Er. Tom. Hier.
Komm schon, Tommyboy!
Peter, der ihm die Tür aufhält, ihm den Regenschirm abnimmt: Rein mit uns beiden!
Einatmen. Langsam. Ausatmen.
Ich kann nicht.

Aufstehen.
Wie die mich, Peter und Tom, zuerst Peter, dann Tom, über die Tische hinweg anstarren. Kein Wort. Nur ich, wie immer, muss jetzt was sagen. Raus hier, das muss ich. Ruhig, nicht hastig. Sichere Schritte. Kopf hoch. Ich kann das. Selbst jetzt noch.
Tom, die Autoschlüssel.
Meine Hand, zu wenig Essen vor dem Kaffee. Aber die jetzt, mein ausgestrecktes Händezittern, wieder einziehen, das geht nicht. Miriam, du hier, ich dachte ...
Keine Zeit jetzt, Tom!
Peters Blick, ist das Mitleid oder was, trifft mich kurz, dann weg von mir zu Tom. Der steht nur und starrt; und Peter, wie ein Ärmelzupfen: Gib ihr schon die Schlüssel, und lass sie. Lass sie gehen.
Tom, ein Aufwachen, beginnt zu kramen; diese Tasche, ich wollte ihm doch längst, ist schäbig geworden, eine neue kaufen.
Miriam, hier; und ich zahle für dich mit; in Ordnung?
Kopf gerade, Rückgrat. So gehe ich, rechts, links, zur Theke. Die Hand meines Kellners, ich lehne mich über die Theke, greife nach ihr: Bitte sehr, stimmt so. Und nun noch einmal sein Lächeln, jung und allumfassend, das Leben, die Frauen, aller Spaß und auch ich bin darin enthalten.
Danke, Frau Behrmann.
Also doch, er liest die Zeitung.

Kein Regen mehr; aber der Himmel, sein vollgefressener Bauch, drückt die Luft zusammen. Luft, wie schmelzendes Eis in meinen Kragen. Meine Hand am Hals; ich fasse den Mantelkragen, halte ihn fest. So

muss es gehen. Den Kopf gesenkt. Mein linker Fuß ist nass geworden, überall Pfützen. Ich habe nicht aufgepasst. Mein Atem, als wäre ich gelaufen. Zehn Schritte seit dem *Soups & Bread*. Schmerzen in der Lunge vor hastig eingesogenem Herbst, und immer noch zu wenig Luft. Ich atme und atme. Nie wieder, vielleicht, wird mein Atem genügen. Heute morgen noch hätte ich Toms Stimme gehört, in meinem Kopf: So darfst du nicht denken. Jetzt nichts.
Unser Wagen, da vorn bei den Grünglastonnen, wo Tom und ich immer mal wieder, lachend und heimlich, unsere Weidemilchflaschen entsorgen. So ein kleines Wort, *unser*, wie eine Gräte, die man beim Kauen nicht bemerkt, und dann sticht und kratzt sie im Hals. Ich zücke den Schlüssel. Der Entsicherungsknopf, das Blinken der Scheinwerfer, ein Gruß, wie aufleuchtende Augen: Jetzt geht es heimwärts. Genau wie früher. Wie jeden Tag. Geisterfahrer, diese alten Tage. Diese lange Kolonne Normalität; sie rast mir entgegen. Sie schiebt sich frontal ins Jetzt. Atmen. Ruhig, Herz. Ich öffne die Tür, steige ein. Der Geruch nach Leder, nach Gewürzen. Toms Geruch. Wie lange, nach einem Menschen, bleibt sein Geruch. In mir, wie lange bleibt sein Geruch. Ich kann jetzt nicht fahren. Ich muss. Noch nicht. Hier sitzen bleiben, noch ein wenig. Die Scheibe runter, mehr Luft.
Warum rennt dort jemand so, lange Beine, fliegende Jackenschöße, dass der Schlamm hochspritzt aus den Pfützen, quer über den Parkplatz. Wippender Pferdeschwanz, das ist doch ...
Warte ... Warte mal, Miriam!
Sonja. Ich hätte das Fenster nicht öffnen sollen. Sie

keucht. Mit einer Hand hält sie sich die Seite, mit der anderen wringt sie den Pferdeschwanz aus. Es schüttet schon wieder.

Bitte, Miriam. Ich muss dir was zeigen.

Sie steht hier im Regen, sie wartet. Ich muss mich bewegen. Den Kopf zum Fenster strecken, die Autotür öffnen, sagen: Steig ein. Diese Körperstille, was soll das. Sonja, eine Mitarbeiterin, im Regen stehen lassen, wörtlich, das geht nicht. Nicht mehr.

Steig ein.

Sie schüttelt den Kopf; ihr Blick, auf einmal, kippt zu Boden.

Ich mache dir doch alles nass da drinnen.

Schon wieder die Hand am Pferdeschwanz, die andere zupft an ihrer Jackentasche. Rote, geschwollene Finger.

Jetzt steig schon ein.

Ich beuge mich über den Beifahrersitz, öffne die Tür.

Wie auf der Bahn eines Seufzers, lang und genüsslich, lässt sie sich neben mich gleiten. Sie dünstet Kälte aus, Nässe, eine Verstärkung ihrer Jugend. Diese vom Herbstwetter roten Backen, alles straff gespannt an ihr, wie immer; aber jetzt, hier neben mir, der Chefin, die keine mehr ist, hat die Spannung kein Ziel mehr, keine Richtung. Einfach nur jung.

Was wolltest du mir zeigen.

Sie zerrt ihr Handy aus der Jackentasche: Hier. Schau's dir an. Sie hält es mir hin. Unterschriften, über die Sonja hinwegwischt; sie liest mir vor: Irina Stepanova, Karsten Kübler, Dave Norton ... Ein offener Brief für dich, Miriam!

Ich greife nach dem Handy.

The recent suspension of a female professor of philosophy from the Maximilian University of Vienna is deeply disturbing. The president and vice president of the university, hand in hand with the university's higher administration, seem to have prejudged a particular female professor accused of »psychologically misusing« one of her PhD students. This is astonishing in the light of what this professor has done for the university in particular and academia in general. In only five years, she has built a new research institute from scratch that has already gained international reputation, attracting visitors from all over the world.

Mein Atem schwillt an, dehnt meine Brust, Namen über Namen, Frauen aus Princeton, Rutgers, Stanford, alle haben unterschrieben, und dann, weiter unten, Karsten, unglaublich, da steht sein Name, dann Dave, wirklich Dave, und ganz oben, als Erste, Irina, meine Irina ... Sie muss das Ganze angezettelt haben, ich werde sie anrufen, gleich morgen, wenn ich wieder ...

As a supervisor, she may have been relentless at times due to her exceptional commitment to her students. This, however, is not an instance of misuse; it is what highly competitive academia requires supervisors to do for ambitious students. According to a 2012 US study, 85 % of PhD students are still in want of a tenure-track position 5 years after their PhD; a drop-out rate of 30 % is normal in prestigious PhD programs. Succeeding in academia requires constant hard work and exceptional dedication. Hence, it is unfair to call what has been done in fulfillment to her job a behavior of misuse; and we would dare to raise the question whether a similar accusation would have been directed against a male professor.

We hope that the president, vice president, and higher administration of the Maximilian University of Vienna will take the time to re-consider the case along more objective lines.

Woher hast du das, Sonja?
Sonja steckt das Handy ein, dreht den Kopf nach vorn. Blick aus der Frontscheibe.
Karsten hat mir das geschickt.
Gut, ich lache, danke. Und, wirst du auch unterschreiben?
Ihr Blick, unbeweglich, ruht über dem Parkplatz, dämpft die Lackfarben der parkenden Autos wie Stille, mit Regenfäden durchsetzt.
Ich ... sie knetet ihre Finger. Versteh mich nicht falsch ...
Mein Atem faltet sich zusammen, eine Fledermaus, die kopfüber in meiner Brust hängt.
Das Leder des Beifahrersitzes knarrt, als Sonja sich herumdreht zu mir.
Selina hat mir ... da kann ich doch nicht ... Dauernd hat sie über dich geredet, und am Anfang hat sie so von dir geschwärmt, das war ...
Meine Kehle zieht sich zusammen, wie ein Verschlucken. Auch das noch.
Sonja streckt eine Hand aus, zieht sie zurück. Gerade noch. Bloß jetzt nicht angefasst werden.
Sonja ...
Ich weiß, ich weiß!
Sie zerrt an ihrem Zopf, ich muss mich beherrschen, dass ich nicht selber nach ihr greife, nach ihrer Hand, jetzt lass doch deinen Zopf mal in Ruhe.
Das alles war, sie knetet ihre Hände, na ja, auch nicht so leicht für uns andere ...

Hitze, die in mir hochsteigt.
Was willst du?
Nichts, gar nichts ... Ihr Zurückweichen, diese ganze Körpervorstellung des Erschreckens, dabei müsste ich doch nur allein sein, endlich allein, die Augen schließen, nur ein paar Minuten lang.
Miriam, bitte ... Sonjas Atem, hastig, neben mir. Wie anders ihre Stimme klingt. Wie hochgepresst, aus dem Brustkorb in die Kehle.
Ich schüttele den Kopf.
Wir schweigen. Hier neben mir, in dieser Duftwolke aus Regen und Jugend, sitzt sie und schweigt und will sich nicht bekennen, nicht zu mir und nicht zu Selina.
Sonja – die Berichte – warum nicht dazu stehen?
Sonja starrt mich an.
Was für Berichte?
Ich beuge mich vor, Griff in meine Tasche, das Tablet, hier, schau dir das an; aber sie wirft sich herum, greift nach dem Türgriff, nein, Miriam, ich will das nicht sehen, und die Regenkälte schlägt mir ins Gesicht. Noch zögert sie, Hand am Türgriff, ein Turnschuh schon draußen.
Warte! Ich kann nicht anders, ich sollte sie gehen lassen, aber ich kann nicht anders.
Willst nicht einmal du deinen Namen einsetzen für das, was du wirklich denkst? Nur, weil du verlieren könntest? Aber wer sind wir dann? Wer sind wir dann, Sonja?
Miriam ... Dieser gequälte Blick in ihren Augen; ich will sie doch nicht quälen.
Wirklich ... Sie dreht sich weg. Ich wollte doch nur ... dass du dich besser fühlst ...

Sie taucht unter dem Autodach weg in den Regen. Ich hole Luft.
Falsch, Sonja. Dich selber besser fühlen, das hast du gewollt.
Ein Ruck an der Tür; Sonja, von draußen, lässt los.
Zündschlüssel nach rechts, und der Motor brummt über ihr Schweigen hinweg. Im Rückspiegel ihr regenverschmiertes Gesicht.

IV

Der Tisch, die Bar, schwarzes Holz damals in Princeton, jetzt, hier bei uns in Wien, weiß. Vor fünf Jahren, ich glaub's nicht, Tom, unsere Wohnung! Fischgrätenparkett, Stuck an den Decken, Kronleuchter, wo bin ich denn hier. Lachen. Und jetzt. Das Geräusch des Schlüssels dreimal quer durch die Stille. Wie die Luft sich verdickt hat; Fenster auf. Das Rauschen der Hauptstraße unten, drei Blöcke weiter. Ununterbrochen. Die neuen Stühle, pastellgrün. Nebenan das Bett, ein Überwurf mit Silberfäden im Damast. Die sind doch unser, all diese Dinge. Toms und meine.
Zuhausesein: Man steht auf, morgens, Blick auf die Schlafzimmertür, der Halbglanz von Weiß. Ab in die Küche. Die Kaffeemaschine, die wie Tom in der Dusche, Tom beim Zähneputzen, summt und gurgelt. Das Wasserrohr pfeift, das Heizungsrohr klopft; sie werden so geräuschvoll wach wie er. Die ersten Schritte über uns grüßen herunter. Selbst das Grummeln der Murmeln, von der Nachbarskatze gerollt, über unseren Köpfen: eine erste Spur durch den Tag, nur für uns.
Ich bin ja noch immer, Mantel ausziehen, hier und nirgends sonst zu Hause.
Hier der Tisch, auf ihm diese Vase, mit Blumen, die haben sich eingewebt in ihr eigenes unmenschliches Blumenleben. Keine Fremdheit, das nicht. In der Fremdheit geht die Neugierde hin und her zwischen einem selbst und den Dingen, zwischen mir und den

übergroßen Bodenplatten auf der Straße vor dem Haus, um 07:00 Uhr morgens, glänzend vor Nacht, Nässe und Laternenlicht, zwischen mir und den heruntergelassenen Schnörkelgattern vor den Fenstern des Juweliers, zwischen mir und der Leuchtschrift *Kürschner*, zwischen mir und dem Aufleuchten eines Pelzmantels, echter Pelz, beim Durchqueren des Laternenlichts, zwischen mir und dem Klang meiner Absätze auf meinem heller werdenden Weg zum Wagen, Nuschka an meiner Hand, eifriges Trippeln neben mir, ein Ziehen und Zerren nach rechts und links. Nuschka, jetzt nicht, du musst doch arbeiten gehen, genau wie ich. Du im Kindergarten und ich an der Uni. Nuschkas Krähen, Arbeiten gehen, ihr Morgenruf, Mammama und ich, wir gehen arbeiten. Das Lächeln des Herrn im Hut, wir haben uns nie vorgestellt, Wollmantel, Handschuhe, der seinen Wagen neben unserem parkt. Ein schönes Kind. Danke; ich lache.

Und jetzt. Was jetzt.

Ich muss Nuschka abholen gehen. Ihr Trippeln über meinem Kopf, das Grummeln der Murmeln, tocktocktock der Stock von Mirka, die aufpasst, viel zu lange schon. Mein Kind bei der Nachbarin, Tag für Tag, und jeden Tag länger, bei einer halb lahmen Frau. Besser Mirka mit ihrem Lachen, über den tastenden Schritten immer dieses Lachen, besser sie als ich. Mein müdes Gesicht. Trotzdem. Ich bin die Mutter. Wasser aufsetzen, das Zischen des Kochers, Schlüssel und raus. Die paar Stufen, und trotzdem schon müde. So müde, und abgeschnürt der Atem.

Wie damals, vor über drei Jahren.

Schwer und die Beine jucken. Vierzehn Stunden Arbeit seit dem Morgengrauen, unser erster Bericht für die Martha-Nussbaum-Stiftung. Eine Deadline ist eine Deadline. Aber das Kind in mir. Ist so merkwürdig still. Kein Tritt. Mirkas Gesicht, der schiefe, lahme Körper im Treppenhaus: Kommen Sie, Frau Professorin, ich seh doch, dass Sie was drückt.
Und oben dann, in ihrer Wohnung, der Sessel, die Couch, der Tisch und die Schränke aneinandergedrängt, und die Heizung steht auf vier. Mir perlt der Schweiß überall.
Setzen. Gibt gleich Tee.
Mirka, die meine Hand hält. Ihr blinzelnder Blick in mein Gesicht, aber der Händedruck ist fest. Ein trockener Finger auf meinem Puls.
Hinlegen.
Dann Mirkas Hand auf meinem Bauch, ein Tasten, Drücken, und ich, auf einmal, bin hier richtig.
Alles gut, sagt Mirka und lächelt. Und Sie schlafen jetzt mal eine Runde, und zwar hier auf meinem Sofa, Frau Professorin.
Dann im Hinausgehen, meine Augen sind schon zugefallen: Ich kann nach einer neuen Hebamme schauen, wenn Sie möchten. Und Schlaf und Dankbarkeit sind eins.
Jetzt aber. Mein Finger auf dem Klingelknopf, schon das Drücken ist zu viel. Und dabei muss ich doch. Nuschka zu essen geben, reden, vorlesen, ins Bett bringen. Dann an den Schreibtisch. Tocktock, und die schleifenden Schritte hinter der Tür.
Frau Professorin!
Die grauen Locken, das Lachen im Türspalt. Immer

überrascht, egal wie spät ich komme. Gleich nach meinem ersten Besuch, ich drehe mich noch einmal um in der Tür, Mirka, wenn ich Sie schon so nennen soll, dann sagen Sie doch bitte Miriam zu mir, aber das macht sie nicht, neinnein, Frau Professorin, und das ist das einzige Mal, dass ich sie verlegen sehe.
Anouschka!
Mirkas Stimme füllt den Raum bis hinters Sofa; ein Kichern, Nuschkas Wuschelkopf, dann der Rest von ihr. Gleich am ersten Tag, als es öffentlich wurde, mein Bild in der Zeitung, bin ich zu Mirka: Könnten Sie vielleicht, der Kindergarten, die anderen Eltern, das ist jetzt alles ...
Natürlich.
Mirkas Blick, fest wie ihr Händedruck, natürlich, gern.
Nichts hat sie mich gefragt. Auch Nuschka fragt mich nichts. All die Tage, Wochen, Monate nicht. Nuschkas Blick huscht hin zu mir, richtet sich auf. Ernst. Ein Blick mit Abstand. Vorsicht. Nach allem Gekicher jedes Mal zuerst dieser Blick, noch vor dem Hinlaufen zu mir, vor dem Juchzer, dem Anschmiegen, dem Mamasagen. In mein Gesicht. Aber ich habe mich vorbereitet diesmal. Ein Lächeln. Schon auf den Treppenstufen. Das alles in mir, das habe ich weggesteckt. Nichts davon in meinen Augen, in meinem Lächeln. Darauf hat Nuschka ein Recht. Sie kommt. Ihr Kopf an meiner Hüfte. Mama. Nuschenka, Mama holt dich jetzt ab.
Nuschkas Hand um einen dieser Stäbe im Geländer geklammert, wie damals im Gitterbett, beim Stehenüben. Ein Schritt, die Unterlippe eingezogen. Nächster

Stab. Anderer Fuß, neuer Schritt. Sie hat das schon schneller gekonnt. So langsam gehen zu müssen, die Treppe runter, gerade jetzt. Ich muss an meinen Schreibtisch, heute noch. Ich hatte mich gewöhnt, ich bin mit diesen Kinderschritten, mein Herz ist mit diesen Kinderschritten mitgegangen. Langsames Schlagen. Langsames Atmen. Aber jetzt. Muss ich früh ins Bett, Kraft, ich brauche Kraft, und vorher noch an den Schreibtisch.
Was habt ihr gespielt? Verstecken?
Schritt. Nächster Stab. Nicken.
Mich hat niemand gefunden. Nicht mal Mischi.
Die Katze? Die hat mitgesucht?
Nuschkas Lachen, Mischimischi, jetzt sind wir unten, endlich, Mischimischimischi.
Der Schlüssel im Schloss. Wieder normal, das Schlüsselgeräusch. Ich bin wieder normal. Nuschka, die in die Küche stürmt, Mischipischi; sie lacht sich kaputt. Und ich, immer nur Geduld. Keine Spielplatzmutter, nie gewesen. Die anderen Eltern, neulich beim Grillfest im Park, müssen die nicht arbeiten, feiern schon seit fünf am Nachmittag, mitten in der Woche. Kaum sind die Kinder im Kindergarten, klumpen alle Eltern schon zusammen. Außer natürlich mit mir und Tom. Die ganze Truppe, alle kauen, Grillqualm, Plastikschüsseln mit Salat, stellen sich mit dem Rücken zu mir. Ich gehe vorbei, nach Hause, an den Schreibtisch.
Elterntorten auf dem Kindergartenfest, vor zwei Jahren.
Die Behrmann, die bringt ja nie Kuchen mit, oder wenn, dann ist der gekauft.

Ein selbst gebackener Vorwurf neben dem anderen. Wiener Tortenstolz.
Ja, nee, solche tun ja nie was für die Gemeinschaft.
Dieser Elternklumpen hätte sofort den Kindern alles erzählt. Im Gesicht von Frau Heine, sehr gern nehmen wir Anna ein paar Wochen aus der Gruppe, nur diese eine Frage, nicht wirklich zurückgehalten: warum nicht für immer. Nur für ein paar Wochen, sage ich, feste Stimme, festes Nicken, feste Schritte weg von der. Für Anna. Anna ist sie für diese Leute. Nicht Nuschka. Sie darf dazugehören. Zu diesem Land, zu diesen Leuten. Sie muss das dürfen. Mein Blick verschwimmt, Blick zur Decke, schnell. Mit dem Rücken zu Nuschka am Herd, da sieht sie das nicht. Runterschlucken. Ein Lächeln. Jetzt kann ich mich umdrehen.
Was magst du essen? Polenta?
Nuschka, sie ist auf meinen Küchenstuhl geklettert, nickt. Gott sei Dank, Polenta geht schnell. Das Knallen ihrer Fersen, dong, dong, gegen den Stuhl. Ich hole Luft; ein Seufzer, das ist ein Seufzer geworden. Geduld.
Himbeersirup dazu?
Au ja, Leckermama.
Ich, zwei Schritte, bin bei Nuschka, *kochanie*, komm her, ihr Babyduft, immer noch, Nuschkageruch. Leckermama, das hat sie schon lange nicht, mein Gesicht an ihrem, schon sicher monatelang nicht mehr gesagt. Und jetzt, einfach so. Blinzeln. Schlucken. Loslassen. Das Trommeln der Fersen. Gut. Trommel du nur. In der Milch rühren, Polenta dazu, eine Prise Salz, einen Teelöffel Zucker.
Und sonst? Was habt ihr sonst noch gespielt?

Mit Murmeln.
Hattest du Spaß?
Dong, dong. Es blubbert, runter vom Herd. Himbeersirup, mehr als sonst. Der Hagebuttentee wie immer ohne Zucker. Oben bei Mirka darf sie Säfte trinken, aber damit fange ich nicht an.
Hier, Nuschenka.
Sie stopft sich einen Berg Polenta in den Mund. Dong, dong.
Soll ich dir eine Geschichte erzählen, Nuschenka?
Pralle Backen, heftiges Nicken, warum habe ich bloß, jetzt muss ich da durch, nicht einfach ein Buch geholt.
Also schön. Es war einmal eine Nase, die saß fest in einem kleinen Gesicht.
Nuschkas Blick schräg nach oben, ein Kichern, ihr Löffel hängt in der Luft.
Diese Nase hier – ich packe zu, sie kräht, schmeißt sich in ihr Lachen. Tom, der Nuschka in die Luft wirft, ihr Krähen. Nicht dran denken.
Fall nicht vom Stuhl, Nuschenka. Also, die Nase wollte da weg, stell dir vor, sie wollte auf Wanderschaft gehen.
Wanderschaft, kräht Nuschka, ein Klecks Polenta neben dem Teller.
Ja, und die Nase marschiert los und setzt sich aufs Kinn, dahin, meine Finger trippeln über ihr Gesicht – Zappeln und Lachen –, aber der Mund sagt zur Nase: Weg da, du störst.
Nuschkas große Augen, ein zweiter Riesenlöffel, sie kaut, ganz ernst jetzt. Stören, da weiß sie, was das heißt.
Na gut, sagt die Nase und geht – krabbel, krabbel –

wieder ein Lächeln – neben das Auge hier. Nuschka lacht, reißt den Mund auf: Du störst! Wachsende Begeisterung. Dong, dong, dong, die Schuhe gegen den Stuhl.
Aber wo soll die Nase jetzt hin? Wieder zurück?
Nein! Knall, der Löffel gegen den Teller.
Gut, sie wandert wieder los. Wohin sie will.
Große Augen.
Aber morgen ist sie wieder da?
Natürlich, Nuschka. Alles kommt immer in Ordnung, am Ende. Für dich.
Sie schläft. Ich bin so müde.
18:00 Uhr. Mein Schreibtisch, alles voll. Zwei Versionen, die sind jetzt doch durcheinander. Wann kann ich *Sein und Sollen*, zu pompös, sagt Tom, aber ich, ich mag pompöse Titel, zu Ende schreiben. Sechs Kapitel, im siebten hänge ich. Hier fehlen Gedanken, die alles entscheiden. Da müsste ich jetzt wieder ran. Der Anfang: Der Mensch ist das Wesen, das sich selbst ein Sollen geben kann. Das haben wir alle gemeinsam, und nun der Sprung, da fehlt noch was, eine ganze Reihe Zwischenschritte, und dann: Der Mensch ist das Wesen, das sich selbst ein Sollen geben soll. Unser Auftrag: uns einen Auftrag zu geben. Die fehlenden Gedankenschritte dazwischen, die müsste ich jetzt suchen. Stattdessen diese Berichte.

Ausschnitt 8: Besonders schlimm wurde es, als Selina anfing, sich politisch zu engagieren. Frau Behrmann hat von ihr verlangt, die »verlorene« Zeit in Istanbul »dann eben nachts« nachzuarbeiten.

MB: *Es versteht sich von selbst, dass ich keine Nachtarbeit erwarte.*

Wo haben die das her, wie kommen die auf so was? Selina, vielleicht auch die Truschke, die alle Protokolle abgeheftet hat, vielleicht auch gelesen, heimlich, von unseren Jahresgesprächen, und ich, ich habe denen immer vertraut, ich habe immer als Erste unterschrieben, ich habe nie noch mal alles, das ganze Protokoll, nach Unterschrift gelesen.

Selina und ich in meinem Büro, Jahresgespräch. Das müssen Sie protokollieren, sagt die Truschke. Und unterschreiben müssen Sie auch, alle beide. Sie legt uns Papier hin, einen Stift. Na dann. Ich nicke, warte, bis sie aus dem Raum ist.
Selina, ihr Strahlen: Also, ich finde, es läuft super.
Ich zögere. Schreibe das auf.
Irgendetwas, was dich stört?
Sie schüttelt den Kopf.
Selina, du kannst unmöglich mit dir selbst zufrieden sein.
Ihr Gesicht wie eine Tür, die ins Schloss fällt, aber ich, nicht darauf achten, die fängt sich wieder, rede weiter. Sich mal verlaufen ist gut, man lernt dabei. Aber irgendwann muss man seinen Weg auch finden.
Schweigen, ihr Blick aus dem Fenster.
Ein Jahr ist eine lange Zeit, Selina.
Schweigen, und dann: Finde ich nicht!
Was findest du nicht?
Dass das eine lange Zeit ist.
Ihr Kopf fliegt herum, sie starrt mich an.

Es gibt auch mal wichtigere Dinge im Leben!
Das hätte ich aufschreiben sollen, rein ins Protokoll damit. Stattdessen, mir ist kalt, aber ich schwitze unter den Achseln, stehe ich auf, öffne das Fenster, wieso schafft die das, mich so, ja was eigentlich, ich setze mich wieder. Ich atme, ich bin ganz ruhig. Erklär mir das bitte.
Gern, Selinas Stimme wie Glatteis, Vorsicht, die ist gefährlich, aber das ist doch Unsinn, wieso denn. Doch nicht Selina. Der Taksim-Platz, Miriam, ich dachte eigentlich, dass du das noch weißt. Zurückgelehnt, Kopf im Nacken, ganz Sicherheit, das ist Selina jetzt. Dass ich demonstrieren war, in Istanbul. Du hast mir Urlaub gegeben. Ich bin natürlich davon ausgegangen, dass mir daraus kein Nachteil entsteht.
Zwei Wochen, Selina, das waren gerade mal zwei Wochen. Es geht um ein Jahr.
Entschuldige, Miriam, sie klingt nicht nach Entschuldigen, das waren zweimal zwei Wochen.
Meinetwegen, Selina, trotzdem- ...
Und man fährt nicht mal eben zum Taksim-Platz demonstrieren, einfach so.
Sie lehnt sich vor, ihre Stimme taut auf, ein Gluckern, ein Bächlein.
Ich habe dich damit nicht belasten wollen, Miriam, aber das war schon total viel Arbeit, Organisation und ... andere Dinge. Von März bis Juni, und danach ... Ich meine, danach war's erst recht schwierig, oder?
Offener Blick, mir voll ins Gesicht. Aber ich nicke nicht. Kein Lächeln.
Sie reißt die Augen auf, Empörung oder was ist das: Ich konnte doch nicht sagen, Leute, das war's, ich lasse

euch jetzt mal im Stich, egal, ob ihr ins Gefängnis kommt!
Gespitzte Lippen, sie bläst sich zwei Locken aus dem Gesicht, dann ihr Blick gegen meinen.
Selina, du hast –
Weil ich Glück habe und hier bin, und ihr habt Pech und seid dort, hätte ich das sagen sollen? Sorry, sie verschränkt die Arme vor der Brust, aber das ging nicht.
Wie du willst, Selina. Ich schreibe das auf. Aber jetzt beginnt ein neues Jahr, sind wir uns da einig?
Also, Selina unterbricht sich, du musst auch sehen, wie belastet ich bin. Die beiden Tutorien und die Klausuren entwerfen, da ist der Tag dann rum.
Ich schüttele den Kopf.
Nimm dir die Zeit, Selina.
Gern, wenn du mir sagst, woher.
Das, bei aller Liebe, musst du selber wissen.
Schweigen. Ich seufze.
Selina, eine Clownerie, zieht beide Augenbrauen hoch.
Hier, ich schiebe ihr das Protokoll über den Tisch, schon unterschrieben. Bitte lies das durch, Selina, und unterschreibe dann auch.
Ich stehe auf, zwei Schritte, schließe das Fenster, bleibe dort stehen. Sonne, Himmel. Nur das Glas ist verdreckt; die Putzkolonne hat die Fenster ausgelassen, wie immer. Als ich mich umdrehe, ist Selina schon weg; nichts liegt auf dem Tisch. Ich, schnell, laufe ins Vorzimmer, die Truschke lächelt mich an, winkt mit einem gelben Ordner. Alles klar, Frau Behrmann, ich habe es gerade weggeheftet, Ihr Jahresgesprächsprotokoll.

Demonstrationen, Verhaftungen, Militär auf den Straßen, alles im Fernsehen, und die Dienstanweisung per E-Mail, von Menzel: *Allen Studierenden, die zurzeit auf dem Taksim-Platz demonstrieren, ist zu ermöglichen, den Prüfungsstoff in angemessener Frist nachzuholen, beispielsweise durch verlängerte Abgabefristen.* Allen Studierenden, also wirklich. Peter, wir beim Lunch, guckt mich an: als ob da wirklich jemand hinfährt. Zum Urlaub machen, wohl eher. Ich antworte nicht, aber ja: überall, im Fernsehen, in der Zeitung, der Taksim-Platz. Hinfahren, demonstrieren, das macht jetzt mehr her als im Neoprenanzug rein in den Wasserfall. Wie Peter bei sich daheim auf der Couch beim dritten Rotwein erzählt: Und einfach den Wasserfall runterspringen; erst vergeht einem alles, und dann: Leben pur! Durch die neueste Burgtheateraufführung sind wir durch und jetzt bei Urlaubsgeschichten. Wirklich, einen Wasserfall runter, Tom lächelt. Gelacht haben wir, Tom und ich, später im Auto auf dem Weg nach Hause, und sind wieder in die Berge, wandern, wie jedes Jahr. Tom und ich, nicht dran denken. Und dann eben der Taksim-Platz. Demonstrationstourismus, warum denn nicht. Aber dieser ganze Apparat an Anteilnahme. Nicht wie bei uns damals, Polen in den Achtzigern. Oder doch, und ich habe das nur schon vergessen wie alle, selbst Tata: Ach, Miriam, das ist so lange her, erzähl mal lieber von dir, von jetzt.

*

Ich mit sieben; in Bronisze in Mazowien. Gestern noch in Warszawa: Mamusia, ich und Andrzej, das Baby;

und jetzt hier bei Darja und Michał. Eine Woche Ferien, obwohl eigentlich noch Schule ist. Aber zu Hause bin ich krank gewesen, Scharlach, und ich darf mich noch erholen. Wir schlafen, zusammengerollt unter Federbetten, alle drei in einem Zimmer, als in der Nacht General Jaruzelski das Kriegsrecht verhängt. Wir haben tief und kurz geschlafen in all den letzten Nächten. Die Abende dehnen sich hinein in die Dunkelheit des Winters. Gespräche am Abendbrottisch, der lange nicht abgeräumt wird; nur Andrzej wird früh schlafen gelegt. Teewurst, Graubrot, saure Gurken und Käse. Halbe Gläser Rotwein für die Großen. Der Rauch von Darjas Zigaretten hängt immer schwerer zwischen ihren Sätzen. Michałs Schweigen füllt den Raum. Trotzdem bleiben alle sitzen. Rauchen. Trinken. Schweigen. So viel verstehe auch ich; etwas ist nicht gut und wird nicht besser vom Reden. Irgendwann erinnert sich Mamusia: Geh ins Bett, *kiciuś*, ich komme dann nach. *Zaraz*, sage ich: gleich. Erst als Darja seufzt und aufsteht, gehen auch wir ins Bett, Mamusia und ich. Durch den knarrenden Flur, in dem es nach Kälte riecht und Kohle. Im Gästezimmer ziehen wir uns aus, kriechen in die Betten, rollen uns zusammen und warten auf die Wärme. Ein Gefühl von Wichtigkeit kribbelt in mir: dieses kalte Zimmer und die Wärme in meiner Höhle zwischen Matratze und Federbett, Mamusias Atem, Andrzejs plötzliches Schnaufen, Darja und Michał, die im ofenwarmen Zimmer unter uns das Sofa aufgeklappt haben und die bestimmt jetzt auch schon schlafen, Michałs Bilder, die hinter dem Sofa an der Wand lehnen, alte Laken zum Schutz darüber. Unverkäuflich. Ich lächle

in meiner Federbetthöhle. Das alles verwandelt sich in etwas, das ich nicht verstehe; ich lächle den Schlaf an, der näher kommt, behutsam.
Als ich aufwache, denke ich erst, dass Mamusia aufs Klo gegangen ist. Ich höre Reden, Frauenstimmen; das ist Darja. Aber Mamusia kommt nicht zurück. Von unten knarrt es, das muss der Flur sein. Ich horche. Nichts. Nur hin und wieder Stimmen von unten. Es ist dunkel, aber vom Treppenhaus scheint das Nachtlicht in die Öffnung der Tür. Ich setze mich auf, muss zittern, so kalt ist es. Aufstehen, Anziehen. Ich muss mir das sagen, sonst würde ich so sitzen bleiben, zittern, horchen. Ich befehle es mir: Steh auf! Zieh dich an! Andrzej schläft noch. Die Treppe, fremd im Nachtlicht, wartet, dass ich falle. Ich klammere mich fest am Geländer, setze Fuß vor Fuß. Jetzt durch den Flur, durch den Wintergeruch nach Kohle. Sie sind im Ofenzimmer, ich sehe das Licht unter der Tür, höre sie reden. Aber nein, ich mache die Tür auf, sie reden nicht. Sie sitzen, Darja auf dem Sofa, im Bademantel, Michał auf dem Stuhl, angezogen, die Unterarme auf die Oberschenkel gestützt. Mamusia kniet. Sie kniet auf dem Boden, im Schlafanzug. Eine Wolljacke um die Schultern. Die ist von Michał, eigentlich. Alle um das Radio herum, das auf dem Sofatisch steht. Nur das Radio spricht. Mamusia hält ein Ohr an den Lautsprecher. Ihr Knien, ihr vorgebeugter Oberkörper: wie damals, als es ihr so schlecht ging. Wie damals, als Tata dachte, er muss das Krankenhaus anrufen, mitten in der Nacht. Und nur Darja sieht mich. In den Augen ein Erschrecken, dann Mitleid. Sie sagt nichts. Die Wanduhr zeigt ein paar Minuten nach sechs. Viel

zu früh, um aufzustehen an einem Sonntag. Was ist denn, frage ich. Mamusias Arm schießt vor, Abwehrhand: Sei still! Darja klopft auf das Sofapolster neben sich. Ich komme zu ihr, setze mich. Mamusias Gesicht. Fremd. Darja legt den Arm um mich. Das Radio redet, kratzend, zwischendurch rauschend. Eine Männerstimme. *Boże mój*, flüstert Mamusia. Darja sagt mir ins Ohr: Sie haben das Kriegsrecht verhängt. Ich hole das Telefon, sagt Michał. Er steht auf, geht zur Fensterbank beim Ofen, holt den Apparat. Die Schnur zieht sich durchs Zimmer. Ruf ihn an, sagt er zu Mamusia, versuch's einfach. Mamusia, starrer Blick, wählt, presst den Hörer an das freie Ohr, schüttelt den Kopf, legt auf, wählt wieder, horcht, schüttelt den Kopf. Die Leitung ist tot, flüstert sie. Sie legt auf, sieht uns an. Darjas und Michałs weiße Gesichter und meins. Aber Mamusias Gesicht ist anders geworden. Nicht mehr fremd. Es ist ruhig. Ich weiß, so ist sie, wenn jemand sehr krank ist und wenn man viele Dinge schnell hintereinander machen muss, damit er wieder gesund wird. So wie bei mir. Miriam, wir können Tata nicht erreichen, sagt Mamusia. Wir müssen zurück, schnell, pack deine Sachen.
Aber du weißt doch gar nicht, sagt Darja, was auf den Straßen los ist, jetzt.
Lass sie gehen, sagt Michał, besser jetzt als später. Jetzt ist das alles auch für die noch neu.
Ich muss zu meinem Mann, sagt Mamusia.
An diesem Morgen helfe ich ihr. Ich packe nicht nur meine Sachen. Ich packe auch alles ein, was Darja mir gibt, hier, sie flüstert, Linsen, die sind noch vom letzten Mal aus Ostberlin. Ich nicke und laufe. Mamusia

hat sich angezogen, aber nicht gewaschen, das gab es noch nie. Michał trägt unsere Koffer nach unten.
Wir telefonieren, sobald es geht, Ania.
Mamusia antwortet nicht. Darja ist in der Küche. Mamusia und Michał stehen im Flur, zögernd, weil der Abschied beginnt; erst da kommt Darja zurück zu uns. Ihr Gesicht so nackt. Sie bringt uns zwei Thermoskannen mit Kaffee und Kakao und ein paar geschmierte Brote, in Brotpapier gewickelt. *Duszka*, sagt Mamusia. Passt auf, sagt Darja, immer wieder: Passt auf euch auf. Michał schweigt. Am Ende umarmt er uns. Er riecht nach Tabak und Wärme. Darja hat ihren Geruch verloren. Sie ist auch nicht mehr schön. Sie schluchzt. Ich will nicht, dass sie so ist, und doch kann ich nicht wegsehen.
Jeszcze Polska nie zgineła ... póki my ... zyjemy.
Mamusias Gesicht wird weich, für einen Moment. Dann gehen wir, alle drei, hinaus auf die Straße, zum Auto. Mamusia, auf dem Fahrersitz, dreht sich um, gibt mir einen Becher voll mit heißem Kakao. Ich trinke. Noch einen, sage ich. Nein, sagt Mamusia, das muss noch reichen. Darja wickelt mir eine Decke um die Beine. Dann küsst sie mich und Andrzej, der dick eingepackt neben mir schläft, und schlägt die Autotür zu. Sie geht zurück zum Haus, sieht sich nicht um. Nur Michał bleibt stehen, die Hände in den Taschen. Wir fahren los, langsam. Mamusia schaut in den Rückspiegel; aber sie winkt nicht. Niemand winkt. Nach der ersten Kurve fährt Mamusia schneller. Schlaf ein bisschen, sagt sie zu mir. Ich will nicht. Ich will das Kriegsrecht sehen. Aber da ist nichts, nur ein grauer Himmel und Schnee.

Bevor wir heimkommen, fast sind wir schon da, wir fahren durch Szczecin nach Warszewo, sehe ich doch noch das Kriegsrecht. Schneematsch überall. Wir halten an. Ein vereinzelter Panzer wälzt sich von links nach rechts durch die Windschutzscheibe. Mamusia wartet, bis er verschwunden ist, dann fährt sie weiter. Sind das die Deutschen, frage ich. Nein, sagt Mamusia. Dann sind das die Russen, sage ich. Da sitzt jedenfalls ganz sicher keiner drin, sagt Mamusia. Aber wer ist denn dann einmarschiert? Niemand, sagt Mamusia, wer will hier schon einmarschieren. Ich frage nichts mehr. Jetzt sind hier eben Panzer unterwegs. Sonst sind wenig Leute auf den Straßen. Aber es ist ja auch Sonntag. Als wir den Kiesweg zu unserem Haus hochfahren, ist hier nichts verändert, erst einmal. Nur Tata, der uns die Tür aufmacht, ist kleiner als sonst. Wir steigen aus. Mamusia umarmt ihn auf der Schwelle, und er klammert sich fest an sie. Sie macht sich los, schaut ihn an, ihr Krankenschwesterblick. Mamusia wendet sich ab, geht zurück zum Auto. Hol Andrzej und geh rein, sagt sie zu mir. Mach Tacie einen heißen Tee mit Zucker, wenn welcher da ist. Ich muss zu den Brauns, Darjas Linsen umtauschen. Wir brauchen Fleisch und Eier im Haus.

*

Ich erzähle diese Dinge nicht. Wozu auch. Aber Selina, sie schüttelt ihr Haar, spitzt die Lippen, war auf dem Taksim-Platz. Sie pustet in den Kaffeebecher, Leute, ihr glaubt nicht, was da los war. Alle wissen das, nicht nur ich und die Truschke, auch Peter, sein Lächeln, Mumm hat die ja, deine Selina. Selina, umringt von

Einsatzwagen und Miliz. Nur einmal für zwei Wochen, aber das reicht. Sie ist durch ein Zeitungsbild gelaufen, wenn auch nur am Rand. Seitdem ist sie im Recht. Finde ich gut, Karsten an der Kaffeemaschine, dass du Verantwortung übernimmst, nicht nur drüber redest. Schlagartiges Schweigen, ich stehe in der Tür, hallo, Kaffekränzchen, mit mir hat keiner gerechnet. Gemütlichkeit in der Institutsküche, wie für ein Gruppenbild ohne Chefin: Karsten, er pustet, hallo, nippt an seinem Kaffee, an den Kühlschrank gelehnt, ein Mann in seiner Pause. Sein Blick kurz bei mir, dann wieder auf Selina, ein Blick wie ein Segen. Die thront auf der Bank, wie macht die das, so thronen, die sitzt nicht mal gerade. Sonja, die Füße auf dem Tisch, mit dem Rücken zur Heizung, gerade hat sie noch gekippelt. Hans hockt auf der Tischkante, rührt Joghurt in sein Müsli, ein Nicken zu mir, dann, recht hast du, Karsten. Hey, ich musste was tun, sagt Selina. Genau, nicht nur drüber reden, Hans legt sein wichtiges Gesicht auf, Blick in die Ferne. Wissen, was Verantwortung ist, Hans in Rednerpose, das ist das eine. Verantwortung übernehmen, das ist das andere, darauf kommt es an. Marx, sage ich. Karsten guckt mich an und grinst. Immer ein Grinsen für den Letzten, der gesprochen hat. Selina, sie schaut nicht her, macht ein wütendes Gesicht, nicht wütend auf mich, allgemein wütend, ihre Wut für die Welt. Also, ich musste einfach dahin, Leute. Sonst wäre ich geplatzt. Sogar Sonja, kein Augenrollen diesmal, ich hab darauf gewartet, ruckt mit dem Kopf, ein Nicken wie Applaus. Ich stelle meine Tasse neben Hans' Hintern ab und gehe.

*

Einen Apparat der Anteilnahme, ich bin gerecht, gibt es auch für uns. Mit Kriegsrecht sind wir wer, sagt Tata. Aber Darja, zu Besuch mit Michał, schüttelt den Kopf, presst die Lippen aufeinander, rote Augen, und Mamusias Hand liegt lose auf ihrer Schulter. Paket nach Paket aus dem Westen. Aus diesen Paketen leben wir. Ich tanze durch die Küche, was gibt es denn heute. Wieder ein Karton auf dem Küchentisch, das braune Packpapier fest verschnürt. Paketband. Ein Widerstandsknoten, sagt Tata. Mamusias Lachen, Darjas Kopfschütteln, ich hole die Schere, gucke zu. Tata schneidet das Paketband durch, ein Augenblick, der feierlich schmeckt in der Erinnerung, nach Kaffee und Schokolade. Mamusia rollt das Paketband zusammen, packt es zu den Knäueln in die zweite Küchenschublade von oben. Auch das Packpapier faltet sie, so, wie sie die Hemden von Tata faltet, streichelnd. Michałs verlegener Blick. Zucker, sagt Mamusia, und ich packe das Päckchen, tanze zum Schrank. Kaffee. Kakao. Schokolade. Pudding. Erbsen. Reis. Alles geht durch meine Hände. Ich tanze. Brot, sagt Tata, die Hände im Karton. Darja öffnet den Mund, ich weiß, in dem Moment weiß ich, sie macht uns die Freude kaputt: Schwarzbrot! Das ist es, wofür die uns halten. Bauernvolk, grad so gut wie Vieh.
Michał senkt den Kopf. Ein Stier, den man geschlagen hat, mit einer Eisenstange auf den Kopf.
Das verstehst du falsch, sagt Mamusia. Die Deutschen mögen Schwarzbrot.
Darja steht auf, lacht, ein Auflachen, hart in die Luft gezeichnet. Sie streicht ihren Rock glatt, Hände, die älter sind, viel älter als Darjas Gesicht.

Du weißt so gut wie ich, was für Leute Schwarzbrot essen. Mamusia schüttelt den Kopf. Lass dir doch erklären ... Aber Darja weint, sie kann nicht aufhören zu reden: Bauern, die gerade mal ihren Namen schreiben können – dafür halten die uns. Seit neununddreißig. Andernfalls – ab ins KZ.
Es wird still nach diesen Sätzen.
Michał, komm – wir gehen.
Michał steht auf. Langsam. Nicht nur er, auch wir gehen Darja nach in den Flur. Tata hält noch immer das Brot in der Hand. In der Tür hebt Michał den Kopf, zuckt mit den Schultern, als Darja, sie ist schon draußen, sie stapft durch den Schnee, es nicht mehr sehen kann. *Przepraszam*, flüstert er. Sei lieb zu ihr, Mamusia flüstert auch, und hier, warte, sie läuft in die Küche, dann zurück: ein Rest weißes Mehl, mehr hab ich nicht. Aber schickt uns euer Schwarzbrot, wir essen es gern.

*

Toleranz mit anderen – das sagt Frau Behrmann nichts. Unserem geplanten Toleranzturnus hat sie in der Fakultätskonferenz äußersten Widerstand entgegengesetzt.

Thorsten Maus. Ausgerechnet.

MB: *Ich weiß mit Bestimmtheit, dass niemand aus meinem Team je auf der Fakultätskonferenz irgendwelche toleranzbezogenen Anträge gestellt hat.*

Thorsten Maus ist Tagesordnungspunkt fünf, ganz am Ende der Sitzung. Der neue Studiengang, Digitalisierung und Philosophie, wunderbar, Peters Stimme klettert tonweise nach oben, haben Sie das, Frau Dahlke, ja? Einstimmiges Votum dafür? Sehr gut. Peters Händereiben, und jetzt zu den Personalia, Tagesordnungspunkt vier. Klaus fängt an zu klatschen, Beifall flackert auf. Peter grinst, hebt die Hände, Handflächen nach oben, Unschuldsmiene. Ja, einige von Ihnen wissen das ja schon: Der Senat hat mich gefragt, ob ich bereit wäre, für den Vize-Rektoratsposten zu kandidieren. Tom neben mir klatscht am lautesten. Kurz vor der Sitzung, Tom auf der Treppe zum Sitzungsraum: Heute, Miriam, er holt mich ein, komme ich mit. Du und Fakultätskonferenz, ich lache noch. Jetzt, ein bisschen zu spät, klatsche auch ich, wieso weiß ich das nicht, das mit Peter, wusstest du davon, Tom. Tom, Blick nach vorn, nickt. Danke euch allen, Peter strahlt, ein Kleinejungenstrahlen, seine Stimme schwingt sich über das Geklatsche: Ich habe mir das lange überlegt, ist ja Arbeit, Gelächter kommt auf, aber dann, Schulterzucken, Hilflosigkeitsgeste, habe ich mich ergeben. Ich klatsche mit den anderen, flüstere: Tom, warum hast du mir das nicht erzählt? Ich dachte, Tom guckt mich an, verblüfft, du wüsstest das längst. Also, Peter grinst, hier bin ich, Kandidat fürs Vize-Rektorat, und falls das alles klappt – ernst jetzt, Blick in die Runde –, dann weiß ich natürlich, wo mein Zuhause ist, nämlich hier bei euch, in unserer gemeinsamen Fakultät für Geisteswissenschaften. Der Beifall wird lauter. Super! Ein Ruf von hinten. Ich drehe mich um, Selina, auf einem der Plätze für den Mittelbau hinten an der Wand. Mittelbausprecherin. Sie legt die Hände um den Mund, ruft lauter: Gratuliere! Tom neben mir, seine Hände, ich fand sie schön, immer schön, Pianistenhände, in diesem harten, ausgreifenden Klatschen. Danke, Leute, Peter lächelt, das reicht. Tagungsordnungspunkt fünf. Herr Maus, es geht um Toleranz. Thorsten Maus wirft seine Rastalocken aus der Stirn, rutscht mit dem Hintern Richtung Lehne. Stimme gewordener Dauertrotz: Nett, ich darf jetzt auch mal reden. Es geht nämlich, Griff über den Tisch, rechts oben stapeln sich die Aktenordner, um die unerträglich gewordene Situation der Studierenden und des Mittelbaus ... das sind ganze drei Ordner, warten Sie, hier irgendwo ... Da! Maus schwenkt einen Packen Blätter. Unsere Umfrage, sagt Maus, Studierende, Prädocs und Postdocs. Was wir, also ich, Hand in die Rastalocken, hier schon immer, nur, auf uns hört ja niemand ... Peters Grinsen, aber nicht doch, Herr Maus! Ich schaue weg. Diese Selbstverwaltungslogorrhö, Peter zu mir bei Fettucine und Pinot Grigio, unser Dienstagsessen, das ist das große Problem des guten Herrn Maus, und da halten wir es mal mit Schopenhauer: Mitleid mit der Kreatur. Peters Grinsen, nach Mitleid sieht das jetzt gerade nicht aus. Thorsten Maus schiebt seine Blätter hin und her. Ich hab hier was, das müssten Sie ... aber Sie als gut bezahlte höchste Statusgruppe ... Klaus, beide Hände flach auf dem Tisch, hat sich vorgebeugt, Abstoßposition: Könnten Sie bitte mal zum Punkt kommen? Genau diese, die Stimme des Thorsten Maus schraubt sich hoch, abfällige ... Blick aufs Blatt, das zuoberst auf dem Stapel liegt. Genau das wurde von einer Mehrheit der Befragten angegeben: dass sie mindestens einmal von einem Prof persönlich beleidigt wurden. Fünfzehn bis dreißig ... dreißig Prozent der Befragten leiden deshalb an psychischen und psychosomatischen Störungen wie ... Geraschel ... Depressionen, auch bedingt durch die unterträglichen Umstände eines neoliberalen Turbo-Wettbewerbs, der dem Auftrag der Universitäten, eine nachhaltige und solidarische Bildungsstrategie ... Peter, ernst, hebt kurz die Hand. Ich danke Ihnen für diesen besorgniserregenden Situationsbericht, den wir natürlich ins Protokoll mit aufnehmen. Frau Dahlke? Haben Sie das? Fünfzehn bis dreißig Prozent der Befragten geben an, psychische Probleme zu haben, ja? Sehr gut. Was wollen Sie zur Abstimmung geben, Herr Maus? Maus, spitzmündig: Der Antrag liegt vor. Wieder Geraschel, diesmal an den anderen Tischen. Na ja, Klaus murmelt, seit Mitternacht. Klaus und ich, wir lächeln uns zu, tatsächlich, Klaus und ich. Kurze Pause in den Satzschlingen des Thorsten Maus, die durch die Sitzungsluft wie Algen im Tümpelwasser wabern ... haben mit der Verwaltung und vor allem dem Betriebsrat gesprochen, und die stimmen uns zu. Maus hustet, ein kurzes, militärisches Husten, hebt die Stimme: Ein Toleranzturnus muss her! Geraschel. Ein Toleranzturnus wird dem gesellschaftlichen Auftrag der Universität, einen nachhaltigen und solidarischen Beitrag zum Gemeinwesen ... Geraschel ... der Gesellschaft zu leisten, durch thematische Schwerpunktsetzung in allen Veranstaltungen, also, Solidarität, Toleranz ... und Nachhaltigkeit ... Folge leisten. Klaus, er hat tatsächlich zugehört, Gott sei Dank, ich bin hier nicht allein, hebt die Hand: Ich glaube kaum, dass sich eine solche Schwerpunktsetzung, solidarische Logik, tolerante Logik, nachhaltige Logik, hier durchführen lässt. Grinsen in den Reihen, selbst Peter schmunzelt. Ja gut, Maus schüttelt seine Rastalocken, dann halt ohne Logik. Lautes Lachen, nur Tom bleibt ernst. Jemanden auslachen, Tom tut das nie. Dein Partner, Mamusias Stimme in meinem Kopf, hat Prinzipien. Sie steht im Bademantel im Flur, ich barfuß vor ihr, es ist unser erster, unser einziger Besuch in Szczecin-Warszewo zu zweit, Tom und ich. Mamusia, ich kann jetzt nicht an dich denken. Peters Stimme wie zu einem Kind: Reden Sie weiter, Herr Maus. Maus schiebt sein Kinn vor: Die Schwerpunktsetzung in allen Veranstaltungen, und das Aussetzen, zwecks Bewusstseinsschaffung, des neoliberalen Instruments der Notengebung in einem Turnus von, sagen wir, jährlich, das wäre dann der Toleranzturnus, den wir hiermit zur Abstimmung geben. Wunderbar, vielen Dank, Peter blickt in die Runde, möchte irgendjemand etwas sagen? Tom tippt auf seinem Smartphone. Klaus wirft mir einen Blick zu, wir sind uns einig. Aber drüben gehen Köpfe hoch und runter. Zwei Nicker aus der Verwaltung, noch zwei Nicker bei den Pädagogen. Zwei, vier, vielleicht sechs gegen zwei für den Antrag, das sieht nicht gut aus. Ich hebe die Hand. Herr Maus – meine Stimme schneidet meine Sätze zu, präzise –, wenn ich Sie richtig verstehe, glauben Sie, der Verzicht auf Bewertung sei solidarisch. Thorsten Maus, er breitet seine Hände auf der Tischplatte aus, rutscht noch weiter in Fläzposition: Solidarität gilt den Schwachen! Herr Maus, ich bin ganz ruhig, ein Dauerstudent, der es sich leisten kann, nicht zu lernen, ist nicht schwach. Ein Glucksen von Klaus. Die meisten anderen gucken

nach unten, eingefrorene Mienen, Hände, die mit Stiften spielen. Zwei der Pädagogenköpfe gehen aus der nickenden in eine wiegende Bewegung über, als hätten sie überhaupt nie genickt, nur für dieses Wiegen Schwung aufgebaut. Peter, ich denke, der ruft jetzt zur Abstimmung auf, beugt sich vor. Aber Maus fläzt sich in seine Stimme: Noten, Bewertung – das ist Gewalt. Epistemische Gewalt. Peter, ernst, hat hin und her geguckt zwischen uns, hebt beide Hände: Wer ist für den Antrag, einen Toleranzturnus einzuführen? Zwei, vier, sechs, danke. Wer ist dagegen? Zwei, vier, sechs, auch sechs. Gut. Wir werden eine Kommission einsetzen. Frau Behrmann, Herr Maus, Sie beide ... Ich packe meinen Ordner in meine Tasche, nicke in die Runde, stehe auf. Tom bleibt sitzen. Niemand sagt etwas. Ich gehe zur Tür, auf keinen Fall, sage ich, werde ich einer solchen Kommission angehören.
Der Schlüssel im Schloss, dreimal Rasseln, dann Toms Schritte im Flur, schwerer als sonst. Er will, dass ich ihn höre, auch, falls ich schlafe. Ehemanns Heimkehr. Das Klimpern der Bügel in der Garderobe, Wasserrauschen im Bad. Wieder Schritte. Tom, in Geräuschen wirkt er größer als in der Stille. Im Türrahmen, in der Hand den Schlüssel, willst du noch mal weg, nein, natürlich nicht. Er lehnt sich gegen den Rahmen. Hier bist du also, Miriam. Wir sehen uns an. Sich wieder verbinden: zwei Müdigkeiten, die wie Wasserfarben ineinanderlaufen. Tom ... Seinen Namen, mehr schaffe ich nicht. Sein Blick bricht meinen ab, er guckt an mir vorbei auf meinen Bildschirm. Miriam, sieh mal. Wir haben lange geredet, Peter und ich; er meint es nur gut. Ich im Lichtkegel der Schreibtisch-

lampe, Tom im Flurlicht. Dazwischen zwei Meter, vielleicht. Wie viele Schritte sind das, zwei Meter. Meine Stimme, auf einmal: Dann geh doch, lauf über! Er dreht sich um, ein Klopfen, kurz, auf den Rahmen der Tür, dann seine Schritte im Flur, die Küchentür. Tatsächlich: Tom kocht.

*

Mamusia. Im Lichtkegel der Schreibtischlampe: dein Bild. Tatas Wolljacke um die Schultern, halb im Profil, am Esstisch im Salon, Tata sagt Stube, dort ist es selbst im Sommer kühl. Du wendest den Blick vom Fenster ab, schaust halb und halb in die Kamera. Dein prüfender Blick, gleich ein Lächeln. So kenne ich dich. Stattdessen ein Blick wie ein Messer: Dein Partner hat Prinzipien. Im Bademantel im Flur, das Haus in Szczecin-Warszewo. Was ist denn, Mamuś, meine tastende Stimme, aber ihre Schulter stößt an meine, was soll sein, das Klatschen der Füße auf den Dielen. Vorbei an mir. Was ist denn passiert. Und Tom das erste Mal hier, mit mir. Wieso Prinzipien, was ist schlecht an Prinzipien. Im Wohnzimmer, die Stehlampe brennt noch, Tata mit Buch im Schoß, es ist elf, aber er geht noch nicht schlafen. Sein Finger im Buch, sein Blick ein Blinzeln, wie immer: Noch auf, *kiciuś*? Ein Frösteln wie ein Blitz, nicht nur die Haut, mein Fleisch, mein Denken. Was soll das, Tränen auf einmal, wie ein Kind. Komm, Tata steht auf, seine Hand auf meinem Arm, so führt er mich, ab mit uns beiden, in die Küche. Tata, der mir heiße Milch macht. Nicht Mamusia. Tata, der weiß, wo der Milchtopf steht. Jeder Griff kurz bedacht, dann ausgeführt. Die Schubladen, die

Schranktüren klappern leiser, als wenn Mamusia hier stünde. Die Zurückhaltung der Dinge. Als wäre alles, was Tata hier tut, nur vorläufig.
Was hat sie dir gesagt?
Dass Tom Prinzipien hat. *Tatuś*, sie war ...
Ich weiß. Setz dich. Trink.
Tata, was hat sie bloß?
Was dein Partner gesagt hat, *kiciuś*, über die Regeln ...
Welche Regeln?
Tata lehnt am Herd, Blick auf seine Pantoffeln, zwischen den Sätzen hoch zu mir, ein schnelles Lächeln, dann wieder nach unten.
Dass in Österreich alles irgendwie geht, wenn man seine Beziehungen spielen lässt. Und dass das nicht gut ist.
Ja, und? Tata, was bitte ist denn daran falsch?
Nichts, *kiciuś*. Nur, dein Dziadek hat dasselbe gesagt, vor sehr vielen Jahren, da wollte deine Mutter Medizin studieren: Dass es nicht gut ist, wenn man Beziehungen spielen lässt, anstatt sich an die Regeln zu halten.
Und?
Und daran hat dein Partner sie eben erinnert.
Dein Partner. Auch Tata sagt nicht: Tom.
Tata, ich verstehe dich nicht. Wir schweigen. Tata, der mich anschaut, als überlege er, was er mir sagen will und was nicht.
Du erinnerst dich an deinen Dziadek?
Das tue ich: ein Haus mit großen Türen. Stille, die auf Regalen, Sesseln, Bücherstapeln liegt. Jedes Ostern meiner Kindheit fahren wir dorthin. Mamusia klingelt, die Tür fliegt auf. Babcias Jubelruf, *moje dzieci!* Babcias Arme um Mamusia, um Tata, dann mein

Kopf an ihrem Busen. In der Tür zum Speisezimmer steht Dziadek, klein, ziegenbeinig. Mit Mühe steht er dort, die Arme abgespreizt, ein Lächeln über seine Müdigkeit gebreitet wie am Sonntag das Tischtuch über den Tisch. Immer ist er schon aus seinem Sessel aufgestanden, immer ist er uns schon entgegengekommen, wenn wir uns mit Babcia im Flur umarmen, Küsse knallen, *chodź, szybko*, uns die Schuhe abstreifen. Immer steht er schon da, im Aufschwingen der Tür zum Speisezimmer. Ein Blick, der uns kurz und sanft berührt und weiterzieht, über unsere Scheitel hinweg. Immer stehen wir, die Ankömmlinge, in einer Landschaft der Erinnerung, die sich hinter uns für Dziadek öffnet.
Ja, Tata, ich erinnere mich.
Gut. Dann sage ich dir jetzt, was mir deine Mutter erzählt hat. Sie haben zu dritt im Speisezimmer gesessen, deine Mutter, gerade neunzehn, sie will studieren, deine Babcia und Dziadek. Geh zum Dekan, sagt deine Babcia, sprich mit ihm, und dein Dziadek sagt, nein, das ist gegen die Regeln. Deine Babcia hat danach geschwiegen, das ganze Essen über kein Wort.
Ich lache. Kann nicht sein, Tata, nicht Babcia.
Kindchen, es gibt so ein Nein, nach dem man nicht mehr spricht. Auch deine Mutter hat nur einen einzigen Satz gesagt: Du hast recht. Danach nur noch das Klirren der Löffel. Kannst du dir vorstellen. Dieses große Haus und dieses alte Porzellan, Silberbesteck, alles von vor dem Krieg. Stolz ist dein Dziadek auf sein Haus nie gewesen. Dinge, und dann diese wegwerfende Handbewegung, weißt du noch, wie er die immer gemacht hat: alles nur Dinge. Aber der Dekan, der kam schon

sehr gern zu Besuch und aß von diesen Vorkriegstellern. Er hätte deiner Mutter einen Studienplatz besorgt. Ich bin mir sicher. In den Nächten hat dann auch deine Babcia auf deinen Dziadek eingeredet. Viele Male. Deine Mutter hat im Flur gestanden, barfuß und frierend, mit dem Ohr an der Tür hat sie gehorcht. Hat sich geschämt, hat sich fürchterlich geschämt, und hat gehorcht. Das einzige Mal in ihrem Leben. Dann, irgendwann, wurden die Nächte wieder still. Es wurde nicht mehr über diese Sache gesprochen, zwischen deiner Babcia und deinem Dziadek nicht und erst recht nicht zwischen den beiden und deiner Mutter. So war das eben. Deine Mutter ist eine gute Krankenschwester geworden. Ein Punkt in der Aufahmeprüfung hat ihr gefehlt. Genau ein Punkt. Ein Punkt mehr, und sie hätte studiert. Oder wenn dein Dziadek ein Arbeiter gewesen wäre, oder wenn er ein Bauer gewesen wäre, wie mein Vater. Deine Mutter hätte Punkte zusätzlich bekommen, ganz offiziell, als Kind eines Bauern oder eines Arbeiters. So war das damals, das waren die Regeln. Für eine gerechtere Gesellschaft. Deswegen, und nur deswegen, ging dein Dziadek nicht für deine Mutter zum Dekan: weil es Regeln für eine gerechtere Gesellschaft waren. Im Küchenfenster sperrt die Nacht uns ein, Tata und mich. Noch eine Milch, *kiciuś*? Ich schüttle den Kopf. Tatas blinzelnder Blick auf meinen nackten Füßen. Sie wird sich wieder … Er hebt eine Hand, lässt sie fallen. Mein Versuch zu lächeln.
Sie hat Dziadek nie verziehen, oder?
Er dreht den Kopf zum Fenster: Doch, das hat sie. Sie hat ihm sofort verziehen. Schon in dem Moment, in dem sie gesagt hat: Du hast recht.

Tata, das glaube ich dir nicht. Verzeihen bedeutet, es tut nicht mehr weh.
Tata hebt den Kopf, hört auf zu blinzeln. *Kochanie ...* Er steht auf, die Mühe des Aufstehens, und kommt auf mich zu. Eine Hand auf meiner Schulter: *moja kochanie ...*definiere Verzeihen.

*

Auch hier: ein schwarzes Fenster. Ein Gespenstergesicht, mit Kerben links und rechts der Nasenflügel. Besser Blick auf den Bildschirm. Ein Pochen, ein Druck hinter den Lidern.

Ausschnitt 9: Es geht mir nicht darum, meine Doktormutter anzuschwärzen, wie einige behaupten (ich weiß, dass Frau Behrmann so etwas über mich verbreitet). Mir geht es darum, Machtmissbrauch zu bekämpfen. Ich mache das nicht für mich, sondern für alle, die bei Frau Behrmann Betreuung erhoffen und die stattdessen – ja, gequält werden. Eine musste mal aufstehen und die Stimme erheben!

Stille wie Tiefseewasser, ich unter Wasser. Druck auf den Ohren. Was soll das jetzt, schon wieder Körpertheater. Ein um Hilfe hämmerndes Herz. Nichts da. Ruhig, Herz.

Zweimal bin ich voll in Tränen ausgebrochen in ihrem Büro!

Karsten, Sonja, Hans, alle in der Institutsküche versammelt, ein Jahr in etwa ist das her, ich nicke, hallo zusammen, aber nur weiße Gesichter, die drei gucken

sich an, und dann: Selina hat geweint. Wieso denn das?
Ich schaue von einem zum andern, Achselzucken, abgewandte Blicke. Schließlich ein Räuspern, Karsten: Sie ist eben vorbei, rein ins Büro, Tür zu. Ich habe geklopft; sie macht nicht auf.
Karsten, Sonja, Hans – eine Mauer aus Vorwurf. Dabei war ich es doch, die eben noch, ruhig, Miriam, ruhig, am Fenster im Büro gestanden und nach Luft geschnappt hat. Atemübungen, nachdem Selina, tschüss dann, aus der Tür ist. Zwanzig Minuten bei mir im Büro. Ich habe das nicht kommen sehen. Heute morgen noch, beim ersten Kaffee, Sonja, Hans und ich, wir nicken uns zu, Karsten, hallo, bin ich zu spät, reibt seine Hände, klamm vom Weg mit dem Rad durch den Regen, hinter ihm Selina, ihre Tasche fliegt auf die Bank. Hey Leute, meine Haare sind nass! Ich müsste echt mal anfangen, Kopftuch zu tragen. Gelächter, am lautesten Karsten, na warte, Griff zum Küchenhandtuch, er rubbelt Selina das Haar. Selina, auch sie lacht, windet sich aus seinem Griff, gib schon her, Mann, trocknet sich ab. Gute Stimmung auch beim Lunch: Heute, Selina hebt ihr Saftglas, ist ein guter Tag. Nachher, ich bin schon wieder am Schreibtisch, die nächste Abgabefrist ist morgen, ein Klopfen. Hey, kann ich rein? Selina, die in der Tür steht, unangemeldet, hallo Chefin, ein Lächeln schief im Gesicht, nicht ihr übliches Strahlen, eher keck, wie ein Pulli, der schief über die eine Schulter herabhängt. Hey, kann ich dich mal sprechen. Ich nicke.
Bitte kurz, ich habe zu tun.

Selina am Besprechungstisch, ein Bein über das andere, wippender Fuß, die Lippen gespitzt wie zum Pfeifen. Ich stehe auf. Ein letzter Blick auf den Bildschirm, das hier ist meine Schreibzeit, eigentlich. Zwei Schritte quer durch den Raum, und ich setze mich zu ihr.
Ich höre?
Selina pustet Luft durch die gespitzten Lippen, schaut mich an, ich weiß nicht, Chefin, wie ich anfangen soll. Blick zur Decke, sie seufzt. Ich glaube, ich brauch grad noch 'nen Moment ...
Selina, ich hab nicht viel Zeit.
Okay, gedehnte Stimme, dann versuch ich's mal. *Gee*, ist das schwierig. Sie lacht. Dann ihr Blick, schief gelegter Kopf, hey, das sagt es doch eigentlich schon, oder?
Was sagt was?
Wie schwierig das ist.
Promovieren? Das ist normal, Selina.
Genau das meine ich, Miriam.
Was meinst du?
Wie du mit mir redest.
Ich starre. Wie bitte?
Wieder bläst Selina ihre Backen auf, ein Pusten, Seufzen, Mann, Chefin, mach es mir doch nicht so schwer.
Selina, ich glaube, wer es schwer macht, bist du.
Nee, Chefin, das sehe ich anders. Deine E-Mail zum Beispiel ...
Hör mal, ich schreibe jeden Tag um die vierzig, fünfzig –
Die Mail gestern um sieben Uhr morgens. Selina setzt sich aufrecht, Rücken durch, Kommandostimme: »Kannst du bitte in der Logikübung ein paar Beweise

mit dem modus tollens durchrechnen.« Dann Blick auf mich: Also echt, Miriam, das ist doch keine Augenhöhe. Eine Mail zum Frühstück ... und klingt wie, ja, eine Anweisung eben.
Ich, Rücken an die Lehne, beide Füße auf den Boden, sage: Selina, es wird dich vielleicht erstaunen zu hören, dass ich als deine Chefin tatsächlich berechtigt bin, dir Anweisungen zu erteilen. Ich lächle.
Selina, pralle Backen, lautes Pusten, wow, okay ... Ja, okay, Selina. Wir können darüber gern ein andermal sprechen, wenn du einen Termin bei mir machst, aber jetzt, ich stehe auf, gehe zum Schreibtisch, muss ich dich bitten, zu gehen.

MB: *Wenn Selina geweint hat, dann nicht vor mir.*

Zeile um Zeile. Die nächste Minute. Wieder die nächste.

Beigelegt finden Sie das Bild eines kurzen Ausschnitts aus einem Diskussionsbeitrag von mir, den Frau Behrmann für unsere Lehrstuhlrunde verlangt hat, mit Kommentaren von Frau Behrmann selbst. Ich nenne es für mich das Wimmelbild der Erniedrigung.

»Verantwortung« beginnt mit der Vorsilbe »-Ver«. Laut Duden und Wictionary [MB: Keine legitime wissenschaftliche Quelle] bedeutet diese Vorsilbe, dass jemand oder etwas sich verändert, oder dass auf jemanden oder etwas ein starker Einfluss ausgeübt wird, vielleicht sogar bis zur Zerstörung [MB: Zwei verschiedene Bedeutungsvarianten vermengt], oder dass ganz allgemein das Wort eine negative Bedeutung hat. [MB: Sogar in Wictionary – und im Duden – ist vermerkt (sic!), dass die Vorsilbe »-ver« in vielen Fällen keine besondere Bedeutung impliziert. Darüber hinaus ist die Auflistung der möglicherweise implizierten Bedeutungsvarianten hier unvollständig.] Daraus folgt [MB: Fehlschluss; siehe oben. Bedenke auch unser Gespräch zur Übersetzbarkeit von »Verantwortung« in andere Sprachen, hinsichtlich derer keine analogen Überlegungen zu etwaigen Vorsilben möglich sind], dass Verantwortung etwas Negatives auslösen kann [MB: Wieder Vermengung verschiedener Bedeutungsvarianten; unbeholfener Ausdruck]. Trotzdem [MB: Was soll hier eigentlich gesagt werden? Stoßrichtung des Arguments ist unklar] ist Verantwortung in unserer Gesellschaft [MB: Nur in unserer? Begründung?] unverzichtbar [MB: Für wen? Begründung?].

MB: *Ebendieses Bild wurde von Frau Aksoy bereits im Rahmen des uns betreffenden Schlichtungsverfahrens (Ordnungsnummer MB_SA_20180607_001) vom Sommer diesen Jahres vorgelegt. Ich habe im protokollierten Mediationsgespräch in Anwesenheit der Kollegin Frau Radke bereits ausführlich dazu Stellung genommen. Auf die Herausgabe einer Kopie des Protokolls habe ich, zuletzt über meinen Anwalt, mehrfach gedrängt. Dennoch liegt mir dieses bis dato nicht vor. Deshalb möchte ich an dieser Stelle nun die Gelegenheit nutzen und auf meine mittlerweile im zweistelligen Bereich liegende Anzahl an unbeantworteten E-Mails an die Schiedskommission und den Betriebsrat verweisen, die sämtlich dieselbe Frage stellen: Auf welchem Stand befindet sich seit dem Mediationsgespräch vom vergangenen März das Schlichtungsverfahren? Wurde es, wie es den Anschein hat, ohne Abschlussbericht abgebrochen, um dem Betriebsrat und dem Rektorat ein Suspendierungsverfahren und weitergehende Maßnahmen gegen mich zu ermöglichen? Entspricht dies den geltenden Richtlinien für Beschwerdefälle an dieser Universität?*

Das Mediationsgespräch im Verwaltungsgebäude, neutraler Boden. Die Radke und Selina, es ist jetzt kurz vor zehn, sind noch nicht im Raum. Frau Dahlke, ein Lächeln, guten Tag, Frau Behrmann, schließt die Fenster, rückt Stühle zurecht. Der Sitzungsraum, Blumen auf dem Tisch, ansonsten kahl, ist ungeheizt. Ich hätte das wissen, ich hätte das Wolljackett anziehen müssen. Wer friert, wirkt schwach. Die Dahlke setzt sich, öffnet ihre Mappe, fängt an zu schreiben: Namen, Datum, erste Sitzung zum Schlichtungsverfahren. Ich stehe am Fenster. Blick in den blätterzerrenden Wind. Frau Behrmann? Möchten Sie Kaffee? Die Dahlke steht schon wieder auf, und ich, kann ich das noch, lächle sie an. Gern. Fast auf Zehenspitzen geht sie aus dem Raum. Nicht allein sein müssen mit einer wie mir. Aber die Tür, kaum geschlossen, fliegt wieder auf. Selina, kopfüber, sie schüttelt ihr Haar aus, richtet sich auf mit Schwung. Dann, nur ein Augenblick, prallt sie zurück. Nicht Frau Dahlke, sondern ich, ihr gegenüber. Selina verzieht ihren Mund, hallo, fieses Wetter, wirft sich in einen Stuhl. Nichts mehr soll sie von mir bekommen. Nicht ein Wort. Puh, bin ich gerannt! Das kann doch nicht sein, dass die so ...Ein Programm, oder was, das die abspielt, ein Notprogramm. Mein Gesicht hart wie ein Kiesel. Sie schaut mich an, fast ein Blinzeln, hey, das stresst mich total, das alles, dich bestimmt auch, oder? Mein Blick gegen ihren, diesmal ist sie es, die wegschaut. Sie nestelt an den Riemen ihrer Tasche. Hör mal, Chefin, manchmal braucht man mal jemand von außen ... Frau Dahlke, Kaffeekanne in der Hand, erschrockener Blick, da sind Sie ja schon, Frau Aksoy. Diese Entschiedenheit, mit der sie zum Tisch marschiert, diese ganze Emsigkeit – die Dahlke hat was wiedergutzumachen. Das war nicht vorgesehen, uns miteinander allein zu lassen, Selina und mich. Hinter ihr die Radke, lila Schuhe wie immer, ein zweifaches Nicken, Frau Behrmann, Frau Aksoy. Schritt zum Tisch, hier sind Kaffeebecher. Die Radke marschiert quer durch den Raum, setzt sich an den Kopf des Tisches. Mappe raus, Stift raus, Kopf hoch. Sie mustert uns. Selina, ihr ganzer Körper fliegt herum, hal-lo, sie strahlt, tatsächlich, wow, Kaffee, das ist so aufmerksam von Ihnen! Frau Dahlke, sie lächelt mit Vorsicht, schenkt vier Becher ein, den ersten für Selina. Die pustet, versenkt ihren Blick im Becher. Gut so, ich will den nicht auf meinem Gesicht. Die Dahlke setzt sich, streicht über die geöffnete Mappe, Stift in die Hand, dann Blick zur Radke. Die nickt. Fangen wir an. Das Schlichtungsverfahren ist eröffnet. Wir gehen folgendermaßen vor: Zuerst erhält Frau Aksoy Gelegenheit sich zu äußern, danach Frau Behrmann. Die Radke faltet beide Hände auf ihrer Mappe. Sie schaut uns an; ich denke: Schildkrötenblick. Wie oft macht die so was, aber vielleicht ist das gut, Routine sozusagen, vielleicht ist das alles normal. Die Radke fasst erst mich ins Auge, dann Selina. Ich bitte Sie beide, sich jeweils kurzzufassen. Und sprechen Sie

langsam; Frau Dahlke hier, die Radke ruckt mit dem Kopf, muss alles protokollieren. Dann, ihr Blick hellt sich auf, ein Lächeln, nickt sie Selina zu: Legen Sie los, Frau Aksoy. Wieso so aufmunternd, aber ich sage nichts, starre die Wand an, dreckiges Beige, über Selinas Scheitel. Also, Selina schiebt sich, ihren Stuhl, weg vom Tisch. Mehr Abstand, aber auch den Blick frei für die Radke auf ihre Wildlederhose, den gemusterten Gürtel, Schlangenleder, orangefarben wie Selinas Stiefeletten. Sie schlägt die Beine übereinander, dreht ihren Stiefelettenfuß in der Luft hin und her, starrt auf ihre eigene Bewegung.
Das läuft halt grad nicht gut mit Frau Behrmann, und ich fand, dass wir mal Hilfe brauchen.
Hilfe, sagen Sie?
Die Radke, Griff nach einem eingeklebten Lesezeichen, blättert eine Seite auf.
Ich lese das mehr als Beschwerde. Als Grund geben Sie an, Frau Behrmann übe verbale Gewalt gegen Sie aus. Entspricht das dem, was Sie uns heute sagen wollen?
Selinas Hände im Schoß, wie Igel, die sich zusammenrollen. Hat die nicht gedacht, dass die Radke sie zitieren wird. Die Dahlke, aufgerissene Augen, beugt sich vor: Nehmen Sie sich Zeit, Frau Aksoy, niemand setzt Sie hier unter Druck. Das hier, Blick in die Runde, ist ein geschützter Raum. Selina drückt den Rücken durch.
Danke, Frau Dahlke, das hilft mir total. Na ja, wenn verbale Gewalt ins Spiel kommt, dann braucht man halt schon Hilfe, oder?
Ich glaube das nicht, die behauptet tatsächlich, hier in einem Raum mit mir ... Später, am Abend, Tom und

ich am Tisch, Spaghetti mit Pesto, zu mehr hat es bei mir nicht gereicht, ich kann nichts davon essen, und Tom, der die Gabel aufnimmt, als sei sie ein Instrument, das beim Nachdenken hilft: Sie hat die große Welle gemacht, deine Selina, und die muss sie jetzt reiten, wohl oder übel. Sonst geht sie unter. Das ist später, aber jetzt, in diesem Raum mit Selina, kann ich nichts denken, kein Wort, und doch, mein Herz pocht Satz um Satz, eine Hatz, eine Jagd, eine bloße Bewegung des Denkens. Und Selina, Blick zu mir, wie schafft die das, mich auf diese Weise anzuschauen, mit einer solchen Kümmermiene. Die Radke, ein Nicken, setzt ein Häkchen hinter eine Zeile, dann lassen wir das mal so stehen. Können Sie uns sagen, worin die verbale Gewalt bestand?
Ja klar, Selina beugt sich vor, Griff zur Tasche, hier, sie streckt der Radke ein Blatt entgegen. Das ist der Ausdruck einer Seite aus einer Tischvorlage von mir, von Frau Behrmann kommentiert. Schauen Sie selbst: total destruktiv. Die Radke, kurzer Blick aufs Blatt, nehmen Sie das bitte, Frau Dahlke, faltet wieder ihre Hände auf der Mappe. Frau Aksoy, würden Sie sagen, dass es sich bei dem, was Sie da benannt haben, um einen Einzelfall handelt? Selina, rascher Blick zu mir, das kann nicht sein, ein Blick um Hilfe, als ob ich, ausgerechnet, ihr einsagen könnte. Dann, schnell, ein Augenaufschlag für die Dahlke. Die lächelt, nickt mit dem Kopf wie eine Taube. Na ja ... Selinas Zögern ist ein Anlauf: So ist Frau Behrmann eigentlich immer. Die Dahlke kritzelt in ihr Protokoll. Die Radke, Müdigkeit zeichnet ihre Miene, setzt ein weiteres Häkchen. Dann, der Stift stockt, noch einmal

Blick zu Selina: destruktive Kritik – ist es das, was Sie meinen? Selina zuckt mit den Schultern. Na ja, es ist schon mehr als Kritik, oder? Der Stift in Radkes Hand setzt sich wieder in Bewegung. Ich denke, ein Loch im Papier, so fest hat die Radke aufgedrückt. Dann, langsam, hebt sie den Kopf, sieht mich an. Ein Blick, so aufmerksam, dass er, denke ich, eine Aufforderung sein muss: Pass auf. Mach jetzt keine Fehler.
Frau Behrmann, haben Sie aus Ihrer Sicht jemals verbale Gewalt angewandt?
Und ich, ich halte mich fest am Blick der Radke: Nein, das habe ich nie.
Unmerkliches Nicken, oder senkt die Radke nur den Blick, weil sie notieren muss, was ich gesagt habe? Wieder ein Häkchen. Wieder Gekritzel von der Dahlke.
Miriam, Selina lehnt sich über den Tisch, eindringlich, unter die Haut will die mir, ins Gehirn will die mir. Das kannst du nicht abstreiten, Miriam dass du alles – Selinas Hand fliegt Richtung Dahlke – was von mir kommt … ihre Hand fliegt zurück, sie bohrt sich den Zeigefinger in den Solarplexus – was ich bin, weil, was ich denke, das bin ich, dass du das alles immer vernichtest!
Sie atmet aus, ein Pusten, lehnt sich zurück, Vorstellung beendet. Ich will mit der nicht sprechen. Die Radke, Schildkrötenblick, senkt ihre Lider: Ich muss. Selina, ich atme ein, warum tust du das. Moment, Frau Behrmann! Die Dahlke, auf einmal, streift ihre Taubenartigkeit ab. Das hier ist ein geschützter Raum; Frau Aksoy darf hier drinnen alles sagen! Ich starre die Dahlke an, ihr rundes Gesicht. Ich, schnauzt die Radke, gehe davon aus, dass das für alle Beteiligten

gilt. Jaja, die Dahlke nickt, fasst sich an den Hals, natürlich. Selina wirft ihr Haar zurück, ihr Blick geht himmelwärts zum Fenster raus. Ich hole Luft, sage: Ich hätte mit Selina keine Zeit verschwendet, hätte ich nicht das Beste für sie gewollt. Selina, keine Regung, starrt weiter aus dem Fenster. Frau Dahlke, sie streicht sich das Haar hinters Ohr, spitzt die Lippen: Meinen Sie, dass die Betreuung von Prädocs Zeitverschwendung ist? Die Dahlke, natürlich, geht ein und aus bei Menzel, bei Peter, trägt die Akten hin und her zwischen den Schaltzentralen. Menzel, der mir sagt, Frau Behrmann, Sie beweisen mir, dass Sie Weltspitze sind, und ich sehe, was ich für Sie tun kann. Frau Dahlke, sage ich, ich mache meine Stimme süß wie sie die ihre, was Zeitverschwendung ist, das entscheide ich jede Minute aufs Neue. Nur zehn Minuten Gespräch mit Selina, das sind zehn Minuten weniger Zeit für mein Buch. Zehn Minuten pro Tag – viel mehr als mit den anderen im Team. Fünfzig Minuten pro Woche. Vier Seiten pro Monat, ein Kapitel pro Jahr. Ein Buch in fünf Jahren. Ein Buch zu wenig für die Martha-Nussbaum-Stiftung, die in fünf Jahren dann entscheiden wird: Geht es weiter mit THACT, noch einmal fünf Jahre, oder eben nicht. Und ich habe weit mehr mit Selina gesprochen als nur zehn Minuten am Tag. Frau Dahlke, ernstes Nicken, beugt sich über ihre Mappe. Würden Sie sagen, Frau Behrmann, dass Sie sich überfordert fühlen? Dann, ein Blick wie unter Schleiern von Milde hebt sich empor zu mir, heftet sich auf mein Gesicht, sitzt die Dahlke da in der Mitte ihres Netzes, und die Radke, plötzlich, fährt herum, na, was ist, Frau Behrmann. Ihre Schroffheit eine Warnung.

Die hätte es nicht gebraucht. Ich stemme meine Füße gegen den Boden. Natürlich nicht, Frau Dahlke.

Lieber Herr Wiener, anbei meine Kommentare zu allen Berichten, so weit sie mir vorliegen. (Die Mappe von Oberrat Grüner war um einiges dicker!) Ich bin morgen ab 07:00 wieder erreichbar, falls Sie noch weitere Einlassungen von mir benötigen. Danke und Gruß, MB

Das können unmöglich alle Berichte gewesen sein. Von Hans, Selina, vielleicht Sonja. Thorsten Maus. Karsten vielleicht. Man kann auch beides tun: Berichte schreiben und einen offenen Brief unterzeichnen. Ausgleichend, balancierend zwischen uns allen. Trotzdem. Es muss etwas geben, das die mir vorenthalten.

V

Tom kocht. Klappern, Schritte auf den Küchendielen. Ein Zischen, das anschwillt; der Schnellkochtopf ruft durch den Flur: Jetzt komm schon; alles wie immer. Wenn Tom Suppe kocht, Bouillon, dann gibt es als Nächstes ein Pfannengericht, und im Ofen brutzelt ein Braten. Ich, an solchen Tagen, helfe ihm, Schulter an Schulter; sieh an, wie eine Schürze dir steht; wir lachen uns zu, drängeln aneinander vorbei zu den Schubladen hin, greifen nach unseren Lieblingsmessern, er das große, ich das kleine. An solchen Tagen schnibbele ich Gemüse, er Fleisch oder Fisch.

Und jetzt. Was jetzt. Ich kann nicht sitzen bleiben. Das Getriebe anhalten, alles anhalten für immer. Wir müssen essen.

Die Erde zieht an mir. Vom Schreibtisch aufgestanden. Diese Schwere, wie Wasser in den Beinen. Drei Schritte, und ich bin im Flur, wate durch das Zischen, eine Hand an der Wand. Das kann doch nicht sein, diese Müdigkeit. Die Küchentür. Ich wate in das Zischen hinein. Toms Profil, scharf im Neonlicht, in der Küche muss es hell sein, rundet sich nicht zu seinem Gesicht. Kein Blick zu mir.
Da bin ich. Tom.
Er schneidet die Tüte mit dem Kabeljau auf, kurzes Nicken, Miriam, schön, dass du kommst. Seine Hände,

diese Klavierspielerhände, legen mir das Schneidebrett zurecht, das Messer, die Zwiebel, Tomaten.
Hier, bitte. Salat ist im Kühlschrank.
Ich nicke. Was auch sonst. Hier gibt es nichts, das ich verweigern könnte. Seine Rechte, ruhig, die das Messer führt, Rückenschnitt, Bauchschnitt, ein sanftes Gleiten, und der Fisch ist daliegende Nacktheit. Dagegen ich, Zwiebel hacken, zack-zack-zack, kein Gedankenrhythmus mehr, ich renne, jage über das Holzbrett, nur weg. Weg aus dieser Müdigkeit. Von Toms Linker gezogen, rutscht der Schnellkochtopf vom Herd, schnauft noch eine Weile, beruhigt sich. Er stellt die Pfanne an dessen Stelle, gibt einen Löffel Butter hinein. Sofort, der Herd ist noch heiß, beginnt die Butter zu kreiseln.
Miriam, denk bitte noch einmal darüber nach.
Worüber?
Zack-zack-zack. Zwiebelwürfel, die vor meinen Augen auseinanderfallen; alles, alles löst sich auf. Nicht reden. Wir haben, Tom und ich, schon alles gesagt.
Ob du dich nicht doch entschuldigen möchtest.
Er hebt das Messer; der Fischleib, sauber abgetrennt, liegt auf der Schneide; er lässt ihn quer durch die Küche schweben, zwei Schritte zum Herd. Ein Tanz. Für Tom ist alles ein Tanz. Schon gleitet der Fischleib vom abgesenkten Messer, hinein in die Butter, das Schmelzen, das in der Pfanne seine Bahnen zieht. Ein Zischen, das aufflackert und erstirbt. Diese Hingabe aller Dinge an Tom. Sogar der Herd schaut mit seinen roten Augen zu ihm auf.
Wofür?
Dieses Zittern in meiner Stimme. Wie soll er mir glau-

ben, wenn meine Stimme so zittert. Wie soll meine Stimme nicht zittern, wenn Tom mir nicht glaubt.
Ich hole Luft, Blick aufs Messer, konzentrieren jetzt, zurück in den Rhythmus. Zack-zack-zack ...
Miriam, das ist doch jetzt egal. Du solltest dich entschuldigen, um diese Sache zu beenden. Denn das, Miriam, das sagt Peter ganz klar, kannst nur du.
Boże!
Alles hier wackelt, schaukelt wie ein Boot.
Toms Arme, sein Kopf an meinem, ganz ruhig, *darling* ...ein Küchentuch, nass, kalt, auf meiner Stirn. Die Kälte ist ein Schmerz, der meine Schläfen entlangrast.
Weg! Weg damit!
Seine Schritte, die sich entfernen. Dann geh. Wenn du musst. Die Kühlschranktür in meinem Rücken. Ich lasse mich zu Boden gleiten. Einfach nur sitzen. Einatmen. Eins, zwei, drei. Ausatmen. Miriam ...
Das ist Tom. Tom ist wieder da. Bei mir, vor mir im Schneidersitz. Miriam, schau mich an. Gib mir deine Hand. Jetzt atmest du ein, ja genau, langsam. Zähl bis zehn. Nicht nur bis drei, bis zehn. Jetzt ausatmen. So ist es gut.
Ja, sage ich.
Kalt ist mein Gesicht und nass. Es riecht verbrannt.
Tom, der Fisch ...
Lass doch den Fisch.
Toms Finger, die um meine gleiten. Sie tanzen mit mir, ein Rumba der Hände. Seine Rechte löst sich von mir, streicht mir über die Wange. Mein Gesicht in seiner Rechten. Tom.
Komm, er hievt mich hoch, setz dich hierhin.

Er stellt ein Glas mit Wasser vor mich auf den Küchentisch.

Wir beide für immer. Damals, im Sommer vor zwei Jahren, Tom ist in Venedig, *eine richtig gute Konferenz*, und ich, Nuschka im Kindergarten, auf neuen Wegen durch Wien. Hitze, die im Nacken kratzt und sticht. Als hätte ich ein Ziel, Straße um Straße. Semesterferien, aber trotzdem. Ich müsste jetzt am Schreibtisch sein. Alles liegt da, alles stapelt sich; und Tom, am Vortag seiner Reise: Können wir bitte, bitte von etwas anderem reden! Sitzen, denken, das geht gerade nicht. Ich gebe mir zwei Stunden. Dann, ich verspreche mir das, ein Versprechen gegen die Unruhe, werde ich mit der Arbeit beginnen. Abends länger machen, wenn Nuschka schon schläft. Wenn endlich Kühle bei uns einzieht, und mit ihr die Klarheit. Die Sonne hat die Straßen ausgekehrt. Nur dort drüben, vor der Synagoge, da drinnen war ich noch nicht, warum eigentlich nicht, steht eine Handvoll Leute. Ein Mann in Schwarz, noch nicht mal im Schatten, wie hält der das aus. Ein Paar, sieht aus wie Studienräte in Pension; er, hängende Mundwinkel, wartet wohl nicht gern; sie mit diesem Blick nach vorn, der nur dazu da ist, an seinem vorbeizugehen. Noch drei Frauen über sechzig, Dauerwellen, Parkas, nicht von hier. Drinnen wird es kühl sein. Ich stelle mich an, etwas abseits, gar nicht in die Nähe des Mannes in Schwarz, und trotzdem sofort dieser Blick. Ende fünfzig, schlank, schon kommt er auf mich zu. Maßanzug, Lederschuhe. Vor mir bleibt er stehen. Kein Schweiß. Keine Seife. Kein Geruch. In dieser Hitze.

Sie sind von hier?
Ich nicke.
Das trifft sich gut. Er streckt seine Hand aus.
Meine Hand in seiner. Plötzliche Geborgenheit, dann lässt er mich los.
Hermann Mahler.
Er hält mir seine Karte hin. Weinhändler, lese ich.
Wissen Sie, ich will mich nur abkühlen ...
Keine Ahnung, warum ich das sage. Die Frau mit dem Blick, der an ihrem Mann vorbeigeht, dreht sich zu mir um, wirft mir ihre Missbilligung ins Gesicht. Hermann Mahler legt seinen Kopf in den Nacken, lacht. Ein Lachen aus dem Bauch, prall vor Vergnügen. Mir steigt der Sommer zu Kopf; ich werfe mein schweißnasses Haar zurück, lächle mit dem ganzen Gesicht.
Hören Sie, er flüstert, Sie müssen mich besuchen kommen, mich und meinen Sohn.
Ach, einen Sohn haben Sie auch.
Ja, und was für einen!
Er klappt sein Portemonnaie auf; was sagen Sie, das ist doch ein Sohn, oder?
Ich schaue hin. Ein langer Kerl, spöttischer Blick: Betrachte mich ruhig, wenn es dir Spaß macht.
Gefällt Ihnen, was?
Der Vater klappt das Portemonnaie wieder zu, aber er steckt es nicht ein. Das Tor in der Synagoge hat sich geöffnet, die ersten setzen sich in Bewegung. Wie durch Honig, so heben sie die Füße. Wir bleiben noch stehen.
Nur die Scheidung hat ihm zugesetzt; aber das war gut so, er ist ein besserer Mann geworden. Genau wie ich.

Soso. Ich grinse.
Aber ja. Die Scheidung macht einen Mann erst ehetauglich, oder? Er hat alle Fehler schon gemacht, und weil er jetzt beweisen muss, dass nicht er schuld ist an der Trennung, macht er sie bestimmt kein zweites Mal. Dagegen die Ehemänner, die noch nie geschieden wurden ... Er schnalzt mit der Zunge, wiegt den Kopf. Diesmal ist er es, den ein Blick der Missbilligung trifft.
Autsch, er senkt seine Stimme, das ist ja ... klatsch ins Gesicht!
Ich kann nicht anders, ich lache laut. Kommen Sie, meine Hand an seinem Ellenbogen, gehen wir hinein. Ich lasse seine Karte in meine Rocktasche gleiten.
Drinnen die Kühle, der Dämmer.
Treten Sie näher, eine Frau um die fünfzig, die uns führt, kurze, flinke Schritte. Hermann Mahler setzt sich gleich in eine der Bänke, holt ein Notizbuch aus der Tasche und kritzelt. Schneller Blick, er zeichnet; dann gehe ich mit den anderen mit. Der Thoraschrein, die Galerie, die Stimme der Flinken, die Jahreszahlen in Geschichten flicht.
Zwanzig Minuten später sitzen wir alle, nur die Flinke steht noch vor uns.
Das alles hier, sie lässt die Hand einmal kreisen, hat die Novemberpogrome überstanden. Fast alle Synagogen in Wien sind verbrannt – diese hier nicht.
Sie stemmt die Hände in den Rücken, lehnt sich ins Hohlkreuz, verzieht das Gesicht.
Kennt jemand den Grund?
Aber ja doch, sagt der Studienrat mit Lehrerstimme, die Leute hatten Angst, das Feuer könnte auf den

ganzen Wohnblock übergreifen. Diese Synagoge hier stand zu dicht an den Häusern.
Die Flinke, noch immer die Hände im Rücken, nickt; dann schüttelt sie den Kopf.
Sehen Sie, sie schaut uns der Reihe nach an, auch das Wertvollste hat überdauert. Der Rabbi dieser Synagoge, die Flinke spricht jetzt in kräftigen Zügen, als schwimme sie gegen den Strom unseres Schweigens, hat bis zum frühen Morgen nicht gewusst, was der Gemeinde bevorsteht; aber als die ersten Synagogen brennen, weiß er es schon. Der Kantor hat ihn angerufen, und der wiederum weiß es von einem Freund, diese Art von Freund, die man haben muss, und der als einer der Ersten erfährt, dass wieder ein Pogrom im Gange ist. Der Rabbi nimmt sich keine Zeit zu erschrecken. Er steckt die Thorarollen unter seinen Mantel und läuft zum Priester der katholischen Gemeinde, gleich hier in der Nachbarschaft. Er klingelt, der Priester macht ihm auf. Verstecken Sie die Thora! – die Flinke streckt ihre Hände aus – um unseres gemeinsamen Gottes willen: Retten Sie das Gesetz! So der Rabbi. Der Priester überlegt – die Flinke zieht das Kinn ein, kreuzt die Arme über der Brust – und da denkt er sich: Jetzt ist der Moment gekommen, dem Rabbi ein Zugeständnis abzutrotzen. Er sagt also: Ich will's mir überlegen; aber Sie geben zu, dass die Gnade, die unser Herr Jesus Christus in die Welt gebracht hat, über dem Gesetz steht. Der Rabbi, die Thora noch immer unter dem Mantel, schüttelt den Kopf. Er sagt, ganz ruhig sagt er: Ohne das Gesetz gibt es keine Gnade. Es ist das Gesetz gewesen, das die Gnade in die Welt gebracht hat. So wäre das weitergegangen;

aber da hört die Haushälterin, die gerade die Rinderrouladen für den Priester in den Ofen schiebt, die beiden streiten, kommt angelaufen, zerrt den Rabbi in den Flur, sagt: Geben Sie schon her, nimmt die Thorarollen und schiebt den Rabbi zur Hintertür hinaus. Und so hat die Synagoge die Kirche gerettet.
Die Flinke nickt, wieder sieht sie uns der Reihe nach an. Der Studienrat räuspert sich, hüstelt, aber weil niemand etwas sagt, muss er es wohl tun:
Umgekehrt, meinen Sie – die Kirche hat die Synagoge gerettet.
Seine Frau neben ihm lenkt ihren Blick an ihm vorbei nach vorn. Zum ersten Mal tut sie mir leid. Die Flinke legt den Kopf schief.
Das sehen die einen so, die andern so. Je nachdem, ob man mit dem Rabbi oder mit dem Priester streitet. Der Priester jedenfalls hat wohl das letzte Wort gehabt.
Betretenes Schweigen. Hermann Mahler schaut auf.
Das war's für heute, die Flinke lächelt, ich danke Ihnen.
Wir schieben uns aus unseren Bänken, nur der Studienrat bleibt plötzlich stehen: Ihr Juden müsst auch mal verzeihen.
Seine Frau, ihr Blick stürzt ab, packt ihn am Arm, bitte entschuldigen Sie, das ist die Hitze, das lange Herumgelaufe ... Aber er streift ihre Hand ab: Ich sage, was ich denke.
Wir sind alle stehen geblieben; nur Hermann Mahler geht zum Ausgang, seine Hand winkt uns zum Abschied. Kasperle. Natürlich, die Flinke schaut dem Studienrat in die Augen, als Einzige von uns ist sie

nicht verlegen, aber Gott sei Dank nur vierhundertneunzig Mal. Dochdoch, schauen Sie nicht so, sieben mal siebzig Mal, sagt Ihr Herr Jesus, macht vierhundertneunzig, und nicht unendlich.
Der Studienrat schüttelt den Kopf; er hört gar nicht mehr auf, den Kopf zu schütteln. Die Flinke sieht ihn an; das ist kein Blick, der an ihm vorbeigeht.
Wenn ich Ihnen jetzt verzeihe, ihre Augen beginnen zu lächeln, dann nehme ich das jemandem weg, der Vergebung nötiger braucht.
Dankbares Gelächter, sogar der Studienrat hört mit dem Kopfschütteln auf und gluckst, als er sich, endlich, von seiner Frau wegziehen lässt. Im Rausgehen, die Sonne wirft ein glühendes Tuch über mich, höre ich ihn noch: Schlagfertig sind sie ja, die Juden.
Ich bleibe stehen. Ich greife in meine Rocktasche, Mahlers Karte und mein Handy, zwei Nachrichten: Ich vermisse dich, schreibt Tom. Rufen Sie mich an, hinten auf Mahlers Karte. Ich stehe so ein paar Minuten. Dann, Toms Nummer, ich tippe: Ich warte auf dich.
Gleich Mitternacht. Schlafen, das wollte ich. Den Salat, den Tom dann noch gemacht hat, haben wir gegessen, hastig und im Stehen; den Fisch haben wir weggeworfen, den Geruch haben wir weggelüftet.
Kommst du, *darling*?
Geh nur schon, ich komme nach.
Die Schlafzimmertür hat er offen gelassen, drinnen Dunkelheit. Ich warte, halte den Atem an, hier an der Schwelle. Von hinten fällt das Flurlicht gegen mich; wenn Tom wach ist, muss er mich sehen, ein Scherenschnitt in der Nacht. Ich warte auf meinen Namen. Ich schließe die Tür, gehe ins Arbeitszimmer.

Der Lichtkegel meiner Schreibtischlampe, das Licht in der Marienkirche am Rande von Szczecin, durch das Ostfenster hängt sie, diese Stoffbahn aus Licht, wie die Fahne des Himmels hineingehängt an all den Sommersonntagen, an denen wir, Mamusia, Tata und ich, auf den Holzbänken knieten und sangen, als sich die Zeit noch dehnte und zusammenzog wie ein lebendiges Wesen. Für dieses Licht, für die Erinnerung daran, habe ich Hunderte alte Glühbirnen auf Vorrat gekauft. Ich streichle das Touchpad des Laptops, Berührung wie mit Nuschkas Kinderhaut, ein Flackern. Jetzt sind wir beide hellwach, meine Maschine und ich.
Eine musste mal aufstehen und die Stimme erheben.
Ich setze mich.
Sein und Sollen. Öffnen. Ein Gedanke wie ein Flackern: mein Buch.

Der Mensch ist das Wesen, das sich selbst ein Sollen geben kann. Das ist es, was alle Menschen gemeinsam haben, unabhängig von Herkunft, Geschlecht, Klasse und Meinung.
Wir haben uns vorgenommen zu zeigen: Es gibt einen Auftrag an den Menschen a l s Menschen.
Wir haben gezeigt: Wir Menschen selbst sind es, die uns einen Auftrag geben; oder besser: Als Menschen, qua Menschsein, geben wir uns einen Auftrag; und qua Menschsein empfangen wir diesen Auftrag, nehmen ihn an. Dasjenige also, das uns zum Auftraggeber macht, und dasjenige, das uns zum Auftragnehmer macht, sind eins: die Fähigkeit, die uns allererst Mensch sein lässt. Und diese Fähigkeit, so haben wir gezeigt, ist die, sich aus freiem Willen (soweit es einen freien Willen gibt, sagen wir besser: ohne äußeren Zwang) unter ein Sollen zu begeben.

Wir dürfen somit folgern: Der Mensch ist das Wesen, das sich selbst ein Sollen geben s o l l. *Unser Auftrag: uns einen Auftrag zu geben. Und genau darin erfüllen wir das eine, übergreifende Sollen, nämlich Mensch zu sein.*

Das glaubst du nicht wirklich – Peters Stimme in meinem Kopf. Ausgerechnet Peter; mit ihm, komisch, habe ich zuerst darüber gesprochen. Mit ihm, nicht mit Tom. Peters Grinsen, ungläubig, als wisse er nicht, ob ich wirklich, ganz unfassbar, einen solchen Anfängerfehler begehe: Fehlschluss, Miriam, vom Können aufs Sollen schließen!
Peter, der sich zurücklehnt, wir sitzen im Garten des *Ça Bouge*, mitten im Sommer; die Kastanie hinter ihm wirft ihr Schattennetz über sein Blinzeln. Wespen umtanzen sein Weinglas; er prostet mir zu.
Ganz ehrlich, wieso machst du das? Auch noch ein Buch? Ich meine, wieso dieser ganze Glaubenskampf auf einmal?
Was heißt hier Glaubenskampf, Peter?
Na ja, er stellt sein Weinglas ab, eine langsame Bewegung, wie das Ziehen einer Schachfigur, wenn man den übernächsten Zug noch nicht bedacht hat. Du wirfst dich ins Gefecht für das ... wie du es nennst ... Sollen ... mit einem Eifer und einem Ernst, als ... er hebt den Kopf, zielt mit dem Blick in meine Augen ... als wäre »sollen« nicht bloß ein Verb, auf das wir uns geeinigt haben, wir Menschenwesen. Er lehnt sich zurück, faltet die Hände vor dem Bauch: Und zurechtgelegt haben wir uns dieses hübsche Wörtchen, um unsere eigenen Interessen besser durchzusetzen.
Er schaut mich an, ein Mann, der seinen Zug gemacht

hat; jetzt wartet er auf mich. Zeit zum Denken, auch für den Gegner im Spiel; damals war es noch so.
Ich hebe mein Glas, Eis an meinen Lippen, Säure von Limetten, der Rohrzucker knirscht zwischen den Zähnen, und ich lache: Also wirklich, Peter, es gibt doch keine zwei Begriffe, die weiter voneinander entfernt wären als »Interessen« und »Sollen«!
Er mustert mich, keine Bewegung, ein Leguan auf seinem Sonnenplätzchen.
Darum, Miriam, klappt es ja so gut: Wir kaschieren, worauf wir aus sind, wenn wir »sollen« sagen. Schau, er verschränkt die Arme hinter dem Kopf, wenn ich gut und sicher leben will, mit Weib und Haus und Segelboot und allem, dann hilft's schon sehr, so ein paar Gebote zu haben: Du sollst nicht morden, nicht stehlen, nicht begehren deines Nächsten Weib ...
Peter, Unsinn, nimm mal Klaus ...
Peter grinst, hebt die Brauen.
Ja, Peter, nimm Klaus, der dir das alles am liebsten wegnehmen würde, Boot und Frau und alles, dem helfen Gebote ja nun gerade nicht dabei. Seine Interessen stehen quer zu seinem Sollen.
Ach, Miriam ...
Peter streckt die Beine aus, kreuzt die Füße, die Sohlen seiner Cowboystiefel neben meinen Pumps.
Wo wir von ihm reden ... der arme Klaus. Schläft nicht gut in letzter Zeit. Es ist so wahnsinnig teuer, und vor allem so wahnsinnig anstrengend, sich um die Güter dieser Welt zu schlagen ...
Ach komm, Peter, das glaubst du nicht wirklich. Der Mensch dem Menschen ein Wolf, und als Lösung der Gesellschaftsvertrag?

Doch, tu ich, Miriam, er prostet mir zu, der alte Hobbes hat's schon erfasst.
Na gut, geschenkt. Aber Peter, wenn wir sagen, du sollst nicht morden, dann meinen wir nicht, dass wir das aus Bequemlichkeit vereinbart haben; wir meinen –
Sieh an, Miriam Canterbury ... Bist du gerade dabei, vom Begriff aufs Sein zu schließen?
Peter, die Spielregeln der Sprache sind ebenfalls ein Gesellschaftsvertrag, es gibt also Regeln, wie wir den Begriff des Sollens verwenden; und wenn du jetzt das Sollen auf etwas zurückführst, das –
Das Sollen, Miriam, gibt es gar nicht. Es gibt nur ein Verb, »sollen«, und das benutzen wir, um etwas Patina auf unsere Regeln zu kleistern.
Peter zieht die Beine ein, beugt sich vor. Schau, wenn ich mit meinem Buben, dem Timo, am Schachbrett sitze, und plötzlich fällt dem ein, hey, wenn mein Springer vier statt nur drei Felder weiter ziehen könnte, dann wäre der Papa jetzt schachmatt, und er sagt, Papa, ab jetzt können Springer vier Felder ziehen, dann sage ich natürlich: Oh nein, die Regeln ändern, das geht nicht, da könnte ja jeder kommen, und dann könnte man ja gar nicht mehr spielen – und genau das, dieses »bloß die Regeln nicht ändern«, das ist das Pathos, der beim Wörtchen »sollen« mitschwingt und dem du aufgesessen bist.
Peters Blick legt sich auf mein Gesicht wie eine Berührung. Ein Grinsen zuckt um seine Lippen, als halte er etwas zurück, etwas, das nach mir greift.
Aber ich, ich lege den Kopf zur Seite, lächle, kneife ein Auge zu:

So, Peter, dann sind sicher auch die Regeln der Logik nichts weiter als Regeln, die es uns erlauben, das Sprachspiel zu spielen und hin und wieder, wenn es gut läuft, zu gewinnen?

Schlaues Mädchen, jetzt hast du's erfasst.

Aber dann, ich mache meine Stimme sanft, hast du nur deshalb auf diese Regel des Argumentierens verwiesen, dieses Nicht-vom-Können-aufs-Sollen-Schließen, weil du so sehr das Spiel mit mir gewinnen willst.

Schallendes Gelächter, Peter wirft den Kopf in den Nacken:

Dass ich dich mal gegen die Logik anreden höre!

Oh nein, ich lächle weiter, nicht gegen die Logik, niemals. Im Gegenteil: Ich habe dir gerade gezeigt, dass du dich selbst widerlegst. Schachmatt, Peter. Du kannst nicht gleichzeitig sagen, dass ich nicht vom Können aufs Sollen schließen *soll* – dass ich also irgendetwas nicht *soll*, verstehst du – und dass es eigentlich kein Sollen gibt ...

Von jetzt auf gleich kein Gelächter mehr. Peter hebt sein Glas, trinkt es aus, ein einziger schneller Schluck. Er sieht mich an mit einem Blick, der den leeren Raum, die weiß gleißende Fläche des Tisches mit dem Schattengeflirre darauf, das Summen der Wespen, die von Grasgeruch getränkte Luft ausdehnt in eine immer weiter anwachsende Distanz.

Weißt du, Miriam, er zieht sein Portemonnaie aus der Tasche seiner Jeans, du hast da ein paar Dinge nicht verstanden. Er dreht den Kopf, winkt dem Kellner: Zahlen, bitte. Dann wieder dieser Blick, der den Raum zwischen uns zu einer Entfernung zerdehnt, an deren

Ende ich, eine wegverkleinerte Figur, mein winziges Cocktailglas festhalte.
Das große Geheimnis, Frau Kollegin ... er löst den Blick von mir, lässt ihn einmal um den Biergarten schweifen, ein Lächeln für den Kellner, dann zurück in mein Gesicht ... ist folgendes: Ich nehme mich selbst nicht so ernst. Ein Zwinkern. Das, Kollegin, er legt zwei Scheine auf den Tisch, steht auf, ist der Unterschied zwischen uns beiden.

Ich hätte lachen sollen, lachen und mit den Schultern zucken und alles wie immer. Stattdessen drei Tage Schweigen, nicht nur von Peter. Trotzdem. Peter, der Peter von damals, hat etwas gerochen, die Spur des schwachen Gedankens: Irgendetwas stimmt nicht mit meinem Argument.
Ein Tapsen auf den Dielen, so schnelle, leichte Schläge wie ein Kinderherz: Nuschka, auf nackten Füßen durch den Flur. Das Quietschen der Tür hinter mir, lang gezogen. Umdrehen, schnell. Ich rufe sie, leise.
Malutka, chodź, Mama ist hier. Hast du geträumt?
Mamma ...
Nuschka, im Schlafanzug, die Locken zerzaust und schwitzig von der Anstrengung des Schlafens, rote Bäckchen, die Augen ganz klein, wie verklebt von den Bildern des Traums, der sie geweckt haben muss.
Chodź auf Mamas Schoß, Nuschenka. Ja, so ist es gut.
Nuschkas Kopf an meiner Brust, ihr Babyduft, die Füßchen, schon fast ganz kalt, wie zwei Welpennasen bohren sich die Füßchen in meinen Schoß. Schnell die Hand darüberlegen.
Moja Nuschenka ... was hat dich geweckt?

Das Licht …
Was für Licht denn, Nuschenka?
Das war so komisch. Was machst du hier, Mamma?
Nuschkas Augen auf mir, ihre Nuckelaugen, so große Augen hat sie als Baby gemacht, den Daumen im Mund, und mich angesehen, ihr ganzer Körper ein Warten auf mich. Das also. Ich hier, nicht neben Tom. Das hat sie geweckt. Ist durch die Ritzen unter den Türen gesickert, ins Kinderzimmer, durch die Gitterstäbe des Kinderbetts, in ihren Schlaf.
Arbeiten, Nuschka …
Spielst du mit mir?
Nein, Nuschenka, du musst jetzt schlafen.
Du aber auch.
Hineingemurmelt in meine Brust, ihr Gesicht hineingepresst, kein Trotz, nur ein Aufbegehren, das von Anfang an ein Aufgeben ist; denn gegen die Mama sein, das geht in der Nacht nicht; allein gegen die Nacht, das ist noch nicht möglich. Die Mama muss da sein, ganz dicht bei Nuschenka gegen die Nacht; sie muss sich, ganz selbstverständlich und alltäglich, die Nacht um ihre Schultern legen wie diese alte, abgewetzte Decke aus schwarzer Wolle, so, Nuschenka, jetzt sind deine Füße nicht mehr kalt; und der Nachtwolf hat ein Fell, die Dunkelheit ist etwas, an das man sich anschmiegen kann. Mamas Hand auf der Stirn. Vollgesogen mit Wohlgesonnenheit, mit der nur die Mama die Nacht unterfüttern kann, denn unablässig näht sie ihre eigene Liebe hinein in dieses schemenlose Einerlei, in dem Gut und Böse sonst verschwämmen zu einem einzigen, alles verschlingenden Nichts.
Chodź, Nuschenka, gehen wir schlafen …

Ich trage dich durch den Flur, und ich sehe nicht, ausnahmsweise sehe ich nicht, dass der Daumen in deinen Mund geschlüpft ist, meine Hand in deinem feuchten Nackenhaar, meine Nase auf deinem Scheitel. Ich trage dich ins Kinderzimmer; so, Nuschenka; ich lege dich hin und decke dich zu. Und hier, an deinem linken Öhrchen, ist Teddy Mischu, der passt auf dich auf, Nuschenka. Stimmt's, Teddy Mischu? Jaaaa, ich lasse ihn brummen: Ich passe auf Nuschenka auf. Der Daumen flutscht aus Nuschkas Mund, ein nasser Griff nach Mischus Ohr. Ein Lächeln stiehlt sich auf Nuschenkas Gesicht. Ihre Murmelstimme.
Und auf Mamma passt du auch auf, Mischu.
Schon schmiegt sich dieser Kinderkörper in die Decke und ins Kissen mit einem Seufzer, der sich aufgibt, weil andere da sind, die lieben. Dieser Kinderglaube, dass alles wieder gut wird; ohne diesen Glauben schläft sie nicht ein.

Meine Wachheit, diese Hellwachheit, läuft aus mir heraus, wie Schweiß, wie früher, wenn ich zum Bus gerannt bin, Abgase und Abrieb von Reifen in meinem Atem. So stehe ich hier, vor der Tür meines Arbeitszimmers, und das Licht fällt tatsächlich durch den Türspalt in den Flur, Emulsion aus dem Segenslicht meiner Schreibtischlampe und dem Wasserlicht des Bildschirms, ein komisches Licht, hat Nuschka gesagt ... Aus meinen Poren rinnt meine Wachheit wie Schweiß. Dabei ist Herbst, und mir ist kalt. Kälter jeden Tag. Man friert, wenn man so müde ist wie ich, man kann nicht aufhören zu frieren. Essen und Schlaf und der Körper von Tom, das ist es, was wärmt. Ich kann nicht mehr denken. Nicht jetzt. Reden müsste ich, noch einmal mit jemandem reden. Vom Können aufs Sollen schließen, geht das nicht wenigstens dann, wenn unser eigenes Können ohne den Glauben an ein Sollen gar nicht möglich ist ...? Reden mit Peter, das geht nicht mehr; und Tom, wie damals in Princeton, mit einem Kuss aufwecken, hör mal, da ist ein Haken in meinem Argument, und er, der so blitzartig aufwacht, wie er einschläft, wie ein Fisch taucht er unter der Grenze zwischen Schlaf und Wachen hindurch, setzt sich auf, blinzelt einmal, rollt die Augen, aber er lächelt, leg los, *darling* ... auch das geht nicht mehr.

Dave. In Princeton. Zurück in der Zeit; Dave und ich sitzen in seinem Büro, und er, die rote Brille hängt ihm auf der Nasenspitze, bohrt seinen Blick in meinen, ein Fingerschnippen: *get going, get going* ...

Zwei Schritte, und ich bin im Arbeitszimmer. Ein Klick, neue E-Mail.

Good evening, Dave. It is night in Vienna, and I am sitting here thinking of you and remembering. Thank you so much, by the way, for signing that letter ...

Nicht so nah, ein Dank wie ein Fordern; ich habe kein Anrecht auf Dave. Ich sehe ihn vor mir: Er schiebt die Brille hoch, dann ein Stepptanz der Finger über den Tasten, er klickt auf Senden, ein Gruß, der den Abstand wiederherstellt zwischen uns. Den Abstand, den ich zugelassen habe, immer zugelassen, und gewartet, darauf, dass unsere Blicke sich treffen, auf das Aufblitzen eines Lächelns, mitten in einem Gedanken, den wir gemeinsam denken, wie Hände sich finden, wenn man, vertraut miteinander, im Gleichschritt geht.

Good evening, Dave. It is night in Vienna, and I am sitting here thinking and remembering. You probably know my situation; anyways, I will likely have a lot of time next term. May I ask you whether it is in any way possible for you to have me visit Princeton?

Best,
Miriam

Dave und ich, am Abend, eigentlich schon Nacht, hocken auf der Backsteinmauer vor dem Philosophicum. Sieben Jahre ist das jetzt her. Schulter an Schulter sitzen wir und nippen am Kaffee; an Schlaf ist sowieso nicht zu denken. In mir eine überdrehte, sich immer weiter drehende Erschöpfung, wie eine Fahrt im Karussell, und wir fahren gemeinsam, Dave und ich. Ein Zittern im Zwerchfell; ich halte meinen Jubel zurück: unser erster gemeinsamer Aufsatz. Fünf Minuten vor der Deadline haben wir den abgeschickt. Den ganzen Tag und bis in die Nacht hinein ein ununterbrochenes Denken, Reden, Umschreiben, wieder Reden, bis sich der ganze Raum, Daves Büro, mit seinen vollgepackten Kieferregalen, den dicht an dicht gepressten, übereinandergeschobenen Büchern, um uns dreht und schaukelt, wie vom Anker gerissen. So nehmen wir Fahrt auf. Dieser Aufsatz wird es sein, *Experimenting in Philosophy*, der unsere Namen in den

Köpfen der Leute miteinander verknotet: Dave Norton und Miriam Behrmann. Schon fast Mitternacht ist es. Um uns herum der nur im Laternenlicht schimmernde Campusrasen, wie Moos in einer Landschaft aus Stille. Baumspitzen, eingraviert in die Nacht. Und noch immer, *lingering*, der Sommergeruch. Wir regen uns nicht, stehen nicht auf, sagen nicht *good night, then*, gehen nicht in verschiedene Richtungen auseinander, er in Richtung Parkplatz, ich zu meinem Fahrrad auf der anderen Seite des Philosophicums. Noch nicht. Die Erschöpfung hüllt uns in Schweigen. Champagnererschöpfung, aus der es in mir an die Oberfläche perlt: Dave, was für ein Tag! Er sieht mich an, sein von der Dunkelheit gezeichnetes Gesicht, mit Schattenfalten, die Augen eingesunken und zugleich wie unter einer Lupe übergroß.

You have not given him up, have you?

Whom?

Wie ein elektrischer Schlag der Gedanke an Tom.

God, Miriam.

Ich öffne den Mund, schließe ihn wieder. Kein Perlen mehr in meinem Schwindelgefühl.

You know me, Dave. Du weißt, ich bin nicht gläubig.

Come on, Miriam. Du lässt ihn einfach nicht los.

Ich will den Kopf schütteln, will lachen; ich sage:

What about you?

Dave stellt den Kaffeebecher neben sich, stützt seine Ellenbogen auf die Oberschenkel, lässt die Hände baumeln.

God and me? No way.

Wir schweigen. Auch ich stelle meinen Kaffeebecher neben mich auf die Backsteinmauer. Ich lege meine

Hand auf seinen Arm, in aller Vorsicht. Unsere erste, einzige Berührung. Daves Arm ist so reglos, dass ich weiß, ich muss die Hand wieder wegziehen.
You know, Miriam ... I considered it seriously, once.
Er räuspert sich. Dann hat er sie wieder, seine Dozentenstimme.
Ein Gott, der am Kreuz dafür büßt, dass er die Welt aus seiner Macht entlassen hat – Daves Arm, eine Kreisbewegung, malt die Welt in die Luft –, ein solcher sterbender Gott hätte mir gefallen.
Dave lacht auf, zuckt mit den Schultern.
Aber ich verstehe, dass es wenig Spaß macht, an einen toten Gott zu glauben.
Ich traue mich nicht, ihn noch einmal zu berühren.
Dave, I guess you know it yourself: Hass ist eine Form von ...
Yes, I know. Eine Form von Liebe. Aber du verstehst mich falsch.
Dave tastet nach dem Kaffeebecher, steht auf, klopft sich mit der freien Hand den Staub vom Gesäß. Er sieht mich an, schon von weiter weg als zuvor, ein Professor seine Doktorandin.
Es nicht zu tun – die Welt nicht freizulassen – das, Miriam, wäre das Schlimmste gewesen. *And now let's go. Let's go home.*

Nacht, diesmal, nur für mich. Später Nachmittag für Dave. Ich starre auf den Bildschirm. Nichts. Zwei neue Nachrichten, aber keine von ihm.

Wie es aussieht, antwortet das Rektorat mir nicht. Ich versuche es weiter, aber vorerst ist der Aufschub nicht bewilligt worden. Gruß, Albert Wiener.

miriam, komm bitte morgen um 10:00 zu uns ins rektorat. P.

Nur noch der Körper von Tom.

Das Licht ausknipsen, den Bildschirm lasse ich leuchten; er wird sich von allein verdunkeln. Vorsichtig gehen, damit Nuschka nicht aufwacht. Im Schlafzimmer, wie verstreute Klamotten, Toms Schlafgeruch. Zwei Gerüche sondert er ab, seinen äußeren, der sich im Raum ausbreitet, ein Geruch nach Mann, und den, den ich als Nächstes riechen werde, neben ihm, die Nase an seiner Haut, den Geruch nach Unschuld. Diesen heimlichen Geruch einatmen, wieder und wieder. Der Stoff meiner Bluse, meines Rocks, raschelt beim Ausziehen, innehalten, lauschen – nichts. Seit Mamusia tot ist, passiert mir das: dieser Zwang, Toms Atem zu belauschen. Er atmet so leise im Schlaf, dass ich manchmal selbst die Luft anhalte. Ich taste mich die Wand entlang, da der Stuhl, auf den ich meine Kleider lege, hier, endlich, der Bettrand. Mir wird noch kälter, schnell unter die Decke.
Miriam?
Ich wollte dich nicht wecken, Tom.
Ich will dich etwas fragen.
Warum setzt er sich auf, warum bleibt er nicht liegen, den Kopf neben mir ins Kissen gedrückt, und ich atme seinen Unschuldsgeruch. Leg dich wieder zu mir, aber das sage ich nicht.
Gut, frag mich.
Miriam, er holt tief Luft, möchtest du, dass ich gleich morgen zum Rektor gehe und meine Kündigung anbiete, für den Fall, dass die dich entlassen? Ist es das, was du dir von mir wünschst?

Wie mir kalt ist.
Nein, natürlich nicht.
Sicher nicht? Ich meine es ernst.
Sicher nicht, Tom. Schlaf wieder – schlaf gut.
Tatsächlich, er legt sich zurück, seufzt, ein Kinderseufzer wie von Nuschka vorhin: Alles ist wieder in Ordnung.
Du auch, *darling.*
Seine Dämmerstimme, er ist schon fast weg, hinweggetaucht unter der Grenze des Schlafes. Wenn Tom einen Menschen allein lässt, dann immer so, dass er es selber nicht merkt.

Es hat Tage gegeben, Ende April, Anfang Mai, als wir dachten, selbst ich dachte das, vor allem aber Tom: Alles wird gut. Erleichterung, Lachen, na siehst du, *darling*, wozu die Sorgen. Und später: Miriam, du hattest die Chance, das weißt du genau. Nein, Tom, hatte ich nicht. Von Anfang an nicht. Ich hatte nur gedacht, und ich hatte dich denken lassen, leider hatte ich dich denken lassen, dass Karsten es noch richten würde, für mich und Selina.
Klopfen am Türrahmen, da steht er, mein Postdoc, sein ständiges Lächeln im Bart, hallo Miriam, ich muss dich mal sprechen, er hebt beide Hände, aber muss nicht jetzt sein.
Nie klopft Karsten an eine geschlossene Tür. Offene Tür am Nachmittag, da weiß er, ich habe kurz Pause, Luftschnappen am Fenster.
Komm rein.
Zwei Schritte in mein Büro, und Karsten lehnt an der Wand, Daumen in den Hosentaschen.

Gut, dass du Zeit hast – es geht um Selina.
Ich zeige nicht, wie überrascht ich bin. Ich sage: Setz dich.
Meine Stimme ist ruhig, meine Hand, ich deute wie immer auf den Besprechungstisch, zittert nicht, nur mein Herz im Hals. Hat sie es also doch geschafft ...
Karsten, sein Lächeln leuchtet auf, schiebt sich einen Stuhl zurecht und setzt sich; aber er setzt sich nicht nur, er schlägt auch ein Bein über das andere, packt seine Wade, ich hebe meine Augebrauen, er zieht seine Wade mit beiden Händen hoch und reibt seinen Knöchel. So sitzt man nicht vor der Chefin, ein waagerechtes Unterbein wie eine Schranke vor dem Bauch. Noch immer sein Lächeln. Ganz massige Ruhe, so schaut er mich an.
Miriam, es gab da ja ein paar Probleme ...
Er lächelt und schaut, ein Blick, der mein Einverständnis vorwegnimmt, aber ich, ich sage nichts, ich warte.
Ich hab gedacht, er zieht sein Lächeln in die Breite, ich red mal mit ihr. Glaub mir, seine Hände reiben jetzt das ganze quer gelegte Unterbein, hin und her, hin und her, Selina weiß genau, was du von ihr erwartest.
Ach was, ich lache.
Und da dachte ich ... Er schiebt sein Unterbein von sich, platziert die Füße auf dem Boden. Jetzt sitzt er so, wie es sich gehört, ein Mitarbeiter am Besprechungstisch. ... Ich biete dir mal meine Hilfe an. Nicht, dass du Hilfe nötig hättest. Er lächelt.
Augenblicklich hebt sich mein Brustkorb, hebt und senkt sich, dabei will ich das nicht, so auffällig, so körperlich erleichtert sein. Ich sage nichts, und Karsten,

der ganze Mann lächelt jetzt wie ein Buddha, legt die Hände vor sich auf den Tisch, Finger gespreizt.
Ich nicke.

Jeden Tag danach sehe ich sie hocken, Karsten und Selina, in Karstens Büro, direkt neben meinem; ich gehe, wenn ich Kaffee hole, immer wieder daran vorbei. Offene Tür wegen der Hitze, inzwischen ist Sommer. Die nackten Oberarme dicht beieinander, mit den Härchen auf der Haut berühren sie sich. Karstens Gemurmel – schau mal, hier, Karstens Holzfällerhand auf einem Buch, und das Buch auf ihrem Rock, weißes Leinen über ihren Oberschenkeln, und Selinas Hand schiebt sich auf die aufgeschlagene Seite. Sein Blick auf ihrem Haar. Und sie, mit ihrem Rehaugenblick: Wahnsinn, Karsten, sie strahlt ihr altes Strahlen, ja genau! Sie sieht mich, die Tür steht offen, aber Selina, sie nimmt Schwung auf ihrem Schreibtischstuhl, dreht sich zur Tür, lächelt, ein Lächeln nur für mich, streckt ihren Fuß aus, rote Pumps, seit wann trägt die Pumps, und stößt die Tür an. Die schwingt mir entgegen, mein schrumpfendes Blickfeld, ein Rahmen, der sich enger und enger zieht um ihr Gesicht.

Am nächsten Tag ihr Vortrag. Selina ganz in Weiß, hallo Leute, ihr Blick springt hin und her zwischen mir und den Folien an der Wand, jetzt bin ich es mal, die was zu *thacts* erzählt. Karsten, die Knie weit auseinander, die Hände hinter dem Kopf, lächelt sein Hängemattenlächeln. Sonja, wie immer, zerrt ihren Zopf wieder stramm, Hans runzelt die Stirn. Also, Selina strahlt ihr altes Strahlen, ich mach was zu Mei-

nungen – Meinungen, die Tatsachen schaffen. Stellt euch eine … Untergebene vor, Selina zeigt auf einen Cartoon, schreiender Lippenstiftmund, fliegende Tränentropfen. Wenn die denkt, ihr Blick zuckt zu Karsten, wieder zurück, ihr wird was angetan, dann stimmt das auch. *Ipso*, sie spitzt die Lippen, lutscht an den Worten, *facto*. Und Karsten: Genau, Definitionsmacht für die, die keine andere Macht haben …
Und jetzt, Selina klickt, Folienwechsel, eine Frau, die von irgendeinem Kerl angemacht wird. Karstens Augen weiten sich, sieh an, diese Folie kennt er noch nicht, die war wohl nicht seine Idee. Selina schaut ihn nicht an. Also, wenn die Frau das als zu nah empfindet, dann ist das auch zu nah.
Karsten, kein Hängemattenlächeln mehr, nimmt die Hände vom Hinterkopf, stellt seine Knie nebeneinander. Dass Karsten errötet, das kenne ich gar nicht.
So, Selina klickt noch einmal, *the end* steht auf der letzten Folie, Schnörkelschrift, eine Folie wie eine Seite aus einem Poesiealbum, danke, Leute, das ist sie, meine Idee, so ganz im Groben.
Gut, ich stehe auf, ein Schritt, stelle den Beamer ab. Keine Schrift mehr an der Wand. Daraus könnt ihr beide, ich sehe von Selina zu Karsten, dann zurück zu Selina, gern einen Aufsatz machen. Karsten, ich danke dir, dass du Selina so geholfen hast.
Gratuliere, Hans haut seinen Stift auf den Schreibblock, das ist doch gut gelaufen, jetzt. Karsten, ein verzögertes Nicken, kratzt sich im Bart. Ein Knall, Selina hat ihren Laptop zugeklappt, mitten hinein in das Geraschel, mit dem Hans seine Papiere zusammenräumt. Das ganze Gesicht leuchtend, gräbt Selina

beide Hände in ihr Haar, kämmt sich die Locken. Sonja, Mundwinkel nach unten, packt ihr Notizbuch in die Tasche.
Aber, sage ich, da bin ich schon in der Tür, als Teil deiner Promotion, Selina, kann ich diesen Aufsatz nicht annehmen.
Das Geraschel hört auf. Keine Bewegung mehr. Aus Karstens Gesicht ebbt das Blut ab.
Deine Promotion, ich nicke einmal, musst du eigenständig schreiben, so wie Hans und Sonja auch. Das sind die Regeln, Selina.
Selina sieht mich an. Sie starrt nicht wie sonst in diesen letzten Wochen. Nichts in ihrem Blick ist Wut. Sie sieht mich an, und sie sieht durch mich hindurch. Das, sie verzieht den Mund, wird sich alles noch herausstellen, Chefin.

Miriam! Tom, der am Morgen danach im Pyjama auf und ab geht, Schritte wie zum Ausmessen eines Raumes, hin und her, hin und her; Tom, setz dich doch, iss mit mir, ich schiebe ihm den Teller mit Brot hin, aber er, zwei Falten auf der Stirn, bleibt stehen. Warum nur, er fährt sich durchs Haar, musstest du sie ausbremsen, schon wieder?
Tom … Mein Kaffee schwappt über, was ist denn mit dir, ich stelle meine Tasse zurück, du weißt doch, wie die Regeln sind. Selina muss die Arbeit eigenständig –
Miriam, ich kenne die Regeln, Tom beugt sich vor, aber du hast den beiden das erlaubt! Er stützt sich auf dem Tisch ab; sein Gesicht ganz nah. Karsten hilft Selina, das hast du selber gesagt!

Ich schiebe meinen Teller weg.
Was soll das, Tom. Der sitzt neben ihr und schreibt ihr den Aufsatz!
Das weißt du nicht, wieder seine Schritte, auf und ab vor dem Tisch, das kannst du nicht beweisen.
Ich habe die beiden gesehen, Tom. Und gehört.
Das sagst du, Tom schüttelt den Kopf.
Tom, es reicht doch, dass ich es sage.
Nein, das reicht nicht, er bleibt vor mir stehen, du hast nichts schriftlich.
Wieso schriftlich?
Tom, der den Blick senkt. Tom, der sich abwendet, aus dem Zimmer geht. Ich höre die Tür zum Badezimmer, die Dusche. Ich weiß noch nicht, was Tom schon weiß, an diesem Tag. Was Peter ihm erzählt hat, ganz im Vertrauen: Tom, hör mal, das ist jetzt nur zwischen uns beiden, aber Selina hat vor, an Grüner zu schreiben, wenn sie noch einmal, Selinas Worte, ihre Worte in Peters Mund, ausgebremst wird.

Tom, der Körper neben mir. Stille um diesen Körper; ich setze mich auf, schläft er, sein Atem, da ist er, berührt meine Wange. Zurücklegen, ausatmen, leise, nicht dass er aufwacht. Ich will mich auf die Seite drehen, hin zu ihm, meine Hand auf seinem Bauch, meine Nase in seinem Nacken. Ich will ihn nicht wecken. Keine Fragen mehr. Ein Summen, mein Handy. Kein Licht, meine Hand auf dem Nachttisch, ich taste, da, ich setze mich auf. Mein Herz, ein Stolpern, jetzt rast es, mein Atem dehnt sich aus, ein Zittern in meiner Kehle: Dave. Das ist Dave.

Miriam, thank you for your message. I am sorry to hear about the situation that has come about at your workplace. In fact, at the moment it is difficult to say anything definite about you visiting. Let's stay in touch, though.
Best, D. N.

Nichts gibt es mehr zu sagen. Toms Gesicht unter meinem, ich horche, nichts. Sein Atem in meinem. Aufstehen, das muss ich, leise, aber ich muss. Das Handy, hier neben mir. Weg. Raus. Die Kälte packt mich an den Armen, zieht mich in den Stand. Alles ist Nacht. Das Aufleuchten von Lampenlicht aus fremden Fenstern an der Wand, durch die Lamellen der Jalousien, Streifen, die bald wieder verblassen, wie das Brummen der Autos, bereit, in den Schlaf hinein zu verschwinden. Aber ich, ich schlafe nicht; ich zittere. Fast kein Geräusch, mit nackten Füßen. Der Flur, Nuschkas Zimmer, ich horche, kein Laut, mein Arbeitszimmer, der Bildschirm ist dunkel. Ich knipse die Schreibtischlampe an, kein Segenslicht mehr, dieser Kegel, in dem die Dinge, mein Laptop, der Schreibblock, ihre Kanten blecken. Ich lege das Smartphone dazu. Zögern, dann Wischen, ein Aufleuchten, wie früher. Ich suche Irina, ihre Nummer, ich tippe:

Dearest Irina, thank you so much for that open letter. Btw, I've just got a message from Dave (in reply). Reads as if he regrets signing… Best, Miriam

*

Nicht nachdenken, senden. Neun Uhr abends in New York. Irina wird vor dem Fernseher sitzen, Arm in Arm

mit irgendeinem Kerl, Rotweingläser auf dem Beistelltisch und gesalzene Nüsse. Und ich, ich dringe in diesen Abend ein, und sie weiß, bei mir ist Nacht. Ich muss das Handy weglegen. Weg. Zurück. Wohin. Mamusia, aus dem Bild im schwarzen Rahmen, am Beginn ihres Lächelns, mit dem Wissen von vor zehn Jahren. Ihr Wissen über mich. Nutzlos. Alles, was ich ihr erzählt habe, mein Leben habe ich ihr erzählt. Nichts mehr ändert ihren Blick, diesen Blick aus einem schwarzen Rahmen. Kein Ort, nirgends. Den nächsten Flug buchen, schnell, Berlin und dann in den Zug nach Lublin. Tata besuchen, den Einzigen, der noch übrig ist aus dem Dunstkreis des Tröstens. Sein gebeugter Rücken, die Arme ausgebreitet, sein Lächeln, das mir wehtut, der Stolz in diesem Lächeln: Miriam, meine Professorin, dass du deinen alten Vater mal wieder besuchst. Nein, Tata: Professorin, das bin ich nicht mehr. Das Blinzeln in seinen Augen, das abgewandte Gesicht, er fragt nicht, er wird nicht fragen, er murmelt etwas, umarmt mich, und dann, am Küchentisch, beim ersten Glas Tee: Jetzt erzähl mal, wie ist das so, Professorin in Wien.
Nicht daran denken.
Warum bin ich nicht früher ... Kein Besuch in meiner Kindheit. Er lebt nicht mehr in Szczecin-Warszewo. Stattdessen eine Wohnung, Plattenbau mit Aufzug, sechzig Quadratmeter am Rand von Lublin, zehn Autominuten von Andrzej und Ivonka; jeden Morgen steht sie bei ihm in der Tür, *witam*, dein Essen für heute. Andrzej und Ivonka, Hand in Hand auf dem Sofa, in ihrem Haus, komm doch zu uns, Miriam. Und ich, beim Abschied, nie wieder komme ich zu euch, nie wieder.

Dieses Foto, es posiert im Regal hinter Tatas, jetzt Ivonkas, Sessel, silberner Rahmen, Schnörkel, ein Einkauf von Ivonka, und darauf sie und Andrzej, wie immer Hand in Hand, Kapuzen im Regen, eingereiht in einer Schlange Menschen, mitten im Matsch, an der ukrainischen Grenze.
Meine Gabel steckt noch in einer Pirogge, zweiter Gang. Das kann sie, Ivonka, *pierogi* kochen, immer mit Kartoffeln, weißem Käse und Zwiebeln, dazu Sauerrahm, und ich habe wie immer Nachschlag genommen, da sehe ich dieses Foto. Ein Bild wie im *Standard*, im *Spiegel*, nur die Überschrift fehlt: *Polen – Tausende von Menschen beten an den Außengrenzen.* Gegen Muslime, liest man die Artikel.
Andrzej?
Meine Stimme schneidet in das Gezwitscher, hin und her zwischen hier und der Küche, mit dem Ivonka den dritten Gang vorbereitet, Mohnkuchen, Espresso.
Ihr wart da – dabei?
Tak – und?
Ivonka, Hände in den Hüften, in der Küchentür. Andrzej, die Knie staken hoch, sitzt tief im Sofa, dreht sein Teeglas in der Hand.
Miriam, er macht sein Zahnwehgesicht, eine gute Sache, wirklich ...
Eine große Sache, Ivonka klatscht eine Hand gegen die Wand; die im Westen, die wollen doch nur, dass wir bald genauso leben wie die –
Die im Westen, ich schiebe den Teller von mir, wollen gar nichts. Denen seid ihr egal.
Ivonka, drei Schritte zum Tisch, eine Röte im Gesicht wie vom Kochen, aber die ist nicht vom Kochen, lässt

sich in Tatas Sessel, jetzt ihren Sessel, sinken, beugt sich vor, zu mir:
Du solltest selber wissen, wie die sind …
Wie wer ist?
Ich starre.
Ivonka rollt die Augen, Blick zu Andrzej, aber der, ruhig wie immer, legt eine Hand auf ihren Arm, wie damals, als er noch ein Junge war und wir Kinder gestritten haben.
Andrzej, ich hole Luft, du weißt genau, dass es auf die Art des Glaubens nicht ankommt, sag ihr das.
Andrzej dreht den Kopf, sieht mich an. Welcher Glaube? Du hast doch keinen mehr.
Ich seufze. Andrzej, das führt doch nicht weiter. Denk an Mamusia, sie –
Stopp!
Andrzej, die Hand erhoben. Mein Bruder. Ich ducke mich. Sein Gesicht hat sich geballt, ein Zähneblecken, stopp, Miriam, heiser, wage es nicht, von unserer Mutter zu sprechen!
Andrzej …! Ich strecke meine Hand aus.
Anduszek, Ivonka ist aufgesprungen, ein Schritt, dann steht sie hinter ihm, legt beide Arme um seinen Hals, ihr Gesicht an seinem, Anduszek, beruhige dich …
Seine Hände, die ihre Arme wegbiegen, wie kräftig seine Hände sind, das Himbeerfeld, all die Jahre, in denen ich fort war, er beugt sich vor, und Ivonka, sie steht hinter ihm und flüstert: Anduszek, bitte …
Du, Miriam! Du hast unsere Mutter umgebracht!
Schweigen. Alles in mir erhebt sich, mein Blut, der Inhalt meines Magens, ich schlage mir die Hand vor

den Mund. Ivonka, Blick aus dem Fenster. Sie steht da wie eine, die nichts mehr tun kann.
Ich schlucke. Ich schlucke noch einmal, ich schlucke und schlucke.
Was, ich kann nicht sprechen, sagst du da?
Seine Lippen eingezogen:
Deinetwegen ist sie krank geworden.
Andrzej, was –
Ein Rauschen, was ist das, wo kommt das her, ich schüttele den Kopf.
Ich habe sie doch angerufen, ich habe ...
Du bist weggegangen.
Andrzej, sie hätte nicht gewollt –
Was weißt du denn. Du weißt doch nur, was du selber – sogar an Weihnachten wolltest du nicht –
Andrzej, ich wollte, ich konnte nicht kommen –
Etwas würgt mich, ein Schluchzen, ich schluchze wie damals, als ich ein Kind war, aber ich bin kein Kind mehr und doch, hier, vor diesen beiden, Andrzejs Zähneblecken, Ivonkas Schweigen –
Andrzej, bitte ... Ihr habt mir nie etwas gesagt, ihr hättet –
Wir durften nichts sagen!
Er holt Luft, er bebt, sein Atem bebt, er presst die Lippen aufeinander. Er zwingt sich.
Wir durften dich nicht holen. Irgendwann, wieder und wieder hat sie das gesagt, würdest du schon kommen. Vielleicht, das hat sie immer gesagt und gelächelt, so verträumt hat sie dann gelächelt, würdest du einfach vor der Tür stehen. Es würde klingeln, sie würde öffnen, und du würdest sagen: Überraschung; hier bin ich! Dann wäre die Freude umso größer. Aber du bist

nicht gekommen. Nie wieder, seit dem einen Mal mit deinem Tom, als du nur deshalb über den Atlantik geflogen bist – so hast du dich ausgedrückt, Miriam: Ich bin über den Atlantik geflogen – um uns deinen großartigen Freund vorzuführen, deinen Professorenfreund aus Princeton –

Andrzej, bitte, sie war es doch, die wollte –

All die Weihnachten ohne dich. Erst am Weihnachtsmorgen hat sie aufgehört, auf dich zu warten. An Vigilia immer noch ihr Blick zur Tür. Ihr Horchen. Wir haben ihr Bett ins Esszimmer getragen, wir haben das ganze Vigilia-Essen gekocht und angerichtet. Sie hat die ganze Nacht in diesem Zimmer gelegen. Die Lichter am Weihnachtsbaum, die mussten wir leuchten lassen, die ganze Nacht. Erst am Morgen hat sie aufgegeben. Das war kein Blick mehr in ihren Augen. Ihren Schritt über die letzte Grenze ist sie gegangen, obwohl wir da waren, ich und Tatusz und Ivonka hier, aber sie hat uns nicht mehr wahrgenommen. Wir waren nicht mehr wichtig. Weißt du, wie das ist, wenn man Jahr für Jahr weniger wichtig wird, weggewischt von der Leere, die du hinterlassen hast, und die sich ausgebreitet hat, erst in ihrer Seele, dann in ihrem Leib? Weil du fort warst. Weil du fort warst, war selbst Gott nicht mehr da.

Schweigen.

Dann, Hände gegen die Armlehnen, richte ich mich auf. Andrzej, Ivonka, ich schaue sie an, erst ihn, dann sie, ich denke, es ist alles besprochen zwischen uns. Ich werde jetzt gehen.

Aufstehen, ein Schritt, noch einer. Noch immer rauscht es in meinen Ohren. Ich horche. Niemand sagt etwas. An der Tür, ein letztes Mal, drehe ich mich um. Nie wieder, sage ich, nie wieder werde ich zu euch kommen.

Ich rufe an, einmal im Monat. *Witam*, was gibt es Neues. Komm doch zu uns, Miriam, jedes Mal von Ivonka, und ich, jedes Mal, *dziękuję*, keine Zeit.

*

Ich strecke die Hand aus. Eine Bewegung, und der Bildschirm flammt auf. Meine Augen. Ich muss meine Augen zusammenkneifen.
Blinzeln. Blick durch die Wimpern. Langsam, ich muss mich gewöhnen.
Neue E-Mail.
Nichts.
Ein Viereck Nichts.
Ich schreibe.

Bin ich schuld?

Das Bildschirmlicht, meine Augen, wie wenn ich hineingefasst hätte. Die blaue Taste, ich dimme das Licht, der Bildschirm färbt sich gelblich. Wie das Schmierpapier im Büro, das ich nie benutze, die Farbe der Zeit.

Löschen.

Ihr Blick aus diesem schwarzen Rahmen. Ihr schreibe ich.

An
Ania.Malinewicz@gmail.com

Betreff
Prośba

Das Viereck Leere. Wie mein Fenster hier am Tag, ein Himmel, der sich zugezogen hat, vollständig. In diesen Himmel schreibe ich.

Mamuś kochana, jeśli to możliwe, proszę wybacz mi.

Senden.

Nur einen Augenblick. Nur diesen –

Unzustellbar: *Prośba*

Fehler bei der Nachrichtenzustellung an folgende Empfänger oder Gruppen:
Ania.Malinewicz@gmail.com (Ania.Malinewicz@gmail.com)
Die eingegebene E-Mail-Adresse konnte nicht gefunden werden. Überprüfen Sie die E-Mail-Adresse des Empfängers, und versuchen Sie, die Nachricht erneut zu senden. Wenn das Problem weiterhin besteht, wenden Sie sich an Ihren E-Mail-Administrator.
Die folgende Organisation hat Ihre Nachricht abgelehnt: mxchk04.rrz.maximilian-uni-wien.at.

Diagnoseinformationen für Administratoren:
Generierender Server: UN-EX-MR05.maximilian-uni-wien.at
Ania.Malinewicz@gmail.com
mxchg03.maximilian-uni-wien.at
Remote Server returned '560 5.2.1 <Ania.Malinewicz@gmail.
com>: Recipient address rejected: User unknown in relay
recipient table'
Ursprüngliche Nachrichtenköpfe:
Received: from UN-EX-MR06.maximilian-uni-wien.at
(134.103.84.73) by
UN-EX-MR06.maximilian-uni-wien.at (134.103.84.73) with
Microsoft SMTP Server
(version=GLA1_2, cipher=GLA_EDCHE_RSA_WITH_
AES_135_GCM_SHA984) id
19.1.2930.12; Wed, 24 Oct 2018 03:54:12 +0200
Received: from UN-EX-MR06.maximilian-uni-wien.at
([fe80::6911:1aa8:e01b:1ff0]) by
UN-EX-MR06.maximilian-uni-wien.at ([fe80::6911:1aa8:e01b
:1ff0%13]) with mapi id
16.01.2908.013; Wed, 24 Oct 2018 03:54:12 +0200
From: „Behrmann, Prof. Miriam, PhD" <Miriam.Behr-
manng@maximilian-uni-wien.at>
To: „Miriam.Behrmanng@maximilian-uni-wien.at" <Miriam.
Behrmanng@maximilian-uni-wien.at >
Subject: Prośba
Thread-Topic: Prośba
Thread-Index: Edi56ivBmffawjeRXQqB6WQF7PX+dE==
Date: Wed, 24 Oct 2018 01:54:12 +0000
Message-ID: <d786900da36d78d77c9b3fa0c943e001@
maximilia-uni-wien.at>
Accept-Language: de-DE, en-US
Content-Language: de-DE
X-MS-Has-Attach:
X-MS-TNEF-Correlator:
x-originating-ip: [997.200.54.023]
Content-Type: multipart/alternative;
boundary="_000_a765110cd75a77b98c7a0fc0d003e65ma-
ximilianuniwienat_"
MIME-Version: 1.0

X-OrganizationHeadersPreserved: UN-EX-MR06.maximilian-uni-wien.at
X-CrossPremisesHeadersFilteredByDsnGenerator: UN-EX-MR06.maximilian-uni-wien.at

Ich werde sitzen bleiben, bis der Bildschirm schwarz wird.

Aw: *Deine E-Mail*

Die Zeit hat sich verschoben, sie hat sich dazwischengeschoben.
Warum nicht sitzen bleiben, so wie jetzt.
Warum nicht den Bildschirm schwarz werden lassen.

Ich war es, die gefragt hat. In dieser anderen Zeit. In der Zeit von vor zehn Minuten.
Ich muss das hier zu Ende bringen.
Ich muss
das öffnen.

Miriam, ich wollte helfen mit dem offenen Brief, aber kann sein, I made it worse. I am working to sort it all out, but in the meantime, check here:

#Defending_Selina

I am so sorry. Good luck tomorrow, nonetheless!

Irina

Ich muss das
zu Ende bringen.

#Defending_Selina

Yesterday, a group of internationally renowned female professors rallied around a colleague accused of psychologically abusing a doctoral student. In an open letter signed by numerous academics, both in the U. S. and in the country of the accused, they openly requested from the investigators of the case to treat the accused favorably because of her many achievements as a professor, and in particular as a woman in academia.
Such instinctive defenses, the closing of the ranks of the powerful in academia, are well known from other alleged cases. What is peculiar here is that women, not men, and in particular women who claim to know all about destructive power dynamics in academia, have chosen to overlook these two simple facts:
First, the alleged victim is female as well, and a Muslim in addition, i. e. she belongs to an intersectional minority that is particularly vulnerable to power abuse.
Second, academic achievements, however praiseworthy in themselves, do by no means justify abuse.
Hence, we, the signed, request from the investigators to come to their decision about the accused professor, Miriam Behrmann, in full objectivity, i. e. without any deferential treatment of her, and in full understanding of their responsibility in protecting those that are dependent on them due to their subordinate rank.

Drafted by:
John Allen Alfrey, R. Jay Wallace Professor of Philosophy at the N. Y. U. & Director of the Center of Responsibility Research, N. Y., U. S. A.

Klaus Stern, Full Professor of Philosophy at the Maximilian University of Vienna, Austria & Associate Researcher at the Center of Responsibility Research, N. Y., U. S. A.

Ellen C. Stone, Representative of EDOSS (East-Cost Doctoral Students Society)

Hans Stadler, Representative of IDEA (Promovierenden-Netzwerk Österreich e. V.)

Schluss.

Weiteratmen.

Einfach
weiteratmen.

*

Mein Nacken. Geschlafen, den Kopf auf dem Schreibtisch. Morgendämmer, der durch alle Ritzen kriecht. Langsam, meine Muskeln haben sich zusammengezogen, richte ich mich auf. Kaffeeduft, die Dielen knarren. Tom, das ist Tom. Warum kommt er nicht her, warum bleibt er im Türrahmen stehen.
Miriam … Verstrubbeltes Haar, die Kaffeetasse an den Lippen. Wie lange sitzt du schon da?
Aufstehen. Alles tut weh. Sein Geruch, ich stehe in seinem Geruch. Meine Hand an seiner Wange. Etwas, ist das Trauer, ist das Freude, steigt in seine Augen.
Darling …
Seine Arme, dieses gleichmäßig schlagende Herz, und sein Mund an meinem Ohr:

Wenn die dich – dann klagen wir, dann –
Ich, Schritt zurück, schüttele den Kopf.
Doch, er greift nach meinen Händen, er blickt an mir vorbei, er blickt über meine Schulter, schon wieder ein Plan, wir fangen neu an, noch einmal, irgendwo.
Ich lächle.
Sein Blick, er holt ihn zurück aus der Ferne, ein Blick, in dem er anwesend ist, hier bei mir.
Soll ich mitkommen.
Ich schüttele den Kopf.
Kümmer du dich um Nuschka.
Ein Schritt, zwei, ich bin vorbei an ihm, die Dielen im Flur, die Kacheln im Bad, Zahnbürste, Zahnpastatube, Dusche, Badetuch. Bürste und Föhn. Zurück in den Flur, das Geräusch, das meine Füße auf den Dielen machen. Ins Schlafzimmer, Toms und mein Schlafzimmer. Die Schranktür öffnen, die Schublade mit den Strümpfen, Unterwäsche. Die Hose, die ich für Vorträge trage, die ich für Vorträge trug. Die weiße Seidenbluse. Das rote Jackett. Ein bisschen Rüstung, Achselpads und Schulterpolster. Die hochhackigen Schuhe, weiß, milchweiß wie die Bluse. Hin zum Spiegel, beide Lippenstifte. Rosa und Rot. Die Wimpern schwärzen. Dann die Brille, die mit dem blauen Gestell. Hoch die Hände, hoch das Haar, dann lasse ich los.
Das bin ich.
Irgendwie.
Raus auf den Flur, Tom, jetzt im Bademantel, Rasierschaumgeruch, Kaffeebecher in der Hand, er hält ihn mir hin, in der anderen Hand einen Teller, Toast mit Aprikosenmarmelade, ich schüttele den Kopf.

Schlüssel, Aktentasche, raus.
Das Klicken der Tür hinter mir.
Meine Schritte auf den Treppenstufen. Wie viel Geräusch ich mache. Wozu.
Das Auto, ich öffne die Tür. Hinsetzen. Starten. Das Gutenmorgenbrummen, der Beginn dieser alten Wieimmer-Zeit, und diese Straßen. Das Kopfsteinpflaster rattert den Takt des Arbeitsweges, noch dunkel vom Beieinanderliegen mit der Nacht, und alles, alles gleitet vorbei und ist schon fremd.
Der Parkplatz, da war ich gestern, hier habe ich gestanden, Sonja neben mir im Auto, fast leer ist der jetzt. Die Sonne bricht durch, der Asphalt leuchtet auf. Freitag. Die Tür aufmachen. Aussteigen. Gehen, einfach gehen.
Das Portal, diese Eingangstür mit dem gußeisernen Griff, dieser erste Schritt, der muss mit Kraft gemacht werden.
Der Klang meiner Schritte in der Eingangshalle. Gesichter, kein Geschnatter, kein Gerenne, nur ein paar Gesichter. Blicke auf mir, in meinen Rücken.
Vorbei an der Kapelle.
Die Treppe, dieses Geländer aus Stein, beinahe ist es warm. Erster Stock, zweiter, dritter.
Linoleum, Grundschulgeruch. Das hier sind die Korridore vor der letzten Treppe, die ich gehen muss, hinauf zum Rektorat, vierter Stock.
Tatsächlich, auf einmal, ist es der Korridor ins Nichts. Den ich, Aktentasche über der Schulter, entlanggehe, wie hin auf ein Ziel. Als gäbe es das noch: ein eigenes, mein eigenes Ziel. Im Laufschritt. Rücken gerade, Kopf hoch. Den Schweiß, schon jetzt beginne ich zu schwit-

zen, fangen die Pads auf. Meine Aktentasche, ich halte mich am Riemen fest, schlägt an meine Hüfte: Schritt und Schlag. Schritt und Schlag. Wie immer, in diesen Fluren. Tatsächlich wie immer. Die Wände, die Türen, der Boden, dieses gelbliche und gräuliche Beige der Flure. Genau das, dass alles normal ist, die Welt der anderen: ein Organismus, der mich aussondert, abkapselt. Ein Dorn, ein Stachel im Fleisch: ich. Der Geruch des Linoleums. Das Stakkato meiner Absätze. Die Treppe. Hinauf zum Rektorat, zur Entscheidung. Dort oben warten die auf mich, Vize-Rektor Peter, Klaus, Betriebsratsvorsitzender Grüner, die Radke, Rektor Menzel. Im Sitzungsraum des Rektorats, mit der doppelt gepolsterten Tür, im Altbau, das Linoleum älter, die Treppengeländer aus Holz, die Fenster noch mit Kreuz, Schattenkreuze auf den Fluren. Schräg fällt das Licht, ein Zittern wie von Pfützen. Ein Schritt, noch einer. Die Hand am Geländer, ich ziehe mich nach oben. Atmen. Noch ein Schritt. Noch einer.
Stehen bleiben. Jetzt. Die Uhr an der Wand dort drüben, über der Tür, zu dieser Tür muss ich hin, am Kopf der Treppe: sieben Minuten vor. Das Licht zerfließt auf dem Linoleum. Die Uhr, die Tür, die Treppe – verschwimmen. Diese Fläche Zeit –
wölbt sich, bäumt sich auf, mir entgegen. Die Welle Zeit. Über mir zusammengeschlagen. Ich kann nicht atmen.
Langsam.
Langsam steige ich auf.
Nicht eine Bewegung in mir, nicht eine Bewegung. Aber aus der Tiefe steige ich auf.

Ich atme.
Ich hebe den Fuß, ich setze den Fuß auf die nächste Stufe, ich strecke das Knie: leicht. Sechs Minuten vor, und trotzdem, als wäre die Uhr stehen geblieben. Alles ist schon entschieden.
Die Tür, ein Spalt hat sich aufgetan, im Gegenlicht eine Gestalt, Lockenkopf, mein Herz schlägt zu, das ist sie, Selina, ein Winken in den Sitzungsraum, dann dreht sie sich um, Blick zur Treppe, ein weit gespannter Schritt, jetzt steht sie dort, ausgerechnet Selina. Sie sieht mich, und ich sehe sie.
Ich sage nichts.
Ich muss nichts sagen. Jetzt, zum ersten Mal, muss ich nichts sagen.
Miriam …
Hand ins Haar, wie immer, aber sie kämmt ihr Haar nicht mit den Fingern, wirft nicht die Locken zurück, schüttelt ihr Haar nicht aus. Hat nur die Hand darin vergraben.
Hör mal, sie verzieht das Gesicht, also, wir sollten vielleicht mal … irgendwann …
Sie kreuzt die Füße, entkreuzt sie wieder, stellt sich breitbeinig hin. Selina vor mir, über mir, am Kopf der Treppe.
Ich lächle.
Sie verzieht schon wieder das Gesicht. Blick zu mir und wieder weg, dann strafft sie ihren Körper, ihren Blick, richtet ihn auf mich.
Hör mal …
Sie sucht nach dem richtigen, dem treffenden Satz, dem Satz, der ihr den Weg freimacht.
Du wirst mir das vielleicht nicht glauben, aber ich

wollte das nicht. Echt nicht! Dass die dich feuern, ich meine, das – das hab ich nie gefordert!
Sie hält sich fest an diesem Satz.
Es ist egal, was du gewollt hast, Selina.
Ich höre meine Stimme, ich höre das Staunen darin, es ist wahr, zum ersten Mal ist es wahr:
Du bist mir egal.
Ein Zischen, so schnell holt sie Luft. Sie starrt mich an, das gibt's doch nicht, sie schiebt ihr Kinn nach vorn, du hörst wohl nie damit auf, du stehst hier, sie streckt den Arm aus, sie zeigt auf mich, ich lache, also wirklich, Selina, aber jetzt wirft sie ihr Haar aus dem Gesicht, jetzt hat sie zu sich gefunden, so kennt sie sich selbst, nee, Miriam, das lasse ich nicht mit mir machen, nicht mehr – alle, wirklich alle, sind sich einig – und immer noch stehst du so da – an gar nichts schuld ...
Oh doch, ich hebe die Hand, ich höre den Ernst in meiner Stimme, und Selina, ein Aufblitzen von etwas, vielleicht Hoffnung, hält inne – das bin ich. Schuld. An vielem.
Ich zögere.
Dann, ich sage es leise, ich sage es zu mir selbst: Aber du bist wirklich nicht wichtig.
Stille. Stille zwischen uns. Selinas Blick, sie sucht nach etwas auf meinem Gesicht, tastet mich ab, und auf einmal sehe ich sie, eine Frau, die am Felsen hängt, mit Händen und Füßen tastet sie nach der nächsten Spalte, einem winzigen Vorsprung, aber dann, sie findet keinen Halt an mir, ihr Blick ist abgerutscht, dreht sie sich weg.
Du kannst nicht anders, oder?

Nein, ich schüttele den Kopf, du hast recht, ich kann nicht anders.
So stehen wir da, sie oben am Kopf der Treppe, ich hier, sieben Stufen unter ihr. Vier Minuten vor. Wieder dreht sie den Kopf und sieht mich an, ein Blick wie ein Griff, sie klammert sich an mich: Aber alle hier, ihre Hand fliegt zur Tür, wirklich alle glauben –
Egal, Selina, es ist egal, ich lächle, was alle glauben.
Selina reißt die Augen auf, schüttelt den Kopf. Leise sagt sie: Ich glaub's nicht, echt.
Auch ich schüttele den Kopf; ich lehne mich gegen das Treppengeländer und lache, ein Lachen wie ein Beben, und doch bin ich ruhig. Selina holt Luft, dort oben, sieben Stufen höher: Dann ist Peter ja total im Recht, wenn er THACT – Sie beißt sich auf die Lippe.
Zum Lachen, aber ich lache nicht. Nicht mehr.
So ist das.
Peter, der Selina eine Stelle verspricht, und von da an gehört sie ihm.
Die Röte steigt ihr vom Hals hinauf in die Stirn, und ihr Blick, tatsächlich, tastet nach einem Ausweg. Hier, vor mir.
Du glaubst an gar nichts … Oder?
Mein Blick ruht auf ihr, bin ich das wirklich, wie eine Hand auf ihrem Scheitel ruht mein Blick auf Selina. Ich kenne dieses Zittern, ich kenne es von mir: Erschöpfung. Erschöpfung in Selinas Gesicht. Keine Augenringe, aber ein Blick, in dem ist sie verloren gegangen, ein Blick aus der Abwesenheit.
Ich glaube, dass es eine Wahrheit gibt.
Aha.
Sie verdreht die Augen.

Und die Wahrheit, ihre Stimme wie Draht jetzt, die kennst natürlich nur du. Alle anderen sind einfach zu dumm, oder –

Nicht zu dumm. Dummheit ließe sich verzeihen.

Sie steht dort oben, jetzt starrt sie mich an; sie ballt die Hände zu Fäusten, sogar die Lippen ballt sie, aber sie zittert. Kaum zu sehen, aber sie zittert. Am ganzen Leib.

Wir schweigen. Noch immer ihr Blick aus der Abwesenheit. Ich weiß, ich sehe, sie sucht nach etwas, sie sucht nach ihrer Empörung, dieser hochfliegenden Empörung. Und dann, auf einmal, ist sie wieder da. An der Oberfläche ihres Gesichts, glühend auf der Haut.

Echt, ihre Stimme zittert, aber sie zittert vor Freude, Freude über die wiedergefundene Wut, du bist nicht zu retten, echt nicht!

Wir sind beide nicht zu retten, Selina.

Erschrecken, wie ein plötzliches Erkennen mitten auf der Straße, wenn man beinahe aneinander vorbeigegangen wäre.

Einen Moment lang zögert ihr Blick auf meinem Gesicht. Dann wendet sie sich ab, zuckt mit den Achseln. Die ersten Schritte weg von mir; sie wird die nächste Treppe nehmen. Von nun an wird sie nicht mehr aufhören können, empört zu sein; sie wird ihre Empörung brauchen wie die Luft zum Atmen, Tag um Tag. Sie wird sie brauchen, wie andere den Fernseher laufen lassen, um die Stille nicht zu hören, diese Stille zwischen den Gedanken. In der wir nur das eine sind, wir selbst, nicht mehr.

Auch ich.

Ein letztes Mal, ein einziges Mal, hinter dieser Tür dort oben, werde ich die sein, die ich werden wollte, immer schon. All die Jahre. Danach – ich weiß es nicht. Mir kann nichts geschehen.
Es ist schon alles geschehen. Alles, was zählt, ist mir geschehen.

Die letzten Schritte.
Die Tür dort oben öffnet sich.
Die Radke, ihre lila Schuhe, das explodierende Haar, Kaffeetasse in der Hand, Marsch zum Fensterbrett; sie stellt die Tasse ab, die Handtasche, und fängt an zu kramen. Ein Klicken, die Tür zum Rektorat fällt ins Schloss.
Bärbel ...
Ihr Kopf ruckt hoch. Sie sieht mich an, dann wieder Blick in ihre Tasche. Sie kramt, Feuerzeug, Zigarette, tatsächlich, sie zündet sich die Zigarette an, hier, vor der Tür des Rektorats.
Sie zuckt mit den Achseln.
Hab aufgehört, eigentlich. Aber, ihre Hand wedelt zur Tür hin, da drinnen stinkt's.
Ich nicke.
Gehen Sie rein, Frau Behrmann, sie ascht in ihre abgestellte Kaffeetasse, sie schaut mich nicht an, auf mich bitte nicht warten.
Ich nicke noch einmal.
Ein Schritt.
Ich lege meine Hand auf die Klinke.
Ich öffne die Tür.

FSC
www.fsc.org
MIX
Papier | Fördert
gute Waldnutzung
FSC® C083411

Lektorat © Frankfurter Verlagsanstalt
Herstellung und Umschlaggestaltung: Laura J Gerlach
unter Verwendung eines Motivs von
© iStockphoto.com/kamisoka
Satz: psb, Berlin
Druck und Bindung: CPI books GmbH, Leck
Printed in Germany
ISBN 978-3-627-00317-3